Heibonsha Library

［現代語訳］中世稚児物語集

平凡社ライブラリー

Heibonsha Library

［現代語訳］

中世稚児物語集

木村朗子編訳

平凡社

本著作は平凡社ライブラリー・オリジナル版です。

目次

読む前に知っておきたい二、三のこと

ここに収めたのは日本中世の稚児《ちご》物語の現代語訳である。稚児物語というのは僧侶と稚児の恋愛を描いたジャンルで、主に寺で執筆され、人気作は絵巻となって宮中でも読まれた。本書に収めた「稚児之草紙」をのぞくすべての作品は『室町時代物語大成』(角川書店)に収められており、本書もこれを底本としている。

読む前に知っておきたいこととして、まず**稚児とは、寺に仕える成人した男性であって子どもではない**ということである。当時の元服つまり成人の儀は十二歳ごろから一五、六歳のあいだに行われた。元服すれば大人として社会に入っていく。稚児物語の**稚児の多くは一六歳**。これを九九《くく》の言い方で、二八《にはち》といったりする。これが稚児の最も美しい盛りの時期である。

当時の子どもたちは男女を問わず髪を長く伸ばしていて、男子は元服で髪を切り髷《まげ》に結い上げ烏帽子《えぼし》などの冠をかぶる。元服を初冠《ういこうぶり》というのはそういうわけである。稚児は断髪を行わない。したがって裳着という成人式をすませた女性と同様に、**稚児は髪を長く伸ばし続けることになる**。物語に稚児の髪の美しさをいう描写があるのはそのためである。

稚児には年限がある。だいたい一八歳から二十歳ぐらいで出家し僧侶となるか、俗世に戻るかの選択を迫られることになる。物語のなかには美しい稚児が僧侶となったのち、別の美しい稚児と恋愛するものもある。僧たちの寺には女はいないから寺では男女の交わりがない。だからといって**稚児は不在の女性の代わりかといえばそういうわけではない**。男女のまじわりのある宮廷社会にも男色の気風はあり、それゆえに稚児物語も寺外でも読まれていた。

寺には稚児の他に童《わらわ》がいる。童は年齢の如何《いかん》にかかわらず元服を行わずそのままに置かれている者で身分は低い。寺でこまごまとした**雑用をするのは童のほう**であり稚児に仕えている童もいる。物語では童が深窓の姫君ならぬ稚児の、外界との媒介役を果たしている。童に対して、稚児は宮中でいうなら上臈《じょうろう》の女房にあたる。**稚児は楽器や和歌の才があり、宴席を盛り上げる役割**を果たしている。

寺には本堂などの他に僧たちが寝起きする多くの宿坊があり、坊あるいは房とよばれる。その宿坊ごとに主《あるじ》がおり坊主ということばはここからきている。寺というのは単に仏道修行をする場所ではなくて、たくさんの漢籍を所蔵しており漢籍を読める人たちの集う場であることから、学問の場でもあった。物語には子どもに学問をさせるために寺にやる父親が出てくる。

当時の学問としては、まずは手習い。今でいうお習字である。手紙を美しい字で書くのは大切なたしなみであった。次に**漢籍の読み書き。**書く方は主に漢詩をつくる技能としてあらわされる。漢詩をつくる文化は男性知識人のなかに脈々と存在し、戦中までつづいた。たとえば明治時代の森鷗外も夏目漱石も漢詩をたしなんだ。

それから**和歌をつくる才。**僧侶といえども和文の和歌や物語も読んでいた。『源氏物語』や『伊勢物語』をふまえた粋な引用がなされるといかにも文人という感じがするものである。

宮中でも盛んに行われた歌合《うたあわせ》は二つのグループで和歌を競い合うものだが、**中世に主に僧侶たちのあいだで発達した連歌が出てくる。**連歌は和歌の五七五七七のうち、はじめの五七五の部分をだれかが発句としてだして、次の人が七七を付け句するかけあいで次々と五七五と七七を連ねていく。即興で気の利いたことを言い合う連歌は、今でいうとラップバトルに近い。ちなみに江戸時代に盛んになる俳句は連歌の発句の五七五部分が独立したものである。俳句をつくる者に僧侶が多いのも連歌と由来を同じくするためであろう。

多くの物語で舞台となる寺は比叡山にある。したがって**天台宗の教義**がたびたび引用されることになる。中世において**比叡山延暦寺と三井寺《みいでら》（園城寺《おんじょうじ》）とは仲が悪い。**両者は敵対関係にあり、歴史的にも焼き討ちなどの手荒なやりあいを行っている。したがって、比叡山延暦寺と三井寺（園城寺）の僧侶と稚児の恋愛は、シェイクスピア『ロミオとジュリエット』ばりの禁断の恋となる。**比叡山を山門《さんもん》、三井寺を寺門《じもん》という。**争いの種は、僧侶に戒を授けお墨付きを与える授戒の権限を比叡山が独占しているせいである。かつては奈良で行われていたものだからこれに三井寺側は反発しているのである。なにか火種があればいつでも抗争になっていた。

そのような世であったから学問し仏道修行するかたわら、中世の**僧侶たちは戦乱に備えて武術も身につけていた**ので、戦国時代には僧兵として駆り出されることもあった。僧侶が戦争をするなどは矛盾のように感じるが、そんな話があるのはそういうわけである。

稚児物語は男同士の恋愛を描くが、これを**男色《なんしょく》**という。それ自体は現在に至るまでありふれたことであるが、ことに文学に描かれたものは好事家のあいだで脈々と受け継がれてきた。たとえば江戸川乱歩は『男色文献書志』を書いた岩田準一と競って男色ものの文献を万輯していた。

中世稚児物語は知る人ぞ知る物語であって、どこか秘密めいたところがあり、絶えることなくひそやかにそして熱く読まれ続けてきた。ある時代までは古文を読むことがさほど苦ではなかっただろうし、そもそも文人たちは自分でも漢詩をつくるなど漢文読解の素養があった。たとえば江戸川乱歩と交流があり、三島由紀夫の評価を得て『少年愛の美学』を出した稲垣足穂は文芸同人誌『作家』に、本書にも収めた「秋の夜の長物語」「松帆浦物語」を古語のまま解説つきで発表している。現在では多くの人にとって学校で習いはしたものの、古文を読むことや漢詩を読み書きすることのどちらにも馴染みがない。一方で稚児物語は、海外の日本文学研究のなかのクィア研究で注目されるなど、読んでみたいと思う人が実は多い。

本書は、稚児物語がどのようなものなのか知りたい、読んでみたいと思う人たちが気軽に手にとれる現代語訳版である。一般の読者がふつうに読書を楽しめるようにつとめたつもりだが、なにせ寺の僧侶が書いているので、仏教の教養が延々と綴られていたり、知識をひけらかすような引用をふんだんに織り込んでいたりして、そこそこ厄介である。しかしそれも稚児物語のおもしろさなのでぜひ楽しんでほしい。

秋の夜の長物語

春、桜の花が枝もたわわに咲けば、上を仰ぎ見る。そうして、ああ、悟りの道を求めようと思い立つ。秋、月が水底に映れば下を見つめる。そうして、ああ、人々に教えを説こうと心に思う。この世にあるすべてのものが仏道への誘《いざな》いなのだ。世界の美しさを知ればおのずと仏の道に入る気になろうもの。人間には生、老、病、死の四苦に加えて、愛別離苦など八つの苦しみがある。この世はつらい。だからどうにかして穢《けが》れのない世界へ行きたいと願う。それが悟りへの道となる。煩悩即菩提《ぼんのうそくぼだい》。煩悩があるからこそ悟りを求めるのである。天人五衰《てんにんごすい》といって六道輪廻《ろくどうりんね》の天界で天人も寿命を迎え死ぬのだときけば、輪廻の輪を断ち切って極楽浄土へ往生したいと思うだろう。生死即涅槃《しょうじそくねはん》。人は生き死にがあるゆえに涅槃をもとめるのである。諸仏および菩薩が順縁《じゅんえん》＊1、逆縁《ぎゃくえん》＊2を用いて人々に教えをたれ、罪ある者を邪道から正道に導き、仏縁なき者には悪から入って善へと向かわせる……。

こうしたことはすべて仏典、経典に書かれていることだ。しかしこうして解説したところで、どうも腑に落ちないという顔をしておいでだな。ならば代わりにちかごろ耳にした、いたわしくも不思議な物語をお聞かせしよう。さあてみなみな枕をそばだててよく聞きなされ。老いの寝覚めに、秋の夜の長物語を一つ申しましょう。

＊

昔々、堀川院の御代に西山の瞻西上人《せんさいしょうにん》といって仏教、漢学の道に通じた人があった。若い頃は比叡山の東塔、勧学院《かんがくいん》の僧侶で、宰相律師桂海《さいしょうのりつしけいかい》とよばれていた。院内では玉泉の流れをくんだ天台宗の四教三観《しきょうさんがん》の教えを身につけ、仏教、漢学を極め、院外では昔、中国で漢の高祖の軍師であった黄石公《こうせきこう》の兵法を極め、韓信《かんしん》が項羽《こうう》を倒した嚢砂背水《のうしゃはいすい》の兵法を学び、戦術にもたけていた。あるときは忍辱の衣たる袈裟《けさ》を着て衆生を救い、あるときは忿怒《ふんぬ》にまかせて摧伏《さいぶく》の剣をふるう。桂海《けいかい》は僧にも俗人にも頼りにされる文武の達人であった。

桂海がいまだ血気盛んであったころ、花が散り葉が落ちるのを見て、長き眠りの夢から目覚めたようにこう思った。

「なんてことだ。俗世を離れて仏門に入りながら、明け暮れ、名声を得たいだの、財をためたいだの名聞利養《みょうもんりよう》にはしり、出離生死《しゅつりしょうじ》の悟りの道へのつとめを怠ってばかりだ。なんと

＊1——順縁　善事を縁として仏道に入ること。

＊2——逆縁　悪事を縁として仏教に入ること。

も嘆かわしいことだ。」
そこで桂海は、さらなる山奥に柴の庵を結び、しばしの仮の隠れ家としたいと思うようになった。しかしそうはいっても縁あるところは離れ難《がた》いもの。比叡山延暦寺の医王山王《いおうさんのう》と結んだ縁《えにし》は捨てがたいし、同房同宿の仲間たちとの別れもやはり名残り惜しい。それでずるずると日々を送っていた。そんな心の内がふと言葉となって表《おもて》に現れでたのであろう、こんな漢詩を詠んだ。

朝々暮々風塵底
失脚誤生三十年
何日人間栄辱眼
古松陰裏看雲眠

(朝な夕なに俗世をさまよってきた　道を外れて誤った人生を三十年も生きてきた
いつの日か人間の栄枯をみるのではなく　老松の陰の庵でのどかに雲をみながら眠ることだろう)

これほどの発心の思いがあるのにいまだ遂げられていないのは邪道外道《じゃどうげどう》の妨げにあっているせいなのやもしれぬ。ならば仏菩薩の加護をたよりにこの願を成就させようと石山寺*3にでかけていった。七日のあいだ、身を床に投げ出す五体投地《ごたいとうち》の行を重ね、真実一心に「なにとぞ道心《どうしん》*4を固めさせたまえ。悟りを得させたまえ」と祈った。七日の満日となって、礼盤《らいばん》を枕にして少しまどろんだ夢に、錦の帳《とばり》の内から容姿美麗であまりに美しい稚児が出てきて、花びら降り散る桜の木の下に立っているのを見た。あざやかな青葉色の縫い取りをした水干《すいかん》姿。遠くの山の桜は満開だが、ここでは盛りを過ぎている。雪のごとくふりかかる花びらを水干の袖にうけながら、稚児はどこへ行くとも知れず歩み去っていく。目で追うと暮れゆく空の色にとけこむようにして消えてしまった、と見たところで夢から覚めた。

これはきっと所願成就を知らせる夢告にちがいない。うれしくて、まだ東雲《しののめ》*5の空が明けぬまに帰った。来たるべきものを待つようにして、今にも道心が起こるのではないかと待ち構えていたが、さらに山深いところに住みたいと思っていた気持ちはすっかり失せて、夢に見た稚児の面影がかたときも身を離れないのだった。とはいえ夢の稚児は現実の人ではないの

*3——石山寺　未来を占う夢を授かる寺として信仰され、『蜻蛉日記』の作者他多くの貴族たちがこもりに行った。
*4——道心　仏道を修める心。
*5——東雲　夜が明けようとして東の空が明るくなってきたころ。あけがた。あけぼの。

だから会いたくてもどうしようもない。桂海はこの気持ちを鎮めようと香を焚いて仏前にむかった。すると中国の故事にいう、香を焚くと漢の亡き李夫人の魂が煙にのってかえってきて武帝が恋しさに身を焦がしたというのはこのような思いだったかと身に染みてくる。亡くなった恋人が、死後に巫山《ふざん》*6で神女となり雲となり雨となって会いにくるという夢を見た襄王《じょうおう》が目覚めてどうしたら会えるのかと涙した話も人ごととは思えない。山王が神託で私という一人の衆徒を失うのは、三尺の剣をさかさまに飲むに等しいと悲しんだというから、きっと山王が私が山を離れるのを嫌がって仏教の道に進む邪魔だてをしているにちがいない。たとえ山王の神がそのように望んだとしても、命あってこそ仏法がこの世を照らす光を求められようというもの。暮れ待つほどに消える露のようなはかない身ではもともこもない。桂海は観音を味方につけようと再び石山寺へ向かった。

三井寺の前を過ぎたとき、思いがけず春雨がほろほろと顔にかかってきたので、しばらく雨宿りをしようと金堂へ向かうと、聖護院《しょうごいん》の僧房の庭に老木が色とりどりの花を咲かせているのが見えた。満開の花をつけた枝が垣根を越えてつきだすさまは雲のよう。「遥見人家花便入」（遥かに人家を見て花あればすなはち入る）という白居易《はくきょい》の漢詩を思い出し、門のそばに寄って行くと、歳の頃、二八《にはち》の十六ばかりの稚児が見える。魚模様の紗《しゃ》の水干を薄紅《うすくれない》色の袙《あこめ》に重ねて着て、腰まわりはふっくらと、袴の裾は長くなんともたおやか。人に見られているともしらずに御簾《みす》*7のなかから出てきて庭に立ち、雪がふりつもったように重そうに枝垂《しだ》れて咲く桜を一房手折って歌を詠んだ。

ふる雨にぬるとも折らん山桜雲のかへしの風もこそ吹け

（降る雨に濡れていても山桜の枝を折りましょう。雲を追い払う風が花びらを吹きちらしてしまう前に）

雫をたたえた花を持って立ち濡れている姿は、これも花かと見まごうほどに美しい。誘う風がこの花も散らしてしまいはせぬかと心がさわぐ。風が花を散らさぬように空を覆える袖

＊6――巫山　中国・重慶市巫山県と湖北省の境にある名山。
＊7――御簾　宮殿や神殿などに用いるすだれのこと。

があればいいのにという歌「大空に覆ふばかりの袖もがな春咲く花を風にまかせじ」を思い出して、私が雲にでも霞《かすみ》にでもなってあの花をまもってやりたいなどと思っていると、いたずらな風が吹いて門の扉がきりきりと音をたてた。稚児は「誰かが入ってきたのかしらん」といぶかりながらこちらを見やり、手に花を持ったまま、蹴鞠《けまり》の庭に植えられる桜、柳、桃、楓の四本の木の間をへめぐって静かに歩いてくる。髪はたっぷりとして海藻の房のよう。髪の毛先がゆらゆらと顔にかかっている。頭にかかった枝垂柳の葉にひきとめられて枝を見上げるはんなりとした目つき。どこまでも美しいその顔は、夢に見てからずっと心に想いつづけてきた稚児、その人だった。けれどももはや桂海は夢の面影を探しているのではなかった。いま目の前の稚児の姿にあらためて強く強く惹きつけられているのだった。日はしだいに暮れゆくのに、いつまでもここを離れられず、その夜は金堂の縁先に伏して夜もすがら胸を焦がして過ごした。

　これや夢ありしやうつつわきかねていづれに迷ふ心なるらん

（これは夢なのか、あれはうつつのことかと分けられず、私は夢うつつのどちらに心を迷わせているのだろう）

夜があけるとまた昨日のところへ行き、宿坊のかたわらに佇《たたず》んでいると、こざっぱりとした童が水を捨てに編んだ竹で覆われたたらいを抱えて門の外に出てきた。これは昨日の稚児に仕える童であろうと思って、そばに寄って「ちょっとお尋ねしたいのですが」と声をかけてみると「なんでございましょうか」と不審がる気配もない。桂海はうれしくなって、「昨日この院家にいらした、水魚紗《すいぎょしゃ》*8の水干をお召しになった、歳の頃、十六、七ほどの方をご存知でしょうか」と問うと、童は少し笑って言った。

「私はその方に召し使われている者でございます。お名前を梅若君と申されます。親御さまは花園左大臣殿でございます。御心のこの上なく美しい方で、世をうたがうことを知らないほど頼りなげですので、寺中の老僧、若輩は、春におくれて咲いた一本の桜を見てよそに目移りすることのないように、中秋の月のあかるいときには皆が我が家の光としようと争うようなありさまです。こちらの御所さまは人と交わるのをあまりお許しにならないので、管

＊8——水魚紗　水と魚の縫い取りのある薄手の織物のこと。

絃詩歌の席でなければお出ましもありません。いつも部屋の奥にこもっては、漢詩をつくり和歌を詠んで日を暮らし、夜を明かしていらっしゃいます。」

桂海は話を聞けばきくほど心が浮かれてしまい、この童をたよって、源頼朝の歌「陸奥《みちのく》のいはで忍ぶはえぞしらぬ書きつくしてよつぼのいしぶみ」ではないが想いを書き尽くし心の奥を知らせたいと思うが、あまりに性急であるのもいかがなものかと思うので、石山寺へ行くのはやめにして、自らの住まう山寺へ戻った。

桂海は歌に「君や来し我や行きけむおもほえず夢かうつつか寝てかさめてか」とあるように夢かうつつで見た稚児の面影に「起きもせず寝もせで夜をあかしては春のものとてながめくらしつ」ではないが起きもせず寝もせで嘆き暮らし、想いをつのらせていたが、聖護院のあの宿坊のあたりに昔知っていた人がいたのを思い出して訪ねていく。ある時は詩歌の会にことよせて、またあるときは酒宴に興じたていで、その家でたびたび一夜二夜を明かすようになった。そうして、例の童になにかと声をかけた。童の名は桂寿《けいじゅ》という。桂寿と茶を飲み酒を酌み交わしなどするうちに、黄金

で作った枝に実る橘のなかにお香を入れたのや、練貫《ねりぬき》、唐綾《からあや》、浮線綾《ふせんりょう》など様々な布地の小袖十着ばかりを梅若君への贈り物として持たせた。桂寿も桂海律師の想いの深さを感じて心隔てなく力を貸してくれるようになった。桂海律師が梅若君を想うあまりにいつ晴れるともなき心の闇に苦しんでいるのだと語ると、桂寿は

「まず文をお書きなさいませ。すぐにお目にかけるようにいたします」

と言う。どれほどことばをつくそうともこの気持ちを伝えることができそうになくて、桂海はただ歌を書いた。

知らせばやほの見し花の面影に立ちそふ雲の迷ふ心を

（知らせたい。ほの見た花の面影に寄り添う雲となってあなたに心惑わされていることを）

桂寿は梅若君のもとへいって懐から文を取り出して言った。

「これをご覧なさいませ。いつぞや雨の夕べに桜の木の下で濡れそぼってお立ちになっていたのを、ある風流人がひそかに見ていたのです。人知れず想いそめた片恋の苦しさに、袖の色も深い紅色になるほどに涙で濡らして、泣いて泣いてあきらめきれずにいるようです。」

梅若君はぽっと顔を赤らめて、文の紐をとこうとしたとき、某《なにがし》というえらい僧都が渡殿《わたどの》の

床を踏み鳴らして内に入ってきたので、この文を見せまいと袖の中に押し隠した。桂寿はなんと間の悪いことだと稚児が文を見る暇ができるまでやきもきと待ちつづけた。やがて日が暮れるころ書院の窓から返事が差し出された。桂寿はうきうきと足取りも軽く急ぎ桂海律師のもとへ持ってきた。桂海律師は我を忘れた喜びようで、まったくもって前後不覚の様子である。開いてみると文章はなくて、

たのまずよ人の心の花の色にあだなる雲のかかる迷ひは

（あなたのあだな心が迷うているとてそれを信じていいものでしょうか）

桂海律師はこの返事を見て、ひどく舞い上がってしまい落ち着きを取り戻すすべもない。もはや梅若君に会わずば帰れまいという気がして、しばらくこのあたりの宿に逗留して、垣根越しに見えている梅若君の屋敷の木の梢《こずえ》でも眺めて暮らしたいと思うが、それではあまりに節操がない。そこで「またあらためて参ります」と桂寿に暇乞いをして山に帰ろうとしたのだが、ひと足歩んではふり返り、ふた足歩んでは立ち止まりして、春の日永しといえども、ほど近い坂本[*9]の里の宿坊に行き着く前に日が暮れてしまった。その晩は戸津《とつ》[*10]のあたりにある

埴生《はにゅう》の小屋に泊まった。夜もすがら想い焦がれて眠れずに、朝になって山へ帰ろうと庭にまで出たけれども、千人もの人が引っ張るという千引きの縄を腰につけたがごとく、あらぬ方に心が引き留められたので、また引き返して大津の方へふらふらと舞い戻って行った。雨がしめやかに降るなか、蓑笠《みのかさ》をかぶって、旅人の姿に身をやつして行く先で、唐笠をさしかけて馬に乗る旅人と行き合った。「誰かしらん」と見やると童の桂寿だった。桂寿は桂海律師に気づいて「なんと不思議な。あなた様に申し上げることがあって知らぬ山まで訪ねて行こうとしていたところでした。こうして行き合えたとはうれしいこと」と、馬から飛び降りて桂海律師の手をとって傍らの辻堂へ引っ張っていく。「いやいったいなにごとで」と問えば、桂寿は焦がれる想いを色にしたような紙に、手にさえ移り香がくゆるほどに香りをつけた文を懐から取り出す。「いかなる山道に迷い込もうとも、あなたの話したことをもとに居どころをつきとめて訪ねて参れとおおせつかったのです。尋常ではない恋煩《こいわずら》いですよ。まるで一夜を共に過ごしたあとに別れがつらくて泣いて袖を濡らすかのようで。まさに露の戯れ」と

＊9――坂本　比叡山延暦寺の門前町。
＊10――戸津　滋賀県大津市坂本の東部、琵琶湖畔の古称。

笑うので、桂海律師も「せめて逢瀬のあとの後朝《きぬぎぬ》の別れを嘆く身であればよかったのだがね」と言い返して、文を見る。

　偽りのある世を知らでたのみけん我が心さへうらめしの身や

　（世には嘘偽りがあるとも知らず、あなたと契りを結んで
　　しまった私の心がうらめしい）

「御所のかたわらに知り合いの衆徒の宿坊がありますので、そこにしばらくいらしてください。土御門天皇が初恋を詠んだ歌「ひまとめていかで知らせん玉すだれ今日よりかかる心ありとも」だというのですよ」と桂寿がせっつくので、思いのまま心ひかれるままに桂海律師はまたも三井寺に舞い戻っていった。しばしのあいだ宿にかりたある僧房の学問所にいると、坊主も親切に桂海律師の相手をしてくれる。坊主は常に稚児たちを多くはべらして管絃をし、毀誉褒貶《きよほうへん》の和歌を読み合う歌合《うたあわせ》などをして日々を送っていた。

桂海律師は、所願あって三井寺の新羅大明神《しんらだいみょうじん》に七日山籠《さんろう》するといつわって、夜になると院

家に紛れ込んでは築山の松の木陰、前栽の草のもとに潜んでいる。梅若君もこれに気づいて律師のもとへ行きたい様子だが、人目につくのではないかと周囲を気にしてかなわない。出るに出られず心をくだく梅若君の姿を見ているのはかえって心苦しくて律師はこう思う。

「よし。ただ外から見つめているだけでいい。あの方への想いに命をかけて私の恋のかたい誓いをたてよう。」

夜に行き朝には帰るだけの日々が十日あまり重なっていく。

「いつまでもここにいてよろしいのですよ」と人は言ってくれるが、長居をするのもさすがにどうかと思うので律師は明日にはそろそろ我が山に帰ろうと思っていた。その晩、桂寿がやってきて「今宵はこちらへ京から客人がきていて酒宴となりまして門主もひどく酔っていらっしゃいます。夜が更けるまで待ってここへ密かにお入れするようにとの仰せでした。門を閉めずに必ずお待ちくださいませ」と忙しげに言い捨てて帰っていった。

桂海律師はこれを聞いて、心が浮かれ乱れて、身の置き所もなかった。夜が更けゆくのを告げる鐘の音が聞こえて、月が西に傾く。待ちかねていたところに、垣の戸を人があける音がしたので書院の杉障子からはるかむこうをのぞいてみると、例の童が先に立って、魚の骨でできた透かしの提灯に蛍を入れて灯しとしてやってくる。蛍のかすかな光に、しなやかに肌身に馴染んだ錦紗《きんしゃ》の水干を着た梅若君が見える。他に見ている人がいるのではと暗がりでじっとしている稚児に風にゆれる青柳がしだれかかる。桂海律師は早くも心がふわふわと浮わついて、身もとろけてしまいそうである。

桂寿が提灯を軒にひっかけて書院の戸をはたはたとたたいて、「お渡りにございます」と知らせると、律師はことばもなく、かたわらにそっと身をかくすようにして、ここにいる旨を伝える。桂寿は庭に戻って梅若君に「さあ早くお入りください」と促し、梅若君は先に立って妻戸から入る。近づくにつれて梅若君の袖からただよう香が我が身に降り注ぐように薫ってくる。白居易が「嬋娟両鬢秋蟬翼《せんけんたるりょうびんはしゅうぜんのはね》。宛転双蛾遠山色《えんていたるそうがはえんざんのいろ》」と漢詩に詠んだように、左右の耳の上に結い上げた総角《あげまき》は蟬の羽のように艶やかで、ゆるやかな曲線を描く眉がけぶるよう。美しさのあまり花にも妬まれ、月にも嫉妬されるほどの百の顔ばせ、千々の乱れに誘《いざな》う媚態《びたい》。絵に描こうにも筆及びがたく、語り尽くせることばもない。「あひ見ては心ひとつをかはしまの水の流れて絶えじとぞ思ふ」という在原業平の歌ではないが、涙とともに枕を交わす川島の水の流れも絶えることなく、まだまだ契りの睦言《むつごと》も尽きないが、閨《ねや》寒くして睦まじい仲の蘭風《らんふう》の夢から覚めた。煩悩を断つがごとく紅涙《こうるい》とどめがたければ、藤原有家の歌「ふしわびぬ篠の小笹の仮り枕はかなの露や一夜ばかりに」ではないがはかなく夜明けを告げる鶏の声もうらめしく、重ねた互いの衣のぬくみも冷えて、立ち別れようとするに、衾《しとね》の上に明け方の月が西からくまなくも差し込んで梅若君を照らした。寝乱れの髪がはらはらとかかり、けぶるような眉の美しさ、薄暗がりに映る顔ばせの色っぽさ艶っぽさ。別れてのちにこの面影にまた逢うまでを待つあいだ命がたもてるとも思えない。

桂海律師は梅若君を見送って、暁方に外にでたきり、内へ入ろうとしない。門のところの唐風の石畳の上に佇んでいたところに童がやってきて「御文です」と差し出した。開いてみるとことば少なに歌が書かれている。

我が袖にやどしやはてん衣衣《きぬぎぬ》の涙にわけしありあけの月

（一夜を共にしたあとの別れの涙は私の袖にありあまるほど。有明の月）

桂海律師は書院にとってかえして返歌を書く。

共に見し月をなごりの袖の露はらはで幾夜なげきあかさん
（あなたとともに月を見たことを思って袖を涙に濡れるにまかせ幾夜も嘆き明かします）

律師は夢に見たのかうつつのことか梅若君の面影を胸に、身をふれ合って袖にしみついた残り香を抱きしめて山に帰ったが、心はしおれ魂は浮かれて、人が話しかけても返事もせず、知らず知らずに涙が出てきて袖は濡れそぼっていくばかり。少し休養の必要があると宣言して人にも会わず寝込んでしまっていた。桂寿は

このことを聞き及んで、梅若君にそれを語りきかせた。梅若君もせつない恋心に思いくずおれて、みるみる見た目にも沈んでいく。今にも音沙汰があるのではないかと、梅若君はすこしのあいだ期待して待っていたが、会えない日々が重なっていくにつれたまらなくなって桂寿を呼び寄せた。

「あの夢のような日からもう現実には戻れそうにない。お便りもなくてずいぶん経つ。これが私の片想いならば、そのままに縁遠くなってしまうしかないけれど、あの方が寝込んでいらっしゃるときいては、露のようにはかない命がどうなってしまうのかといてもたっても

いられぬのだ。あの方が死んでしまってからでは遅い。いまのうちに追いかけてどんな山奥へでも行くつもりだが、なんの約束もなく別れてしまったし、いったいどこへ行けばよいというのか。私をかわいがってくださっている門主に聞くのははばかられる。そもそもそんなどこの者とも知れぬあだなお人がただ言い捨てたことばを、真実顔に受け取って私の心に火をつけたおまえのせいぞ。さあいますぐ私を連れてどんな山なり浦なりへとも連れて行け。」

梅若君はこう言うとはらはらと涙をながす。いまだ幼く思慮のないお方がこんなにも想いを寄せている人を忘れられるはずもない。かくなる上はと桂寿は思いきって「かの人の居場所を詳しく承っていますから、お供いたしましょう。御所様の機嫌をそこねたとしても、あとでどうとでもいいわけできましょう」と梅若君と二人して邸を抜け出した。

梅若君はもとより左大臣家の貴き生まれ。香木や七宝で作った豪華な車ならいざしらず、仮そめにも泥土の上を歩いたことなどもないので、足を痛め心も疲れてついに歩けなくなってしまった。手を引いていた桂寿さえもくたびれ果ててしまい、「ああ、天狗でも化け物でもいいから、誰か我らを捕まえて比叡の山上に連れていってくれないかな」などと言う。そうして湖水に映る月をながめながら、唐崎の松の木陰に休んでいた。

すると四《し》方輿《ほうごし》*11に乗ったひどく年老いた山伏が通りがかった。山伏は二人が休んでいるところに輿をとめさせて、「どこからやってきてどこへ行くのですか」と声をかけてきた。童はありのままに答えた。山伏は輿から降りて「私はそのお訪ねの御坊の隣へ行こうと向かっていたところです。あまりにおいたわしいご様子ですから、この輿にお乗りなさいませ。私は歩いて行きましょう」と言うと梅若君と桂寿を乗せてくれた。担ぎ手の力者十二人は鳥

が飛ぶごとくに、茫々《ぼうぼう》たる湖の上、冥々《めいめい》たる雲霞のなかをかきわけて、あっというまに大峯の釈迦《しゃか》ヶ《が》岳《だけ》というところへ登り着いた。そこには盤石《ばんじゃく》の上につくられた石牢があって、二人はそこへおしこめられてしまったのだった。月日の光もみえず、夜昼のさかいもわからない。どうも男や女が数多く幽閉されているらしく泣き声が聞こえる。

その夜から、梅若君が失踪したというので寺内は大騒ぎとなっていた。門主はおおいに嘆

き、いたらぬくまもなきほどに探し歩いたけれども、その行方を知る人はまるでいない。と、そこへやってきた東坂本から大津へ向かっている旅人が、「そのような幼い人を昨日の夜の戌の刻ばかりに、唐崎の浜で見ました」と語った。

「さてはこのところ恋々と忍び通ってくる律師がいるときいたが、そいつが梅若君を盗み出したのか」と院家の内は言うに及ばず、寺中の衆徒もただならぬ勢いで憤っている。もとより三井寺園城寺たる寺門は、戒を授ける戒壇院を比叡山延暦寺たる山門に独占されてからというもの、なにかと衝突してきた犬猿の仲である。

「我らが寺門の若君を山門に取られるとは許しがたい。梅若君の父大臣が知らぬはずはあるまいて。まずは花園の左府の邸へ押しかけて恨み申し上げよう！」と門徒の大衆五百余人が白昼に三条京極の左府の邸へ押し寄せた。大臣家に仕える近隣の者たち五十余人が身を賭して応戦するが大衆はそれをものともせず攻め入ってくる。渡殿《わたどの》、釣殿《つりどの》、泉殿《いずみどの》、甍《いらか》を並べた玉の欄干、すべて残らず焼き払われた。

園城寺の衆徒たちは、それでもなお憤懣《ふんまん》収まらず、一寺一同で詮議《せんぎ》する。

＊11――四方輿　輿に屋形をつけ、四方を吹き放しのままですだれを垂らした手輿。

「これほどの寺門の恥辱はない。なんとなればこのついでに我が寺に城郭をかまえ、三摩《さんま》耶《や》戒壇《かいだん》＊12を建てたら山門の大衆は怒りにまかせてきっとここへ押し寄せてくるにちがいない。さすればしめたもの。こちらの地の利をたてに敵を滅ぼすという寸法だ。これは邪宗を退けて正しく戒法を広めるための道である。まさに天が与えた好機。この機を逃すな！」

一味同心の衆徒三千余人、京から近江へ抜ける如意《によい》ヶ《が》嶽《たけ》の道のところどころを掘り切り、麓に逆木を立てて、垣を立てめぐらせて、三昧耶戒壇を建てた。

これをきいた山門も黙っているはずがない。どうして蜂起しないことがあろう。

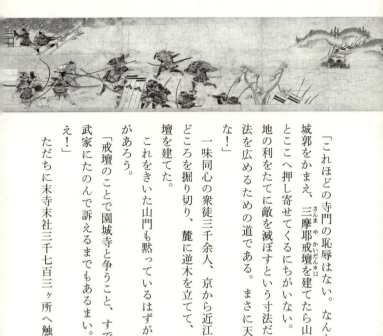

「戒壇のことで園城寺と争うこと、すでに六度になる。公家に奏上し、武家にたのんで訴えるまでもあるまい。時を移さず押し寄せて焼き払え！」

ただちに末寺末社三千七百三ヶ所へ触れ回り一斉蜂起する。まずは近

国の勢が馳せ参じ、山上坂本に集まった。その日は十月十五日の中の中の日で「この日にまさる良い日はない」と十万余騎の軍勢を七手に分けて、追手、搦手《からめて》が討ち寄せる。あるいは志賀、唐崎の渺々《びょうびょう》たる浜風のなか馬に鞭打って駆けつける衆徒もあった。あるいは漫々《まんまん》たる煙波《えんぱ》湖水《こすい》の朝凪に、舟に棹さし駆けつける大衆もあった。思い思いに駆けつけてくるその中に桂海律師がいる。そもそもの発端は我が身から出た禍《わざわ》いである。我れ先に合戦して名を後世にとどめようと選りすぐりの同宿の若者五百人を引き連れ、みなで神水を飲んで、寅の刻限の明けぬまに如意越《にょいごえ》より攻め入った。追手、搦手、城中と、都で十万七千人が同時に鬨《とき》の声を挙げたので、その爆音で大山が崩れ、湖水が揺れ、たちまちに敵は水際に落ちるかとみえた。だれもだれも手負いとなるも死するものともせず、敵を乗り越え乗り越え攻め込む。寄せ手には本院に習禅《しゅうぜん》、禅智《ぜんち》、円宗院《えんしゅういん》、杉生《すぎふ》、西勝《さいしょう》、金輪院《こんりんいん》、椙本《すぎもと》、坂本《さかもと》、妙観院《みょうかんいん》。西塔には常喜《じょうき》、乗《じょう》

＊12――三摩耶戒壇　真言密教で説かれる戒律である三摩耶戒を授ける壇場。

実《じつ》、南岸《なんがん》、行泉《ぎょうせん》、行住《ぎょうじょう》、常林房《じょうりんぼう》。横川には善法《ぜんぽう》、善住《ぜんじゅう》、般若院《はんにゃいん》。三塔蜂起して機を合わす。これを防ぐ大衆は、円満院の鬼駿河《おにするが》、唐院の七《しち》天狗《てんぐ》、南の院の八金剛《はちこんごう》、千人斬りの荒讃岐《あらさぬき》、金尖棒《かなさいぼう》の悪太夫、八方破りの武蔵坊、三町礫《つぶて》の円月坊、下げ切り好みの覚増、互いに大義をかかげ命を惜しまず入れかわり立ちかわり応戦する。鏃《やじり》が甲冑を射抜き、鉾先《ほこさき》が煙塵を巻き上げる。三時《さんとき》ばかりの合戦に、寄せ手の山門の七千余騎が手負いとなって半死半生となったのに、寺門は、尽未来際《じんみらいざい》の永遠の時を経ても落ちそうにない勢いである。桂海は、これを見てとりおおいに怒って言う。

「使いものにならぬ奴らの合戦のざまだな。さほど大きくもない堀が死人で埋め尽くされているというのに、なぜ攻め落とせないのだッ。我こそはという者は後ろにつづけ！　桂海の手柄のほどを見るがいいわッ。」

桂海はあくまで強気の態度で薬研堀《やげんぼり》の狭い底へガッバと飛び降り、二丈余りに見える切りたった岸の上へ楯を踏み台にして跳ね上がり、

まわりにめぐらせた塀の柱に手をひっかけると、ゆらりと向こうへとはね越えて、敵三百人余りの中に乱れ入った。下げ斬り、袈裟斬り、車斬り、逆手に持った一刀で、敵が退けば追っかけ斬り、将棋倒しになれば払い斬り、磯うつ波のごとくの捲《まく》り斬り、乱紋《らんもん》、菱形《ひしがた》、蜘蛛手《くもで》、搔縄《かくなわ》、四角八方を追ったてて斬って斬って斬りまわる。如意ヶ嶽の道を防衛していた兵三百余人はこれはかなわぬと右往左往して落ち行く。つづいて八方から攻め入ると、桂海方の者五百余人は走り散って、院という院、谷という谷に火を放った。風がたちまちに吹いて四方を覆い、金堂、講堂、鐘楼、経蔵、常行三昧の阿弥陀堂、普賢行願の如法堂、教待和尚の御本房、智証《ちしょう》大師の御影堂、三門跡の御房に至るまで、都の三千七百余りの殿舎がいっときに煙に成り果てて、新羅大明神の社壇をのぞいて一つ残らず燃え尽きた。

そのころ、三井寺がこのような状態にあるとは夢にも知らず、石の牢のなかに押し込められて、明け暮れ嘆きに沈んでいた梅若君は、天狗どもがあつまってよもやま話をして笑っているのを聞いた。

「我らにとっておもしろいことといったら、焼亡、辻風、小諍《こいさか》い、論の相撲、白川のほとりでやる石合戦の印地《いんじ》打《う》ち、山門南都の御輿ふり、五山の僧の問答だて。これらこそは興ある見もので、ひと風情あると思っていたが、いやはや昨日の三井寺の合戦は稀代の見ものだったな」とだれかがいうと、そばにいた天狗が「この梅若君をつかまえたのは名案だったな。そうでなければ、これほどの軍勢の戦《いくさ》にはならなかっただろうよ。聖護院の門主たちが彼方此方へ逃げまどっていたのがおかしかったな。よし、おもしろい歌を詠んでやろうか」という。そばにいた天狗が「してなんと詠む」と問うと、こんな歌を詠んだ。

うかりける恥三井寺の有様や戒つくりては音をのみぞ泣く

（情けなくも恥をかいた三井寺のありさまや、戒をつくったのに泣くばかり）

これが笑いのツボに入って座中の天狗どもはみな笑いこけている。梅若君はこれを聞いて、「なんということ。さては三井寺は私のせいで滅びてしまったのか」と思うが詳しく事情を問うべき人もない。ただ童の桂寿とともに沈み込んで泣くよりほかにどうしようもない。

そんなとき淡路国《あわじのくに》からの進物《しんもつ》として八十をゆうに超えた老翁が石牢へ入れられた。

「この翁は、雨雲に乗っていたのを足を踏み外して落ちてきたところを捕らえましたものです。なんとでも名をつけて召し使いください。虚空を翔けることなどは誰にも劣らぬもののようです。」

一両日ののち、この翁は稚児と童の泣き悲しむさまに気づいて「もし、お袖を濡らしておいでですね」と声をかけた。稚児と童は「住み慣れたところをかりそめに出たところで、この石の牢に押し込められてしまいました。父母、師匠のお嘆きを思いやるたびに涙が落ちてならないので袖が濡れているのでしょう」と答えた。老翁はおおいに喜んで「それなら私にそれをお託しください。たやすく都へ帰してさしあげます」と言う。翁がこの稚児の袖を絞ってみると、『伊勢物語』で「白玉《しらたま》か何《なに》ぞと人の問ひしとき露と答へて消えなましものを」（あれは白玉かとあの人が問うたとき露ですよと答えて露のように消えてしまいたかった）と詠まれたように涙の露がしたたった。翁がこの露を左の手に乗せて、丸薬をまるめるようにしてころがすと、ほどなく露の玉は鞠ほどの大きさになった。これをまた二つに分けて両方の手のひらにのせてしばらく揺らしていると、二つの露は次第に大きくなって、石の牢の内側が滔々《とうとう》たる大水になった。このとき、老翁はたちまちに怒れる雷となって、雷鼓が地を動かし、電光が天にひらめき、さしもの天狗どももみな怖れおののいて、四方に逃げ失せた。翁は龍神となって石の牢を蹴破って、稚児と童はもちろんのこと、牢内の道俗男女を雲に乗せて飛び去った。やがて内裏の旧跡、神泉苑《しんせんえん》のほとりにみなを降ろした。

道俗男女は、ここで別れておのがいく先へとさまざまに帰って行く。梅若君と桂寿とは我が故郷を訪ねて里邸の花園へ向かった。ところが甍をならべていた広大な殿舎楼閣はみな焼け野原となっており、あたりに問いかける人とてなかった。近くの僧房へ行き

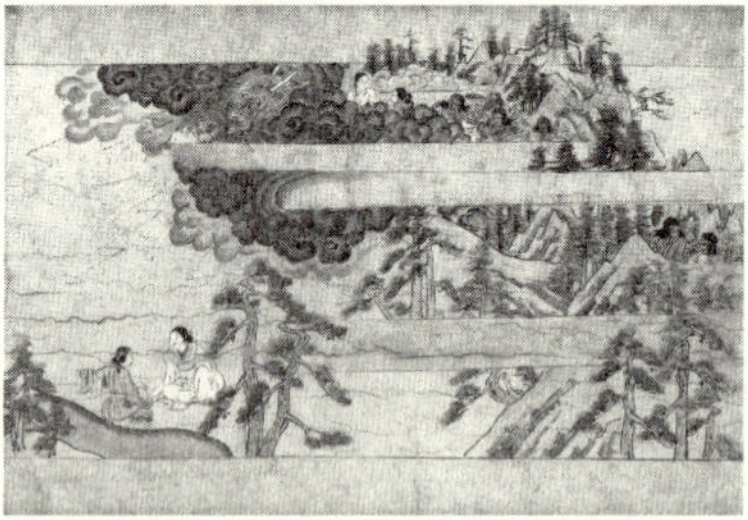

事の次第を尋ねてみると「左大臣殿はご子息の梅若君を比叡の山に奪われなさって、三井寺の衆が、里の知らぬはずがない、延暦寺と通じていたのだと押し寄せて焼き払ってしまいました」と語った。父大臣の行方を問おうにも立ち寄るべき家もない。「ならば三井寺に行って、門主のことを尋ねてみよう」と、桂寿の手にひかれて三井寺に行ってみれば、仏閣僧房が一つ残らず焼き払われていた。草に覆われた庭は松風が鳴るほどに荒れ果てている。「こ

れが我が住み処の昔の跡か」と見れば、石杖の石も焼けて砕けて苔の緑も紅色に変じている。軒端の桜も枝枯れて袖なつかしき風もない。なにもかもが変わり果てた世の哀れ。すべて我が身の引き起こした禍いかと思うと、神慮に叶わず怒りを買ったのだろうか、さぞや人の噂の種となったことだろうと惨めである。その夜は見るに目もあてられぬ有様になったとはいえ、名残り惜しくて焼け残った新羅大明神の拝殿で琵琶湖に映る月を眺めて泣き明かした。

門主はもしかして石山寺にいらっしゃるのではと訪ねてみたが「ここにはいらっしゃいません」と言われてしまった。桂寿は「それでは、今宵は参詣の人のていで本堂にいらっしゃいませ。私が山を登って律師の宿坊を訪ねてまいりましょう」と言う。梅若君はもはやこの世に生きていたくないと密かに深く思い決めていたので、止め立てする人がいないのはかえって好都合だった。このままどこぞの淵にも身を投げてしまおうと泣く泣く律師への

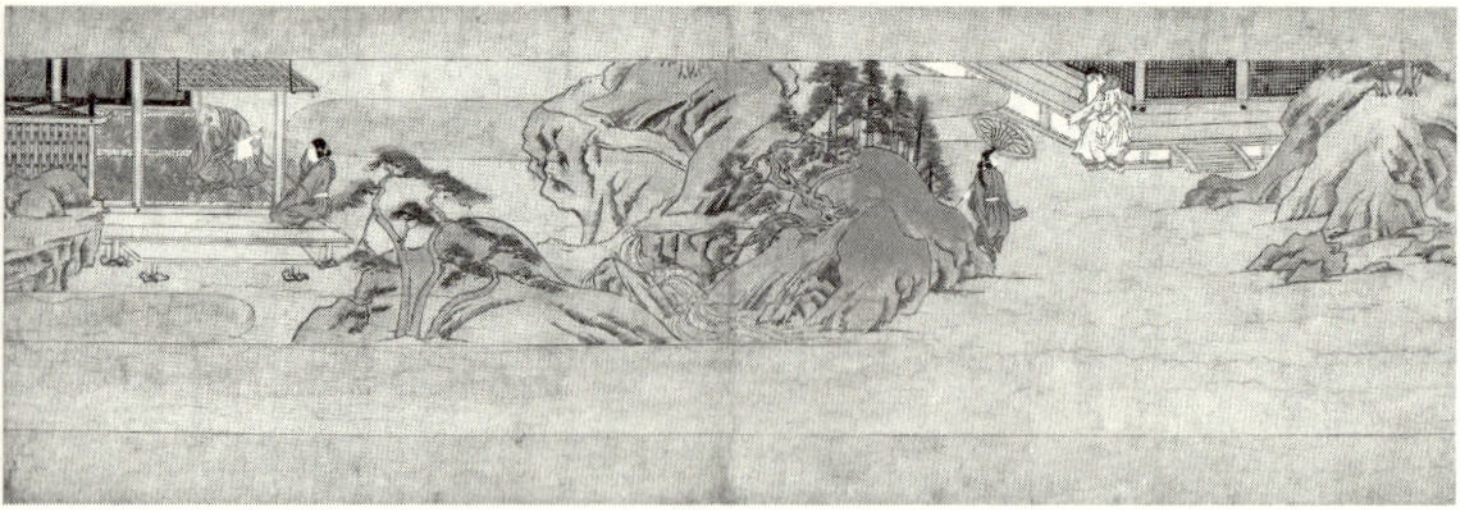

文を書いた。桂寿はその文をたずさえて比叡山へと登っていく。梅若君は去っていく桂寿を見送っている。桂寿もふりかえりふりかえりしながら石山よりもさらなる山をめざして急いだ。

桂海律師は、桂寿の姿を目にとめたとたんにさめざめと泣いて言葉もない。桂寿も涙をぬぐって、この間にあったことを語ろうとするが、律師は「先に文を読みたい」とそれを開いた。するとそこにはなにやら不吉な歌が書かれてある。

我が身さて沈みも果てば深き瀬の底まで照らせ山の端の月

(我が身が深い川瀬に沈んでしまっても底まで照らせ、山の端に登る月よ)

桂海律師は血相を変えて、「これをごらんなさい。歌の真意が気になるからすぐにも戻ろう。道々、それまでのことについては聞かせてくれ。まずは急ぎまいろう」ととるものもとりあえず、童を先に立て坂本から石山寺へと急ぎ向かった。

大津を過ぎたあたりで「なんともいたわしいことだ」「この稚

児はいったいどんな恨みがあって身を投げたのだろう」「父上母上、師匠さまがどんなにかお嘆きになるだろう」

と口々に言い合っている旅人たちに行き遭った。

まさか！　と思って詳しくきいてみると、旅人は立ち止まって「たったいま勢田《せた》*13の橋を渡っていたところ、歳の頃十六、七に見える紅梅の小袖に水干袴をはいた稚児が、西に向かって念仏を十遍ばかり唱えて、身を投げましたのです。あまりおいたわしいので、我らが水に入って助けあげようとしたのですがついに見つからずじまいで、力なく去っていくところです」と語ってはらはらと涙をこぼした。

歳の程、衣装のさまから疑いもない。旅人の語るのをきいて律師と桂寿は心がほうけてしまって、手足もなえてその場にへたりこんでしまいそうになるが、馬をはやめて橋の詰めに向かった。

＊13——勢田　琵琶湖南端から流れ出る川。瀬田川。

みると梅若君がいつも肌身離さずかけていた金襴《きんらん》の細緒のお守りに碧瑠璃の数珠が添えられて橋柱にかけてある。かくなる上は同じ流れに身を沈めてしまいたいと律師と桂寿が身を乗り出すと僧侶や若い衆が大勢寄ってきてとめだてする。ならばそのむなしき亡骸を一目見てからともかくものちのことは考えようと、二人は繋ぎおかれていた小舟に乗って深い淵の底をのぞいて探しまわったが姿は見えない。人々も裸になって、岩のあいだ、岸のかげまでくまなく探してくれるけれども見つからない。天を仰ぎ、地にふして泣き叫んで悲しむよりほかにすべがない。時がたち供御《くご》の瀬[*14]というところまでくだっていくと、水に流された紅葉葉が岩かげの淀みにたまっているかのような濃い紅い色が見えた。舟を漕ぎ寄せてみると、丈長い髪が流れる藻にかかって岩越す波にゆられている。濡れた袴を濃い紅色に染めたあるもむなしき顔の梅若君だった。泣く泣く抱きあげて、梅若君の頭を律師の膝にかきのせる。桂寿は冷え切った梅若君の足をあたためてやろうと懐に入れて抱きかかえる。

「いとわしいありさまよ。我らがどうなるか考えもしないでこんなことをしたのかい。」

「ああ、梵天さま、帝釈さま、神祇さま、どうか我らの命に代えて今ひと目生きていたときの姿をお見せください。」

声も惜しまず泣けども落ちた花が再び枝に咲くためしはなく、西にかたむいた残月が再び中空にのぼることもない。濡れて紅色が濃くなった衣はしおしおと、胸のあたりは雪のように冷えきっている。乱れて残る黛《まゆずみ》の色、こぼれかかった黒髪の、美しい顔ばせは変わらねど、ひとたび笑めば百とおりにも華やいだ眼《まなこ》はふたがれ、肌《はだえ》の色がしだいに変わりゆく。律師も童もその場にひれふして絶え入るばかりに泣き沈み、同宿の者たちは下法師にいたるまで苔にふしまろび、声をからして泣いた。

その日一日はもしや生き返るのではないかと、肌に抱いて温めつづけたけれど、ついに命が戻ることはなかった。次の日、近くの山の鳥辺野《とりべの》にて荼毘《だび》にふし一条の煙となした。

他の僧侶や若い衆たちは煙をみると帰って行ったが、桂海律師と桂寿はその場から動けずに一塊の灰に向かって泣きつづけていた。そのままこの場の苔と化して消えてしまいたいぐらいだが、いまわのきわに残した歌に、「底まで照らせ山の端の月」とあったのは、後世を弔ってくれということだろう。律師はもとの山寺へは帰らず、梅若君の遺骨を首にかけて山林を彷徨《さまよ》っていたが、のちには西山の岩倉というところで庵を結び梅若君の後世を弔った。

＊14——供御の瀬　滋賀県大津市田上黒津町付近にあった浅瀬。天皇や将軍に献上する氷魚（アユの稚魚）をとったことからこの名が生まれたと伝えられる。

桂寿は出家剃髪《ていはつ》し、高野山に籠り、生涯山中を出なかった。

そののち、園城寺の三昧耶戒壇を建てようとした張本人たる衆徒三十人は、住むべき寺を失って世の中をあじけなく思って皆離散したのだが、今一度寺門の焼け跡に立ち返り、内証甚深《ないしょうじんしん》の法施を奉り発心修行の暇乞《いとまご》いを申し上げようと集まった。みなみな新羅大明神の前に通夜して、これを限りの法要を捧げた。

夜更けた頃になって、夢うつつのあわいに、東の方の虚空から馬を走らせ車を轟《とどろ》かせる音がして、おびただしい数の客人たちが勢いよくやって来るのを見た。「いったい誰だろう」とじっと見ていると、法務の大僧正であった。高僧は四方輿に乗っていて、従者の大衆が前後を囲んでいる。ある者は衣冠束帯《いかんそくたい》姿、ある者は甲冑を帯した随兵を召し具している。かつまた玉の簪《かんざし》をつけた婦人は宝玉で飾られた立派な乗り物に乗って、侍女たちを数十人左右に従えている。あとについている仕丁に「これはいかなる方のお渡りでしょうか」と聞くと、「ご存知なかったのですか。東坂

本にございます日吉山王[*15]さまのお渡りでございます」と答えた。やってきた客人たちは、次々と輿車から降りて帳の内へ入っていく。新羅大明神が玉の冠をただして、身を整え、金の帳《とばり》の内からお出ましになった。客を迎える主としての座に着くと、献盃の礼があり、舞曲の宴がつづいた。新羅大明神は心から楽しんでいる様子で歓喜の笑みを浮かべている。終夜宴をして、夜があけたので日吉山王は還御する。新羅大明神は帰っていく日吉山王を寺門の外まで出て見送った。新羅大明神が玉の階《きざはし》を歩いて戻ってきたところで、通夜していた大衆の一人が明神の前に跪いて涙を流して問うた。

「三昧耶戒壇は、往時の勅裁《ちょくさい》によって我が寺建立のころにはございましたものですから、我が寺の興隆のためにこれを興そうとするのは、少しも衆徒の道理に合わぬ僻事《ひがごと》ではございません。にもかかわらず山門はみだりに勅裁に背き、たびたび種々の魔障をなしては当寺を焼き払ったのです。神明仏陀もさぞやお心を痛めていらっしゃることと存じます。それなのに敵対する山門を守護する神である日吉山王に対して、宴をもうけて輿を尽くして遊ばれる

＊15――日吉山王　天台宗の鎮守神。

とは、いったいいかなる神慮でございましょうか。はかりがたく存じます。」

新羅大明神は、通夜した大衆皆を前に召して言った。

「衆徒の恨み申すところ、いちおう言い分のあるものといえども、それはみな一愚の管見、愚か者の狭い了見であるぞ。神明仏陀の利生方便というのは、だれかをよしとして福を与えたとしてもそれが真意ではないのだ。あるいはだれかを否定して罰を与えるのも慈悲のなせることなのだ。順縁逆縁の二縁はすべて無上菩提におもむかせるためにある。我が何を喜んでいるのかまだわからないのだな。仏閣、僧房が焼けたのはこれすなわち造営するために財を施す利益《りやく》があるということである。経論、聖教が焼けたのはあらためてこれを書写して仏と結縁するためである。仏のなすことに生滅の相のないことがあろうか。ことに悲しみによって桂海が発心したことの嬉しさよ。こうしていささかの導きをなしたことに歓喜の心をあらわしたまでよ。日吉山王もこれをよろこばれて来臨なされたのだ。石山寺の観音がなした童男変化《どうなんへんげ》の徳はまことにありがたき大慈大悲であった。」

そういうと新羅大明神は帳の内へ入っていった。と、そのとたんに通夜していた三十人の大衆は一斉に夢からさめて、同じ夢を語り出した。

さては川底に身を投げた梅若君も観音の変化した姿であったか。寺門の焼けたのも済度の方便だったのか。三十人の衆徒は信心をあらためて肝にめいじ、みな発心して共に仏道修行に励もうと、かの桂海が瞻西上人と名をかえて住んでいた岩倉の庵室を訪ねていった。瞻西上人は三間の茅屋の半分は雲の中にあるような山奥に住まい三度の秋を経て衣は薄くなり、一条の風が吹くと落ちてくる木の実を食し、松吹く嵐、渓流の音をきいて過ごしている。もはや夢のような浮世の過去を人に問われるたびに上人はさめざめと涙で袖をぬらすのだった。

昔見し月の光をしるべにて今宵や君が西へゆくらん

（昔共に眺めた月の光をしるべにして今宵君は西方浄土へゆくだろう）

この歌は書院の石壁に書き付けてあったのを、帝が限りなく感じ入って『新古今和歌集』の釈教の部に入集したのである。

孔子が「徳不孤必有隣」（徳は孤ならず必ず隣あり）と言ったように、徳がある者には厭《いと》うても人が集まる。僧侶たちが、こなたかなたから集まってきて、都の近くに寺を建てて人々へ

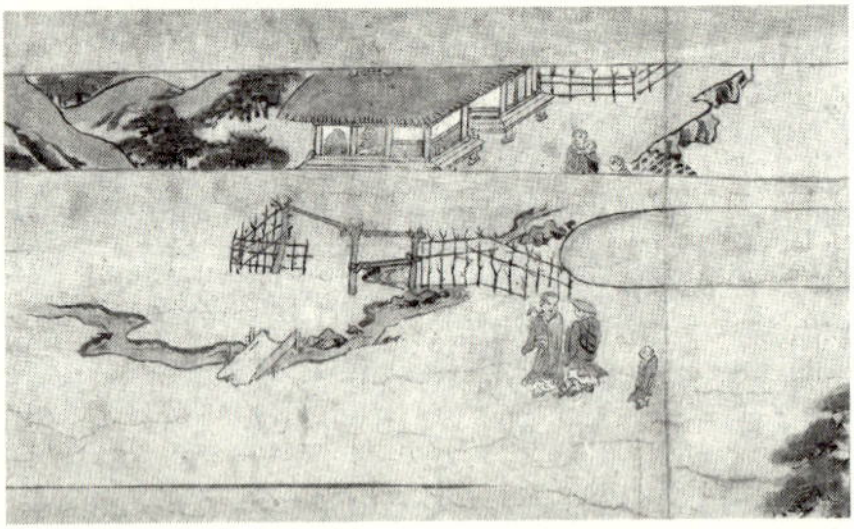

の利益としようと東山に雲居寺を建立した。本尊は二十五ばかりの伎楽歌詠《ぎがくかえい》する菩薩を従えた阿弥陀如来がいまや死出の旅に出ようとする者を迎えとろうと来迎するさまにつくった。これを見た者はみな信心を起こし、遠くからも近きところからも人々が踵《きびす》をついで参詣する。貴賤を問わず掌を合わせてこれに礼拝した。

＊

「仏への道は縁より起こるとはこうしたことをいうのでありましょう。」

こう語り終えると老僧は涙をこぼす。聞いていた人々はみな感じ入り袖を濡らさぬ者はなかった。

あしびき

あまり遠くない昔のこと。孔子の教えの流れをくみ二代の帝に仕える儒学者の子がいた。子といっても傍流。嫡男《ちゃくなん》*1ではなかった。道真《みちざね》からつづく漢学の家たる菅原家のしばりは絶えることなく廟《びょう》に祀られた道教の神の霊験を一筋に信心し、長安の槐市《かいし》のような学問所で行われる漢学をおこたりなく修め、学識の誉れ高くどこへ出ても恥ずかしくないほどであった。とはいえ継ぐべき家領などはない。君主に仕える身として私《わたくし》をかえりみることなく生きてきたが、年を追うごとにしだいに孔子門下たちとの儒教の交わりがおっくうになり、仏道に熱心に勤しむようになっていった。

それでも出家するに至らずにいたのは、浮き世のほだしとはよくいうが、子が一人いたからである。子はこの世のものとも思えないほど美しい顔立ちの、たいそうな器量よしである。我が子を頼みの綱としてぜひとも引き立てて途絶えそうになっている道を継がせ、すたれかけている家を再興させたいと思うけれども、九流にわたる漢籍へのこころざしは浅く、世のままならなさを嘆いて五噫《ごい》をうたう心ばかりがたかまっていく。『法華経』第二十七に語られる故事で、仏教に帰依《きえ》していた二人の息子に促され邪心を捨てて出家した妙荘厳王《みょうしょうごんおう》も尊く思われて、どこかの僧坊に子を預けて、出家、修学をさせ、我が後生菩提を弔ってもらおうと考えるようになった。そこでしかるべき寺はあるかと尋ねてみたところ、比叡山の東塔に

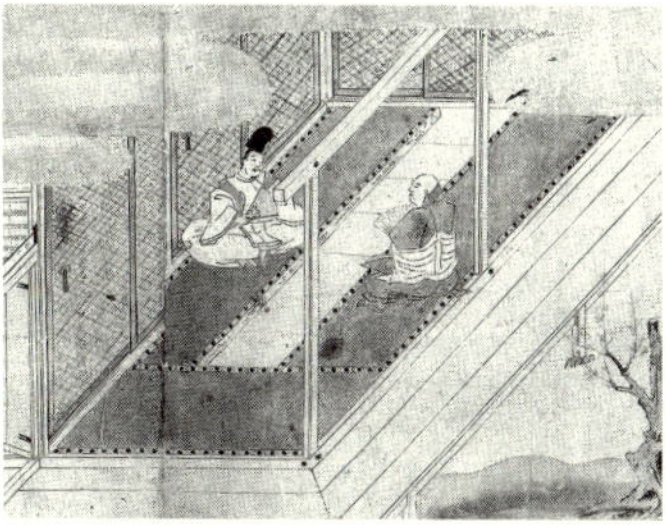

某《なにがし》の律師という、戒を重んじ、修行に長い年月を費やした上にさらに日々の修練を怠らない尊い方がいるという。律師には、弟子、同朋などが大勢いたけれど、この人にならい法灯をかかげる跡取りをまかせたいと思う者がいなかったので、器量のすぐれた人はいないかと内々に折に触れては尋ねていたところであった。ちょうど、この子の後見役の傅《めのと》*2がそれを伝え聞いて、このようなことがございますと父朝臣に語ったのである。めぐりめぐってそのことをもれ聞いた律師は、使いの者を送って父子を訪ねさせ、その子をぜひにも託してほしいとねんごろに申し入れた。父も了承し、入山の日取りなどを決めて使いは帰っていく。

さて、律師がこの子を山へ迎えてみたところ、見目姿の麗しさばかりでなく、心ばえも優雅。さまざまなことに心得があり、思っていたよりもたいそうすぐれているようで、寺内ばかりか近隣の人々までもあれこれと世話をしたがるほど。詩歌の道にたくみ

*1――嫡男　正妻の生んだ最初の男子。
*2――傅　養育係。

なだけでなく、管絃の方にもたけていたので、これはしかるべき天からの授けものであろうと、ありがたく思うのだった。

それからというもの、大江匡房《おおえのまさふさ》が「氷ゐし志賀の唐崎うちとけてさざなみよする春風ぞ吹く」（凍っていた志賀の唐崎もとけ出してさざなみをよせる春風が吹いている）と詠んだ往時を慕い、比良《ひら》＊3の高《たか》嶺《ね》に雪積もる冬の朝には白居易の漢詩に「撥簾看」（簾をかかげてみる）とある香炉峰《こうろほう》の雪を思い出し、時にふれ、折に従っては四季の情味を味わって過ごすことが多くなった。

こうして、三年が過ぎたころ、我が子がいつまでたっても出家しないのでは寺にやった甲斐がないと父親がしきりにせっついてくるので、まだしばらくのあいだは稚児姿でおいておきたいとは思ったが剃髪させて侍従の君玄怡《げんい》と名づけた。修学の営み、なすべきことなどは律師が侍従の君に教えこんだ。『摩訶止観《まかしかん》』に説かれる十乗観法＊4の修行、三つのものは一つであるという三諦即是《さんだいそくぜ》の教えに通じ、瑜伽三密《ゆがさんみつ》の壇の前では身口意《しんくい》＊5の三密が如来のそれと合一し、四種の曼荼羅が互いに緊密であるという四曼不離《しまんふり》を心得るようになった。蛍の光窓の雪を明かりとしながら日夜怠りなく一心に教えを仰ぎ、論談決択《ろんだんけったく》の議論でもだれ一人肩をならべられる者がいないほどであった。律師は、侍従の君が寺にいるからにはこの後も天台宗の教えが続いていくだろうと喜んだ。

さて侍従の君は親戚に会う用事があって、八月十日すぎに洛外の白河のあたりに三日ほど滞在することがあった。小夜更けて、月の光がまぶしく空に輝いて魂が身からふわりと飛んでいってしまいそう。東晋の画家で琴の名手であった戴逵《たいき》を思いながら、侍従の君は庭に降りてふらふらと歩いていた。折しも、撥《ばち》の音たかく琵琶《びわ》のしらべが聞こえてきた。どこから聞こえてくるのかしらんと耳をとどめてみると、どうも近いところらしい。その音をしるべに近寄っていくと風流に暮らしている家屋の内からしのびやかに唱歌しながら弾きすますのがきこえる。曲は秋風《しゅうふう》

＊3——比良　琵琶湖の西側辺りのこと。

＊4——十乗観法　悟りの境地に至るために行われる十種の観法のこと。

＊5——身口意　身（行動）・口（言葉）・意（思い）のこと。

楽《らく》のようだ。

弾き手は誰なのだろう。知りたさに垣間見《かいまみ》するすきを探し歩く。白居易の漢詩「琵琶行《びわこう》」にうたわれた、左遷された先の潯陽江頭《じんようこうとう》で夜、客を送ったあとに聞いたという琵琶の音はこんなふうではなかったかと思うのだった。しばらくすると中から十三、四歳ぐらいの童が不審そうに門の外に出てきた。侍従の君はさまざま言い含めなだめすかして、「この琵琶はどなたが弾いておられるのか」ときいてみる。童ははじめは笑って返事もしなかったが、なおもしつこく尋ねるとこう答えた。

「奈良に民部卿得業《みんぶきょうとくごう》と申される方がいらっしゃいますが、このほど人にものをおおせになることがありまして、この宿所にいらっしゃいます。その方の若君が弾いているのです。」

「その方、お歳はいくつになられるのですか。奈良ではどなたのお弟子でいらっしゃるのでしょう。」

なんとも心惹かれて、あれこれ問うと、童はなにゆえにこうまで尋ねるのだろうとあやしみながらもなまじ言いかけてしまったこととてすらすらと答える。

「歳は十四、五にでもなるところでしょう。奈良では東大寺東南院の僧都と申される方の弟子でいらっしゃいます。」

侍従の君が、なおすがりついて尋ねると童は気味悪そうにして「白河の関守が厳しいので」と門を閉ざして引っ込んでしまった。がっかりしてしばらくたたずんでいたところ、夜もだいぶ更けた。『伊勢物語』の「しのぶ山しのびて通ふ道もがな人の心の奥も見るべく」（こっそりと通う道があったならあの人の心の奥を知ることができるのに）という歌のように、忍んで通う道があればいいのにと思いながらその夜は帰った。

次の日、侍従の君がまた隣家に寄ってみると、簾《すだれ》のなかから十四、五歳ばかりの稚児が縁側に出てきた。これがあの人なのだと見つめていると、姿かたちからふるまい、髪がひとすじ顔におちかかっているさままでも、尋常ではなくかわいらしくて、まぶしくも目が離せない。どうしたら近づきになれるのかすべも思いつかず、ひたすらにせいた気持ちに引っぱられるようにして葦垣のすきまからするりと庭に入りこんでしまった。稚児は驚いて、ひどくはずかしそうに顔をさっと赤くして簾のなかへ入っていく。それでいて情を感じたのか立ち去らずにこちらをふりかえっているのが簾から透《す》けて見えたので、侍従の君は歌をくちずさむ。

たまだれのみずしらずとや思ふらむはやくもかけし心なりけり

（たまだれの御簾ごしに見ず知らずの者と思うでしょうが、早くもあなたに心をかけております）

若君は聞き終わらぬうちにすかさず返歌する。

おぼつかないかなるひまに玉だれの誰が心をかけもそむべき

（おぼつかないことです。たまだれのどんなすきまからいったい誰が心をかけるというのでしょう）

こう詠んで素知らぬふりでなお簾のそばに立っている。侍従の君は縁先に寄りすがって、ことばたくみに言い寄るが若君はつれないふう。興が醒めるようであり、なんとなくおそろしくもなって、侍従の君は何事もなかったかのようにして立ち去った。

里で過ごして数日が過ぎ、いつまでもこうしてばかりはおれない。侍従の君はそろそろ山寺に帰らねばならないのだが、人知れぬ恋煩いで、西行法師の歌「なにとかくあだなる花の色をしも心に深く思ひそめけむ」（なぜこうまであだ花を色を染めるように深く心に思いそめたのだろう）ではないが、若君への想いが深く身にしみるばかり。我ながら脈のない片思いに心をくだいていることよと、どうにもしようのないことにあれやこれやと思い乱れているのである。折しも、十八夜の居待《いま》ちの月が山の端から出てくる時分である。気持ちを抑えきれずに侍従の君は人々が寝静まるとふらふらと隣家へ向かっていった。すると先にことばを交わした童が門のところにたたずんでいるではないか。「これは都合がよいところに」と言い合って互いにかけよった。侍従の君が「若君はただいまはどちらにいらっしゃいますか」などと問うていると、扉の裏に人の気配がする。そばへ寄ってみると、なんと、かの若君である！うれしいにもほどがある！すっと袖をとらえて近寄ると稚児も自ら口を開く。

「どちらの方なのでしょうか。こんなふうにばかみたいなことをなさって。」

「あしひきの、とでも申し上げるところですが、まことに足ではなく袖を引きましたのはなぜでしょうね。」

「あしひきのとは山の枕詞。山といえばこのあたりでは比叡の山。奈良方とは仲が悪くている方でございましょう。おそろしいこと。」

うっとりとするような受け答えであしらいながらの立ち話。夜もだいぶ更けたようで若君は「月は簾をかかげて見るものでしょう」と侍従の君の手を引いて中へ入っていく。夢から

つつか、そのさかいもわからなくなるほど。心は戸惑っていたけれど、引かれる手になびいて中に入ったあとはただただ互いに深くちぎり合うのだった。

それからというもの若君は暮れごとに侍従の君を招き入れて管絃を奏でるなどして遊んでいた。得業ははじめこそよく知らない人にそんなになれなれしくするものではないといさめたけれども、若君が侍従の君のことをぽつぽつと語るのを聞いて、「それでは不都合のない人だというのだな」と認めたので、それからのちははばかることなく出入りするようになった。そんなころ山寺から使いがきた。「折入って話すことがあるから急ぎ帰ってくるように」とのことで、侍従の君はすぐに戻ってくると言い残して気が進まないながら山へ帰っていった。

山に戻っても侍従の君は白河のことばかりが気にかかって、ぼうっとしがちだったので、律師もただごとではないと感じとって「何があったのか」と不審そうに言う。すぐにも山をおりて駆けつけたいと思いながらも、ここを捨てる決心がつかないまま、四、五日がすぎた。このやがて焦燥感がおさえがたくなって、すべてをふり捨てて侍従の君は白河へ向かった。

間どんなに恋しく思っていたかを話したいと思って真っ先にかの宿所を訪ねたが、どうも無人の様子である。あれこれ尋ねさせてみると「こちらにお泊まりだった方は、この暁方に奈良へくだっていきました」という。侍従の君は大切な舟を流してしまった海士《あま》の気分である。がっかりした、期待外れだというどころではない。

「それではいつまたこちらにいらっしゃるのでしょう。」

しつこくも尋ねてみる。

「そうした詳しいことは知る者もございません。このたびはただ仮住まいにこちらにお泊まりだっただけのようですし。」

あれこれ言ったところでどうしようもなく、侍従の君は庭の植え込みの蘭、女郎花《おみなえし》が夜露で重そうにこうべをたれているあたりに立ち寄って、忘れがたき人の香りがただよってはいまいかとぼんやり佇んでいる。その様子を宿の主人もかわいそうに思ったのか、帰ろうとするのを呼びとめてこう告げた。

「若君の使っていた中童子が「ああ、山の人の御宿所はどちらにあるのでしょう。文があるのでお届けしたいのですが」とたび

たび尋ねてきましたが、こちらにはあなたの行く先を知る者もおりませんでしたので、なすすべもなくて出立されました。山の人とは、あなたのことでありましたか。なぜ昨日かおといにでもいらっしゃらなかったのですか。」

そう言われて侍従の君は目の前が真っ暗になる。一両日は京にとどまって奈良のつてをさぐってみたけれども、聞き出せたこともなく、このまま京にいるわけにもいかず山へ帰っていった。暁をすごさず沈みゆく月の光さえもうらめしい。

稚児の君の方も、奈良に着いても白河で馴染んだ方の面影ばかりが忘れがたく浮かんできて、人知れずまだ見ぬ山の白雲ばかりを心にかけては、睦んだあの夜の月あかりを思い出している。あの日々のことをさまざま思って、童を我が方に呼び入れては白河の思い出を語り合い、それをなぐさめとしている。そんなふうでいたので、得業は稚児の君を呼んで言った。

「どうしていつまでもここにいるのですか。はやく寺の僧都のもとへお帰りなさい。京に行っているあいだもさみしいと常に使いを送ってきていたのに。」

稚児の君はまったく気が進まないながら父のいさめはいなみがたく、家を出て東南院の僧房へ戻った。寺内の若い者たちを見るにつけても、かの宿所で睦んだあの方のことばかりが思い出されてならない。日を経て稚児の君が心変わりをしたのがわかるのだろう。僧都はうらみがましくあれこれと言う。

「なまじ歳をとっているので、何につけてもいやみたらしくなってしまってな。」

稚児の君は、気どられないように隠していたのに、ついに人に問われるまでになってしまったことだよ、と心中、なさけなく思う。かくして長月十日あまりの、月のくまなくあかるい夜、屋内ではみなが音楽を奏でているなか、稚児の君は庭に出てもはや思い残すことはないと童にも告げず、ただひとり都をさして出て行った。その夜の月の明るさのおかげで、か

ろうじて宇治までたどり着いた。

宇治で人の家の門をたたいて宿を借りようとするが家の主が不審がって言った。

「この里はただでさえ人が泊まるようなところではない上に、旅の宿と申すものは日暮れに訪ねるのが常識ですのに、月も西に

傾いて、ふつうなら急ぎ出かける暁方となって、こうしていらっしゃるとは。」

めったにないことだと咎《とが》めだてするので、ずいぶんきまり悪くなって、なんと答えるべきかわからぬままに、稚児の君は「忍ぶべきことがあるのです」などと涙ぐんで言う。その様子からいかにも高貴な人だとすぐにわかったので、やおら戸をあけてみてみるといまが盛りのとてもかわいらしい稚児が、夜露にぬれそぼって立っていた。見たらかわいそうになって、どんな鬼神であっても、もはやかまわぬと思ったのか、「ならばお入りなさい」と中へ入れて、「どうしてここへ。どちらへいらっしゃるのか。あなたのような方がおかしなことに徒歩でお出かけとは」などと問うけれども、くわしくは語らない。

「白河あたりに忍んで訪ねていきたい人がいるのでにわかに出てまいりましたが、ここより先の道を知らないのです。どうしてもいかねばならないのです。」

稚児はひどく思い詰めている様子。家主は気の毒になってさまざま世話をやく。「今日ばかりはここで足をやすめなさいませ」と熱心にすすめたが、「急ぎ訪ねていくべきことがありまして、このような有様で出て参ったのです」と言ってきかないので、馬に鞍をつけ、お供の下人までさまざま用意して、白河の宿所までおくってやった。

稚児はありがたくもあまりに申し訳なくて「ここから先はどこまでも道なりに行くだけですから。ご主人さまにくれぐれも御礼を申し上げてください」と途中で供についてきた者たちを返した。

やがて得業が宿としていた白河の宿所に着いた。宿主は喜んでもてなし、言った。

「奈良へ下向されたその夕方、山の人と言っていた方があなたの行方を訪ねてまいられました。もう奈良に下向されたと言いましたら、たいそうがっかりなさって、『こちらに便りはないのか』と尋ねていましたけれども、どうやってお知らせすべきかわかりませんでしたので、こうしてお会いできてよかったです。」

それを聞いた稚児の君はやはりあの方も想ってくださっていたのだと感激して、「かの人のいるところをご存知でしょうか」と聞いてみるが、「存知上げるはずもございません」とにべもないので、その日は白河の宿に泊まった。そうと告げたら、あれこれ言われかねず面倒なので、稚児の君は東雲の夜明けの空が白み、横雲わたるころにあえて出立する。白河を出て、大嶽を見ながら西坂の方へと辿り歩く。先々の宿所で「どちらへ向かっていらっしゃ

るのですか」と聞かれたけれども、だれも比叡山へいくとは思いもしないようだ。「それは道中、だいぶ難儀しますぞ」と口々に言う。赤山の前を過ぎて、大原の方へさしかかったところで、法師に会った。「比叡の山へはどのように行けばよいのでしょうか」と問うと、「この道ではありません」と鷲の森の方をさして教えてくれた。とにかくもその道をいくと、夕刻、酉《とり》のはじめのころにようやく不動堂まで行き着いた。昼間は、人目をしのんで草むらのなかに隠れ、日が暮れるのを待つ。

九月中旬のことで、高嶺の嵐が雲を払い、月も次第にほのめいてきて、大江以言《おおえのもちとき》の漢詩ではないが、「群源暮《ぐんげんゆふべ》に叩きて」、多くの源から流れ集まる谷川の水音は叩きつけるような水音で、谷の景色もものの寂しい。鹿の鳴き声、虫鳴く声が聞こえ、泣くのは我が身一人ではなかったのだとしみじみとして、衣を道芝の露に濡らし、袖を涙で濡らす。小牡鹿《さおしか》の爪も足をとられるようなぬかるみで下ばかりむいている。ふと顔をあげると、十四、五ばかりの童が前を歩いていた。これを呼び止めて「行き先が同じならば一緒にのぼりましょう」と話しかけると、童もうれしそうで「私は東塔へ行くところです。あなたはどちらにいらっしゃるのですか」と言う。問われても、どこへ行けばいいのかわからない。「私も東塔へ。」とにもかくにもやりすごし西谷に入ると、これは弥勒堂、あれは千手院など、この童が教えてくれる。心の月の影が映るという閼伽井《あかい》[*6]の水も慕わしく、三会《さんね》の暁を契る慈尊、弥勒菩薩の誓いも頼もしく思えて、しばしたたずみ休んでいると童は「では私は南谷へまいります」と言って別れていった。それにしても、あの方はどこの宿坊にいるのだろう。誰に尋ねようもなくて稚児の君は困り果てて道にまかせて歩いていった。

侍従の君も若い頃は、荊楊《けいよう》を往復して、竹簡《ちくかん》の塵を払い、巻舒鑽仰《けんじょさんぎょう》[*7]して学問に励み、窓の蛍を拾ってまで灯りをとっていたが、今や漢籍の修学も捨て、だからといって仏道のために山寺に住まっているのも憂鬱でならない。このまま生きながらえて長寿をまっとうできる気もしない。ただあふれ出る忍ぶ恋ばかりが心をしめているありさまである。どこかへ修行の旅に出たら心をなぐさめられるのではないかと考えたり、また奈良の方へ行ってみようと思ったりするが、多年住み慣れた山を離れるのも心細い。いま一度、根本中堂《こんぽんちゅうどう》に参詣して、暇

＊6——閼伽井　仏前に供える水をくみ取るための井戸のこと。寺院や墓地にある井戸のこと。
＊7——巻舒鑽仰　書物などを巻いたり広げたりすること。聖人・偉人の学徳を仰ぎ尊ぶこと。

乞いがてら法施を奉ろうと思い立ち心静かに入堂しようとしたところ、森の下陰からとてもひそやかな声で歌を呟く声がする。

青丹よしならひなき身の旅衣きてでも山路にまよひぬるかな

（青丹よし奈良から慣れぬ旅衣を着てやって来て山路に迷ってしまったよ）

誰の声かはわからないが聞いているうちに、都での稚児の君との思い出が浮かんできて、なつかしさにかられて近寄って袖をとらえ「誰なの」と問うた。声を聞いてわかったのだろうか、手をとってこちらになびく気配。見れば、ああ、なんとあの稚児の君である！　うつつのこととも思えない。「あまりにかの君のことを想っていたから、夢でも見ているのだろうか。これはいったいどういうことだろう」といまだに信じられない思いでいると「あなたさまが忘れられなくて」と稚児の君は恨む様子。ここまで来てくれたのだと思うと心苦しくて侍従の君も何か気の利いたことを言いたいと思うが涙にむせぶばかりで言葉も出ない。稚児の君もせつなくて愛おしくて袖を顔に押し当て、互いに泣いてばかりいるのだった。

この堂内で夜を明かすわけにはいかないので、侍従の君は稚児の君の手をひいて、我が房

へ連れて行った。部屋のすみには旅支度があれこれ用意してあって、いまにも修行の旅に出ようとしていたのだとわかって、「私ひとりがむなしく恋い焦がれているだけなのかも」と相手を恨んでいた気持ちもみるみるとけていくようで、夜もすがらこれまで会えなくてつらかったことなどをさまざま話して泣いたり笑いあったりしていると、長いといわれる秋の夜も、あっというまに明けてしまった。

律師が、朝早くに侍従の君を呼び出した。

「近ごろ、どういうわけか、いつもと様子が違ってつらそうにしているように見えたけれども、ついでがなくて話を聞く暇がなかったのだが、老いの眠りは覚めやすくて、眠りが浅いのだがね、今夜、耳に入ってきたので聞いていると、なにやら、いつもと違って楽しそうに話をしているようだったのでうれしく思ったのだよ。まあ、くわしいことは知らぬがね。」

そう言われて、侍従の君はこのことをずっと隠し通せるものではないと思って、ありのままに語った。

「そんなことがあったとは。日頃、まったく思い至らなかった。哀れにもありがたいことではないか。見た目にも老いさらばえた老法師でさだめしみっともないことだろうが、すぐにもその方にお会いしたいものだな。」

律師がしきりと言うので稚児の君にそのように語った。

「旅に疲れた姿で、こちらこそはばかられますが、こうしてここにいるのも落ち着きませんし、いかようにもはからってくだされば、したがいます。」

稚児の君がはればれとした声で言うので、涙でくしゃくしゃになって寝癖のついた髪をかきなでて侍従の君は律師の前へ連れて行った。慣れない遠出の旅歩きで、面痩せ、日焼けしているけれど、それでも誰よりもかわいらしく、とても慕わしく、愛おしい稚児である。律師がさまざまにもてなしたので、周囲の人々にも自然とうわさがもれて、こんなところまでやって来るとはなんとも殊勝なことだと集まってきてはもてなす。

人々は、あるときは管絃の合奏、歌合など趣深い催しをして、おのおのこころざしの深いことを述べたててみせ、あるときは乱舞、延年[*8]の興ある技芸をし尽くして、それぞれに切なる気持ちをあらわにする。そうして十日あまりがなんとなく過ぎた。

奈良の東南院では、稚児の君が行方知れずとなったと大騒ぎして、父の得業のもとを訪ねたけれども「ここへも来てはおりません」というのであわをくっている。これはただごとではないと手分けして探しまわる。得業もあれこれ思いめぐらせてみるが、どこにいるのかとんと見当がつかない。すると稚児の君に仕えている童が、「そういえば白河の宿所で会った山の人のことをいつもおっしゃっていて、行方を訪ねたいと言っていました。もしかしてそちらの方へいったのかもしれません」というので、若君の傅《めのと》であった人で永承坊《えいじょうぼう》の上座覚然《じょうざかくねん》という者が「では、私が比叡山へのぼって谷という谷を探して参りましょう」と出かけて行った。覚然が西坂で会った人に、こういうことを聞き及んではいないかと問うと、「これこれの宿坊にそれらしいことがあると聞いています」と言うので、詳しく聞き出し、侍従の君の僧房を訪ねあてた。

稚児の君が比叡山にいると聞いた若い衆はおおいに激怒して「奈良へ無事に返してもらったあかつきには仕返しすべきだ」とたびたび言い送ってくる。二人の仲を承知している得業は板挟みの思いである。侍従の君には「ひとまず稚児の君を奈良に帰して、すぐにまた山に送りましょう」と言い含めるように言いやった。それを聞いた律師も諭すように言う。

＊8――延年　寺院で行われる芸能。

「ここで得業にそむいては、なにかとあとがまずくなる。お互いに深く想いあっているのだから、少しのあいだ離れ離れになったとしても、またすぐに会いなさればよかろう。そうと決まれば侍従の君は奈良までついていって得業にもお会いして、あらためて一緒になりたいと申し上げれば、よもや反対はされまい。」

稚児の君も侍従の君も、同じ気持ちでいるので、騒ぎ立てようとする山門の大衆などを説き伏せて、奈良に向かう。律師は稚児の君にさまざま土産を持たせ、侍従の君ともども二人は無事に奈良にたどり着いた。

奈良に着くと、得業がことのほかよろこんでうれしいうれしいと歓待する。

「人に少しばかり申しあげることがあって白河なるところに宿泊していたころ、この幼き者とあいまみえていることはすでに承っておりましたが、これといったついでもなく、そのままになってしまいました。山までやみくもに訪ねていくほどの想いがあるのもあわれでございます。そうと知っていたなら、子を思う心の闇の深さにつけても、私がどうかして探し出してやりましたものを。」

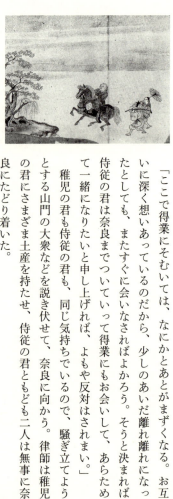

得業がこのように言うので、侍従の君は、稚児の君への想いがこれほどに深いことがそもそも罪深いことのようにも思えてくるけれども、さすがにきまり悪くて恐縮している。

「坊主の律師もよくよく準備して、今後に山で過ごせるようおはからいいただけるなら、これほどの冥慮《みょうりょ》はないと、神仏のおぼしめしに叶うことであると、よくよく申し上げるようにとのことでした。」

侍従の君が律師のことばを伝えると、父得業は「それはもうともかくも幼き者の心のままにまかせましょう」と言うので、稚児の君は障子の向こうで立ち聞きをして嬉しそうに顔をほころばせる。得業が稚児の君のいる一間へ入ってきて、「さてどうするつもりかね」と言うと、稚児の君は、ぜひ山へ行き侍従の君とともに住みたいということを切々と訴える。得業はならばそのようにはからおうと請け合って、侍従の君を二、三日とどまらせて、それとなく見ていた。侍従の君はことばにうそがなく、真実の心をもっているとみえて、話を聞けばいちいちうなずけることばかりであるし、ますます想いが深くなっていくばかりの様子に、「こ

の稚児が惚れ込んでしまうのは道理だな」と思えてくる。このまましかに稚児の君が山住みすることは間違いないようで、侍従の君は喜んで山へ迎えとる日取りなどをかえすがえすも約束して山に帰っていった。

奈良の東南院は稚児の君が見つかったと聞きつけて急いで迎えの者を送ってきたが、山から迎えがくる日も近くなったので、得業はもう出発が近づいているので休ませてやりたいと言って、僧都のもとへは遣わせなかった。山で稚児の君のために仕える童や送りの者たちの衣装やらなにやらを整えて、今日こそ迎えに来ると待ち受けていたときのこと。この稚児の君の母上であった人はずいぶん前に亡くなっていたので、得業はそばで使っていた青女房を引きたてて妻としていたのだが、稚児の君のためにずいぶんと豪華に山行きの支度をしているのを、なんとなく気に食わないし不愉快だと思うあまり、この継母はある夜、稚児の君の寝ているところに這い寄って、髪を元結《もとゆい》のところからぶっつりと切ってしまった。夜明けて、「こんなひどいことがあった」と得業をはじめみな大騒ぎして泣いたけれどももはやどうしようもないのだった。稚児の飾りである髪がなくなってしまっては、もはや山に行くことは叶わぬこととなってしまった。なまじ迎えの者に理由を言って聞かせるのもいたたまれないし、身のありさまの心憂さ、悲しさのあまり、稚児の君は日の暮れるほどに奈良を出ていってしまった。

どこへ向かうともなく歩いていると、熊野へ向かっている山伏と行き合った。稚児の君はそのまま熊野へついて行って修行に同行したが、いつまでもこれまでのことばかり思い出していた。

黒髪のいふ甲斐もなくなりにしは世を思ひきるはじめなりけり

（黒髪を結うことができず言う甲斐もなくなってしまったのが俗世を思い切って捨てるはじまりだったのだ）

比叡の山では、稚児の君がこのように嘆いているとは知るよしもなかったので、迎えとる約束の日が近づいてきてやきもきしていた。法師たち、童べたちを迎えの使いとして送ったが、得業は侍従の君の文を開いても涙にくれているばかりなので、使いは不思議がって、内々に家の者に尋ねた。

「稚児の君は、過日、出家のように御髪を切られてしまわれて、なんとひどいことだと上を下への大騒ぎをしていたのですが、そのことを思い悩んでいたのでしょう。あまつさえ今は行方知れずとなってしまわれて、とにもかくにも父君のお嘆きたるやないのです。」

その哀れさといったらなく、迎えの者たちも呆然と立ち尽くしていた。

「ならばお返事をいただきまして帰ります。」

そう言われて得業は涙をこらえて事の次第をこまやかに書いて託した。

使いの者たちが帰ってきたので、「稚児の君は、いらしたか」と人々が騒然としているさなか、侍従の君は文を開いている。愕然とするほかないことが書かれていて、侍従の君は「これはなんと」と言ったきり、あとはことばもなく、ふとんをひきかぶって寝込んでしまった。律師がびっくり仰天して、「どうしたのだ、どうしたのだ」と言うので、侍従の君は泣く泣く起き上がって得業の手紙を見せた。
得業も、この稚児のほかには子息もないので、嘆きのあまりしずみこんで万事そっちのけで寝込んでいた。そのすきに、妻の方は、傍若無人のやりたい放題。父親が誰だかも知れぬ

ひとり娘を持っていたのだが、この娘を姫君の御方ともちあげてかわいがって、寺内の悪党の鬼駿河来鑒《おにするがのらいかん》という僧を婿にとった。妻はこの婿僧になにかあったときには跡取りにしてやる、我が娘と領地を管理させるつもりだと、内々にささやきつづけていた。家の者どものなかで心ある人は「いったい世の中はどうなっているのか」と心配顔である。

侍従の君は、得業の手紙を見てからのちは寝込んでしまっていた。しばらくはこうなるのも道理と思ってみていたが、みるみる痩せ衰えて、ことのほか気弱になっていくので、「これはただごとではない。あのようなもの思いをきっかけに病いづいてしまったのだろう」と律師も慌てだした。いっこうに療治の効き目がなく、父親のほうからも「どうにかして里まで助けおろして医師に見せたい」と言ってくるので里に帰した。都の陰陽師の家を訪ねたり、医師の術を尽くさせたりしてみたが、さしたる効果もなくて侍従の君は日を追うごとに弱っていく。母君や乳母もたいそうな嘆きようである。実のところ、侍従の君は心のなかでは「なんの病いであることか。ただ一筋に稚児の君と会えない悲しみがつのっているだけなのだ」とは思っているのだが、恋煩

いであるとはいいだしようもなくとりつくろっているだけなのである。

「邪気があるのではないか」「寺を継ぐほどの僧だから、魔縁がそれを妨げようとして取り憑いているのではないか」などと父母も気を揉んで「護身の法を受けさせてみたい」と言いだした。侍従の君は言う。

「魔縁がつくなどということがありますものか。もっと女々しいことのせいなのです。ご心配のようなことはございませんが、いまはともかくおっしゃるとおりにいたしましょう。」

「僧侶だからといって浄行の身だとは限らぬものだ。尊き僧侶であっても修験者をたのむことは、今も昔も多くあったのだ。たとえば、かの空也《くうや》上人が肘を折られたときも智弁《ちべん》僧正に祈禱をたのみ、玄昭《げんしょう》律師に邪気がついたときには浄蔵《じょうぞう》が験を施したという。修験者を頼んだとて、ゆめゆめはばかりあろうはずもござらぬだろう。なかんずく、世に刃《やいば》の験者といわれて名高い人が、ちょうど京にきているという。この人は大峯の大先達《だいせんだつ》、長床《ながどこ》の一和尚であって、那智《なち》巌窟《がんくつ》に何年も山籠し、諸国霊験の斗藪《とそう》＊9の修行も数多くこなして、飛ぶ鳥を落とすほどの尊き人といわれている。ただ信じてお頼みしてみよう。」

父君がこれほどに言うはからいを拒むこともないので、侍従の君はその山伏に見てもらうことにする。山伏は、久修練行《くしゅうれんぎょう》＊10を積んできた功が積もったものとみえて、髭、髪は白髪混じりである。昔の役行者《えんのぎょうじゃ》*11もこのような人であったのではないかと思われて、邪気も魔縁も寄りつくすきもない様子。ひとり弟子と思しき山伏を従えている。弟子は年はいまだ二十歳に足らぬようで、しなやかでどことなくなつかしく、髪が肩の周りにふさやかにかかっている。衣の縢《かがり》もたおやかな着こなし。じっとみていると、なんとその弟子の山伏というのは、長い間侍従の君の心をしめていた奈良の稚児の君なのだった！　侍従の君が気づくと同時にこの弟子山伏もはっとして、「どうしてここに」「どうしてここに」と同じ言葉を言い合って、袖で顔を覆って言葉もなく泣き出した。験者も父朝臣も「こんなことがあるとは」と目を見合わせて驚いている。侍従の君は験者に向き合って、稚児の君をはじめて白河の宿所で見初め、山に迎え入れる手筈をしていたのに行方しれずになったと聞いて、想いがつのりにつのって、このような病いになったことの次第を切々と訴えた。

「さても不思議に哀れなお話ですな。私が、この人に会ったときには、そんなことがある

*9——斗藪　衣食住に対する欲望を捨て、身心を清浄にすること。
*10——久修練行　長い期間修行を重ね、宗教的な高みに達すること。
*11——役行者　七〜八世紀に奈良を中心に活動していたと思われる、修験道の開祖とされている人物。

とは夢にも思いませんでした。熊野へ向かう道中で会って、心根も器量も万事において文句のつけようもない人なので、それからというもの片時も離れることなく共におりました。大峯、葛城の難行にもこの人が同行し、公家、女院の験者としてよばれるときにも、この人を助修にして、このように連れてまわっていたのです。」

山伏はこれまでの顚末を語って聞かせた。侍従の君の病いはすっかり平癒し、父君が「日頃、この人の心中も知らず、見当違いにも病気だと気を揉んできました」と言うように、もはや護身加持をするには及ばない。山伏が帰るというので、父朝臣はさまざまに饗応する。稚児の君は山伏としての名を少将の君と言った。山伏が帰るにあたって少将の君はここで師に暇乞いをする。

「日頃、まことに浅からぬ縁で馴染んでまいったゆえ名残り惜しく、これからどうしたらよいのかもおぼつかないが、事の次第をきいて少しでも不満をいえばひとえに情け知らずとなろうもの。侍従の君とご一緒におなりなさい。どこにいようともおまえを忘れることはないから、このようにして京などにいるときは必ず会おう。」

少将の君は「それは言われるまでもないことです。必ず会いましょう」と約束して別れた。少将の君は侍従の君のもとにとどまって山へ行って共に住まう希望が、髪を切られて潰え、悔しかった胸の内、迎えがくるというときになって姿を消してのちの難行苦行、律師がどんなにかがっかりするだろうと思い乱れたことを語る。

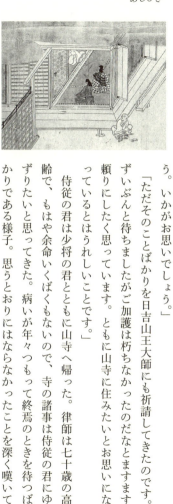

「その一方で侍従の君はもうすっかり私のことなどお忘れになっていて、私が一方的に想っているだけなのではないかと、自分の心をだましだましていました。それがこのようにお苦しみになっていたとは。ご病気になられて、あなたさまのまことのお心が隠れなく示され、情けのほどが胸にしみました。この上は、もとのお約束どおり、山寺へ共に参りましょう。いかがお思いでしょう。」

「ただそのことばかりを日吉山王大師にも祈請してきたのです。ずいぶんと待ちましたがご加護は朽ちなかったのだなとますます頼りにしたく思っています。ともに山寺に住みたいとお思いになっているとはうれしいことです。」

侍従の君は少将の君とともに山寺へ帰った。律師は七十歳の高齢で、もはや余命いくばくもないので、寺の諸事は侍従の君にゆずりたいと思ってきた。病いが年々つもって終焉のときを待つばかりである様子。思うとおりにはならなかったことを深く嘆いて

いたところ、侍従の君が病い平癒して帰山しただけでなく、少将の君まで連れてきたので「これはしかるべき冥府の衆のはからいであるな」と喜んだ。

こうして三年のときが過ぎた。あるとき、少将の君が言った。

「なにも言わずに奈良を出てしまって、こうして年を重ねてきましたけれども、父得業がどんなにか嘆き悲しんでいることでしょう。親不孝の罪はのがれがたいこと。私がこうしてここにいることを知らせてやりたいので共に参りましょう。」

「父君はまことにありがたくも山寺に共に住めるよう取り計らってくださった方。思いがけずこうして消息を絶っているのも申し訳ないと思っていたので、ぜひにも同行いたしましょう。」

侍従の君は、小法師ばら、大童部などに道中のための物を運ばせて少将の君と共に奈良へと向かった。次第に日が暮れたので、その日は光明山に泊まって、次の日、得業のところへ到着するつもりだったが、あまりに久しく無沙汰をしてきたので、あらかじめ知らせもせず訪ねていくのはさすがにはばかられて、東大寺転害門《てがいもん》のそばの覚然上座《かくねんじょうざ》のところへとどまって、そこから使いを出して、こうして参ってきていることを知らせた。折しも得業は他所に出かけていて留守だった。「お帰りになり次第お知らせします」と言われて使いは帰ってきた。

さて得業の妻は、少将の君が姿を消してからは、なににつけても我が意のままとはばかることなく振る舞ってきたというのに、少将の君が「帰ってきた」というのだから、内心おだやかではない。あわてふためいて婿の来鑒をこっそりと呼び出した。

「得業の子息で、性分の悪い浮わついた子が、この五、六年どこともなく行方知れずになっていて、万事はみなうちの姫のものと思ってきたのに、うそかまことか、突然帰ってきて

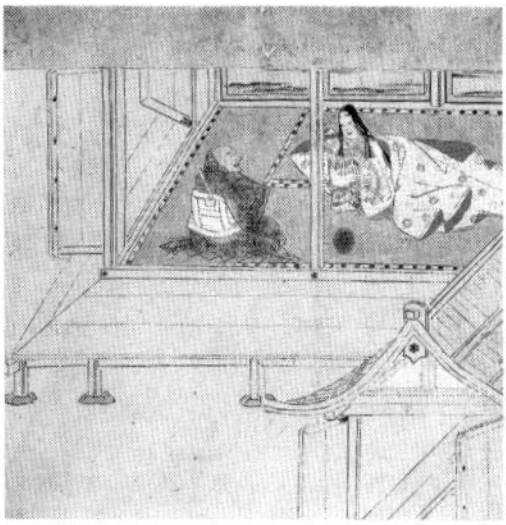

私を追い出そうとしているらしいんだよ。私に恥をかかせようと、山法師どもを引き連れて覚然上座の宿所まで来ていると、たったいまここへ知らせてきたのだよ。得業は出かけていて知らぬこと。ああ、なんとかして、今夜のうちに殺してしまっておくれ。そうすれば、あなたのためにも私のためにも、のちのちめでたしめでたしとなるんだから。それで急いで知らせたわけ。」

来鑒は話をしまいまで聞き終える前に請け合った。

「なんの造作もないこと。ゆめゆめ人に知られませんよう。今日、得業が出かけているとはなんたる幸いか。」

そう微笑んで来鑒は出ていった。覚然上座も得業の使いに行っているから、かの宿所を留守にしていて年若の冠者たちが少々いるばかり。

来鑒は、我が邸へ帰るとすぐに方々の悪党どもを呼び集めた。

「今夜、いささかのはかりごとがある。顔をかしてほしい。」

こう言うと各々、了承して、丑の刻には、東大寺転害門のあたりへ結集すると約束した。それから留守番をしている冠者たちを呼んでしたたかに言い含めた。

「わけあって、今夜、そこに泊まっている者どもを忍び討伐する。このことを誰にも漏らすでないぞ。もしなにかまずいことがあれば、急いで知らせよ。忠義に背くことがあれば、ただではおかぬぞ。」

冠者どもはみな来鑒の前では「承りました」と殊勝な返事をしたけれども、宿所に帰って考えた。

「覚然禅師殿は我が相伝の主人である。この人のいらっしゃらない間はなにかとおそろしく、悪党どもの命令にも従ってきた。とはいえいらっしゃらない間に我らが命を失うのならともかく、客人が討たれては主人の面目がつぶれるのではないだろうか。」

そこで急いで、冠者は禅師方へ行き、「このような不審なことがございます。得業御房もこのことをよもやご存知ないでしょう。夜にまぎれて急いでお逃げください」と告げた。

それを聞いて侍従の君はこう言った。

「山寺などでは、我らのような修学に専念する者はとりたてて腰刀などもささぬものとしてふるまってきたけれども、奈良の法師を前にして逃げ出したなどと言われるのは、山門の恥である。ただこのことにつきる。そうして落ちのびて、ふがいなくも命が助かったとしても、生きている甲斐はないだろう。小法師どもをなすがままにさせてむざむざやられるぐらいなら目にもの見せてやろうぞ。」

侍従の君は、山から連れてきていたコワモテの積刀《しやくとう》法師、猪突猛進の旄陳《ぼうちん》法師、掟破りの武《ぶ》王丸《おうまる》、やぶれかぶれの金剛丸、これらの配下の剛健ども六、七人を近くに召し寄せた。

「どういうわけか、今夜、ここへ痴れ者が来襲することを、思いがけず夢のお告げで知った者がいる。おまえたちも用心しろよ。」

侍従の君がこう言うと、みなみな「血湧き肉躍るのは侍《さむらい》ごとであるぞ。おもしろい」と張り切って甲《かぶと》の緒を引き締め、太刀、長刀をちらつかせ、いまかいまかと心待ちに待っていた。留守居の冠者たちはこれを見て「なんとまあ、比叡山の法師たちはずいぶんと勇ましくいらっしゃることぞ」と感じ入り、覚然上座が塵もつかぬよう秘蔵してきた鎧《よろい》一、二領、弓、胡籙《やなぐい》などを取り出して「我も屈強の手練《てだ》れでございますから、最後のお供をいたしましょう。敵がたとえ討ち入ったとて、やすやすと攻め落とせまいて。弓勢の勢い、ご見物あれ！」と雄叫びをあげる。

侍従の君も装備し、小具足《こぐそく》もしっかりつけて付け入るすきがない。太刀を脇にはさんで、いざ立ち上がった。

「日頃、隠してきた剛腕を見せつけるのは、いまここであるぞ。」

そう言うと、手ぐすねひいて練り歩き、舞う。その身のこなし、中国で昔、秦を倒す劉邦《りゅうほう》のために戦った武将の樊噲《はんかい》あるいは張良《ちょうりょう》かという佇まい。武略にも躊躇《ためらい》はなく、まことにたのもしく見えた。

五月上旬のころで、月のない五月闇《さつきやみ》。右も左も見えず、刻限もよいころあいになった。来鑒は黒皮縅《おどし》の鎧兜《よろいかぶと》に目結《めゆい》の鎧直垂《ひたたれ》を着て、三尺あまりの太刀をはいている。かいわいの強

盗どもを召しかかえているので、二十余人ほどが転害門のあたりに集結した。大和、河内、吉野、十津川の悪党どもが、ここらのすみ、かしこの暗がりにひそんでいて総勢百から二百人の軍勢である。一所に会合して、作戦を練る。

「内には比叡山の法師らが少々いると聞く。出会い頭なら恥ある戦となろう。ここはひとつ、敵を一つに寄せて、引き退くふりをしておびきだしてから、とりこめてぶんどりにしてやろう。」

かくて寅の刻にもなったので、それぞれが先をあらそって覚然の邸に襲来する。中でも待ち構えているので、おのおの飛び出していこうとするのを侍従の君が引きとどめてみなに言いわたす。

「我らは小勢である。討ってでるのではなく、まず敵をおびきよせて中に入れてから思う存分に乱闘せよ。「大八王子」を秘密の合言葉としよう。これを名乗らぬ者は、善悪の区別なく法にまかせて討ち伏せよ。」

門の扉をはね飛ばして乱入してくるのを内側から少しずつ詰めていき、射伏せていく。敵勢は前に進むすべがない。侍従の君が「我こそはという者は打って出よ」と言うと積刀《しやくとう》法師、旄陳《ぼうちん》法師の二人がはやる気持ちにまかせて多勢のなかに割って入り、さんざんに闘う。積刀法師は敵を大勢討ち取ったが太腿を切られて倒れた。旄陳法師も、屈強の者、三、四人をやにわに切り伏せて雄叫びをあげたが、兜の鉢を強く打たれて撤退した。すると内より武王、金剛の二人の童べたちが代わりに出てきて攻め入り、幾人かの悪党を門から外へと追い出した。その他の法師たち、童べも負けるものかと討ちまくり敵も容易には近づけない。やや久しく時がたつにつれ、相手方は多勢なれば、次々と新手と入れ替わっていくが、こちらはわずかに七、八人。攻めに攻めたがさすがに力尽きて引き退く。敵の者どもがこれに力を得て、次々討ち入ってくる。来鑒は縁の上にのぼって、寺中の若者に高らかに言う。

「鬼駿河来鑒である。平伏す者は一人もないか。いざ参上!」

それを言い終わらぬうちに、「叡山本院の住僧、侍従房玄恰《げんい》がいると知っての狼藉《ろうぜき》か!」と侍従の君が太刀を抜いて飛びかかる。

「来鑒、受けてたとう!」

と互いに打ち合う。いずれにも隙がなく、火花を散らして戦う。侍従の君が下からつっこんでいくと、来鑒は膝節を切られて退く。そこへすかさず兜に打ち込み、迷いなく首をはねた。

「痴れ者の張本人、目にもの見せてやる！」

さらに攻め入ると法師たち童べたちも同じく声をあげて攻めこむ。敵方は多少は向かってくる者あれど、大将軍たる来鑒を討たれたこの上は、逃げるが勝ちと蜘蛛の子を散らすように東西南北へと逃げまどう。ある者は射かけられた矢に倒れ、ある者は切り伏せられて、無傷で帰れる者はなかった。

かくして夜が明けると、「来鑒が叡山法師に討たれた」と奈良中が大騒ぎとなって、大衆が蜂起し、とんでもない事態になりそうな雲行き。侍従の君が今一度覚悟を決めたところへ、覚然の下人がいそぎ得業の宿所へ飛んで行ってこのことを告げると、得業はすぐに迎えの人を送ってきて別事なくすんだ。

得業は、日頃、行方さえも知らずにいた息子がこうして帰ってきただけでなく、侍従の君が少しの手負いもなく、あまつさえ戦で名をなしたとてたいそう感服し喜んだ。「それにしても合戦の発端は何だったのか」と尋ねると、覚然の下人が来鑒との問答の次第を語り、ついでに得業の妻がしくんだことが露呈した。得業は、怒り騒ぎ、「今後一切の関係を断つのはむろんのこと、いったいどうやって恥辱を与えてやろう」と思うのだが、まだまだ知らぬ事実があるにちがいないと妻に仕える尾張という女房を呼び出した。

「さだめしくわしい事情を知っていような。ありのままに申せ。」

尾張の女房はにかにかと笑って言う。

「まったく何をおっしゃっているやら存じません。」

「そういう態度ならば、召使の男どもや法師らが寄ってたかって足をしばって逆さ吊りにして責めたてるぞ。」

こう脅すと、尾張は怖気付いて、若君の髪を切ったことから、来鑒に話をつけて夜討ちをしようと企てたことの次第を残りなく白状した。得業は「この上は妻をふしづけの刑に処せ。川原に大垣をわたして刑場をつくれ」と命じた。柴でぐるぐる巻きにして重しをつけて川に沈めるのである。侍従の君はかわいそうに思ってさまざまなだめて止めだてする。得業は「刑に処したところでまったく非道なしうちというわけでもないが、放っておいてもどのみち天下のうわさの種となるだろう」と考えて、まずはこっそりと娘の姫君を、世話している女房の尾張に託して家から追い出した。妻の御方はまったく落ち着き払って「無実なのに長年むつんだ人から離れる口惜しさよ」と言って出ていくが、坊中に仕える上から下までのすべての衆はいうにおよばず、うわさをききつけただれもかれもが、門の前に群れをなして見物にやってきては、みな縁起でもないと爪弾きをして、憎まれ口、悪口を言うのだった。

侍従の君は戦で負傷した下人を手当てさせるなどをして、十四、五日は奈良に逗留したが、うわさを聞きつけた比叡山の者が若い人々を大勢迎えによこしたので、山に帰ることにした。得業に心静かに対面して「うちつづき病悩していたのも万事時をまつことですべて解決したことはまったく思いがけないことでございました」と言うと、得業もありがたい宿縁であることをよくよく言いつのる。

「息子のことはともかくもおはからいくださるとおりにしたいとは存じますが、ただ我が身も年老いて、余命いくばくもございません。相伝の坊領なども少しはありまして、この息子のほかには継がせるべき人もないのです。そこをお汲み取りくださって、このたびは息子をこちらにとどめおき、どうぞ離れ離れとなった兄弟のように思ってやってくださいませんか。」

侍従の君はもっともなことだと承諾し「たとえ異なる門徒とな

ったり隠遁の身となったりしようとも、露のような儚《はかな》い命がついえぬあいだは同じ心ぞ」と言って後ろ髪をひかれながらも、涙をこらえて山寺にのぼった。

少将の君は奈良にとどまって、東南院を訪ねていった。僧都は老いの病いにふせっていたが、遺していく邸のことなどあらかじめ遺言しておく人もなく、「そのようなめぐりあわせなのだろう。かえすがえすもうれしいことだ」と迎え入れたので僧都の元に住まった。また僧都が亡くなったのちには、東南院の跡を継いで、権律師《ごんのりつし》に昇進した。

三会《さんえ》の講匠をつとめ、少将の君はほどなく権律師に昇進した。
侍従の君ももとのとおり修学に励み、師としての評判も高くなって「山のため門跡のために大事の人」とされて門跡領を多く拝領し、位階、俸禄についても少しの足りぬところもなかった。やがて師範の律師は、僧都に転任して、探題の位にまで至ったが、ほどなく亡くなった。それ以後は本尊聖教以下、これをむねとするべきことのすべてを侍従の君が継いだ。
そうこうしているうちに侍従の君の父朝臣が病気になったと知らせがきたので急ぎ山をおりて訪ねていくと、もはやこれまでと見えた。枕元に寄って、法門を語り、念仏することをすすめていると病者が頭をもたげて言う。

「儒教には、鳥のまさに死なんとするときは、その声悲しく、人のまさに死なんとするときは、その言うことを善し、とある。だから私がこれから言うことをよくよく聞いておくれ。おまえは幼いときから器量も良く、成長するにしたがって、儒学の門を継がせ朝廷にも仕えさせたいと思ってきたけれども、夢幻の栄誉などは正直どうでもよいと思うようになったのは一筋に仏道に励み悟りの道を進もうと思うようになったからだ。その甲斐あっておまえに仏道修学の誉れありときけば、思い通りになったといえるのだけれど、名利《みょうり》のための勤めは悟りのためになるとも思えない。同じくは顕密の行業をいまいっそう熱心に進めれば、私の黄泉《よみ》*12への道も安泰だろうと思うのだ。」

そう言って父君は、これを今際《いまわ》の際《きわ》の遺言として本尊に向かって念仏を二、三十遍高らかに唱えると眠るがごとくにして生を終えた。

*12——黄泉　あの世のこと。

四十九日の法要を終えて、山寺に戻りつらつらと考えるに父の最後の遺戒が心底しみてくる。

「生涯の浮栄《ふえい》など無意味である。それはまことに我らが朝夕に唱えていることそのものではないか。人として生まれるのは極めて稀であり、かつまた仏教に出会うのは難しい。しかるにうつろいやすい俗世の交わりをのがれて弘法大師空海が結界をはった聖なる洞《ほこら》に棲み、前世で身に負うた罪業もあることだから、かけまくもかたじけなき真言、天台の教諭を受けて、ようやく口訣相承《くけつそうじよう》すなわち口伝によって秘められた学を受け継ぐ身ともなるのだ。出家して比丘に姿を変えながら比丘の行をなさず、円実の教えにであいながらも円実の観想をせずして、その上驕慢の旗鉾をたてて、ややもすれば名誉、名利にほだされて、宝の山に入ってもむなしくなにも手にせぬままとなる。そればかりか、俗人からの非難をこうむるなどいかにも恥ずかしいことだ。」

とそんなことを思い続けて、いかなる辺鄙な山陰にも入って柴の庵を結び、五八十具の戒たる五戒、八戒、十戒、具足戒を守ることはかなわずとも、五相十乗の観法をすすめ、自身の修行にも励み、亡き父の菩提をとむらいたく思いながらも、ともかくも一周忌までは思うだけにして過ごした。

そうして一周忌の仏事がおわるとすぐに侍従の君は日吉の社に参詣して宮めぐりをはじめた。すると見えない糸に引かれたのだろうか、やたらと信心がつのってくるようで、十禅師の拝殿に通夜して、夜通し観法をし続けていると、仏教の法文を唱えていたせいか、社壇の空気が、常よりいっそう神々しく思わず随喜の涙があふれてくる。比叡山の嶺の嵐は、菩薩が悟りを求める上求菩提の声のようで、芝田楽の庭の鼓は教えを説いて救済すべき下化衆生《げけしゅじょう》の誓いを示すよう。和光垂迹といって、仏がこの俗世に仮の姿で現れることは、ほんとうにあるのだろうと思える。猿の叫び声がきこえる。庭の火影がちらついている。すべてが発心修行をうながす仏の教えとみえる。暁の懺悔の法がおわると通夜していた人々が次々と山へのぼろうと急いで出立するが、侍従の君はいまこそ仏道への思いを深めたところで、大原の奥、来迎院のかたわらにいると以前から聞き及んでいた尊い止観聖《しかんひじり》を訪ねていき、寂而房《じゃくじぼう》という坊号をつけて墨染《すみぞめ》の衣姿となった。

一方、律師となった少将の君は、そここの法会に召される公《く》請《じょう》の疲れがつもっていた。少僧都を望んでいたがひとっとびには

いかぬことゆえ、日々の勤めに追われて学道の営みも疎かになるばかり。切に隠遁したい思いがしだいにつのりゆき、とうとう、いとまを申し上げようと春日社へ参詣した。

五重唯識《ごじゅうゆいしき》の翠《みどり》の簾、二《に》空真如《くうしんにょ》の露をたれ、百法明門《ひゃっぽうみょうもん》の朱《あけ》の斎《い》垣《がき》、八識頼耶《はっしきらや》の影映りて、随喜心に染み、感涙目にあふれて、終夜、瑜《ゆ》伽《が》唯識《ゆいしき》をひもといて、依《え》他円成《たえんじょう》の法味をささげる。

そのとき心の底に浮かんだ歌。

神もなほ憂きを捨てずば春日山甲斐ある法《のり》の道しるべせよ

（神もなお俗世を捨てぬなら春日山よ甲斐ある仏法の道のしるべをしておくれ）

かくして暁深くなるころ、夢ともうつつともなくて束帯姿の白髪の老翁が現れ、気高げに少将律師の前に歩み寄った。

「仏が悟りの悦びにひたる自《じ》受法楽《じゅほうらく》の都を出て、忍苦《にんく》捍労《かんろう》の苦しみに満ちた俗世にあらわれ大小権実《ごんじつ》の仮と真実とを見せるのは、そのことで生死の苦しみから逃れて出家する人があるやもしれぬと思うからである。万事に耐え忍び、真実報恩の思いで悟りの道にすすむことで、明神に対して一旦は礼を失するようであっても、悟りの道を成就することは結局は神も望んでいることなのだ。」

そう言うとかき消えてしまった。

仏道精進はもとよりの志である上に、いよいよ明神の示現を得た。少将律師は宿坊に帰ると、親しかった人に聖教などを託した。山のあの人にも伝えたいとは思えど、このような身になったからにはもはやせんないことのようにも思えて、高野山の奥の院へ入ってひたすらに修行をする。

一方、寂而上人となった侍従の君は、大原の住まいもさすがに離れがたく、良忍上人の旧跡も振り捨てがたいけれども、もといた山寺の近くにいると同朋たちがいつも法門でわからないところなどを問いに訪ねてくるし、静かに念仏するにはさしさわりがあると感じ、聖《ひじり》に暇乞いをし大原を出て高野山へ向かったのだった。本寺、伝法院など拝んでまわって、庵室を結べるようなところはないか訪ね歩いていると、人跡絶えた谷底の岩の狭間に方丈の室があるのが見えた。

暁の行の時を告げる晨鐘《じんじょう》の音、夕べの行の時を告げる夕梵《せきぼん》の響きが耳の底にとどまり、霞でけぶって見える竹林、霧がかかった松の梢の色あいが荒涼として見える。その中に朗々と法門を談ずる声が聞こえてきたので、ありがたく尊く思えて、そばに近寄って聞いてみると、誰かと向き合って問答している人の声が少将禅師に似ている。ふり捨てた人なれど、どうにも気にかかる。明かりとりの障子をとんとんと叩いてみると、「誰ぞ。どちらからのお訪ねでございますか」と言いながら出てきた人がいる。見ると、昔馴染んだ少将の君である！ ずいぶんと痩せ細り、日に焼けていて、着古した濃い墨染めの衣を着て、数珠を手にかけている。

「なんとまあ、これは現実なのかしらん。」

「誰かと思えば、まことに思いがけない奇遇！」

互いに発心しここへやってくるまでのことなどを語り合って、涙で濡れて墨染の袖の色がすっかり変わってしまうまで泣きはらす。すぐにその庵室に入って、二人で一心に修行に励んだ。やがて坊の主である老僧が病いづいていまは限りと見えたので、二人はともに枕元によりそって知識を尽くして看病する。臨終の行も乱れることなく、如来の三密が自己に入り、自己の三業が如来に入る入我《にゅうが》我入《がにゅう》の観法をおこたりなく行い、手には極楽往生の印を結び、口に真言を唱えて老僧は禅定に入るがごとくして息絶えた。

かくして二人きりとなって一、二年が過ぎた。寂而上人こともとの侍従の君が三日三晩患うようであった。寂而上人は「少しでも早く安養上品《あんにようじようぼん》の蓮台に移り即悟《そくご》無生《むしよう》と悟れば、菩薩はまちがいなく極楽へと迎えとってくれるでしょう」と縄床《じょうしょう》に足裏《あなうら》を結び坐禅を組み、金刹の黄金の柱をめざして正念に安住し、観法成就して亡くなった。その様子はまさに「天台入滅の行相そのものであった」と周りの人々はありがたいことだと涙した。

さて残された奈良上人こと昔の少将禅師、稚児の君は、寂而上人の墳墓を離れがたく、もとのごとくただ一人、高野の庵室にとどまって修行をしていたが、やがて尊き所をあちこち修行して歩き、東山のほとり、長楽寺の奥に落ち着いて庵を結んだ。衆生を救済する済度衆

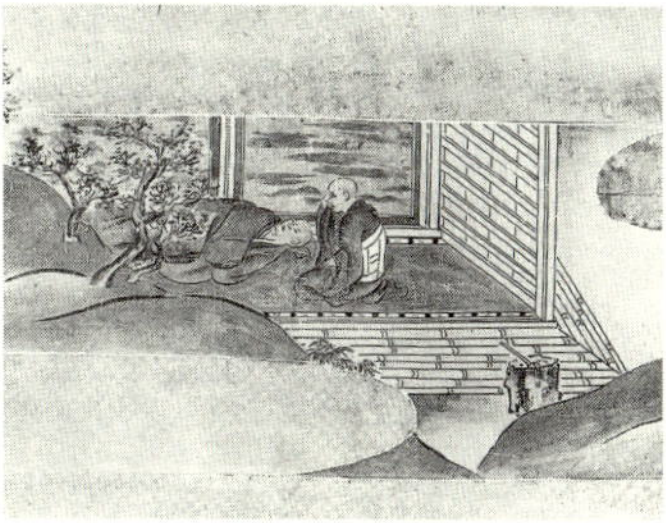

生の志が日に日に増し、『法華経』読誦の行も年来積み上げてきたので、命尽きようとする夕べには、音楽が天に満ち、良い香りが室内にたちこめ、釈迦三尊の来迎を目の当たりにして息をひきとった。めでたいことである。

およそ人というものは、夢のような短い人生を楽しみにふけり、幻のような一瞬の命を恋にささげ、有為転変の住処を嫌うもの。出家し煩悩から解き放たれ不浄のもののない無漏《むろ》の宮を願う者ならとんでもなくもったいないことをしていると言うだろう。これほどに愚かなことがあろうか。賢くすぐれた賢豪であっても最後

は死す。無常の殺鬼は、朝に夕にと近づいてくる。富み栄えた者でさえ最後は死す。無常の怨賊《おんぞく》は昼をうかがい、夜を競ってやってくる。たとえ僧正、法務にのぼりつめ、銅陵、金谷の富を得たとしても、いよいよ六道輪廻をくり返す妄執《もうしゅう》にとり憑かれるばかりで、厭離穢土《おんりえど》の極楽浄土をめざす賢者とはなれぬままだ。だからこそ天台大師の智顗《ちぎ》禅師は「智解《ちかい》が胸に満ち、精進し火を消しても、無常を悟らないのは、顔がよくても、二つの恋を成就させることができないのと同じである」と言ったのである。

浄名居士《じょうみょうこじ》のことばに「この身は幻のごとし、顛倒が見せる真実ではないもの。この身は夢のごとし、虚妄《こもう》の見せるもの」とある。

白楽天の逍遥の漢詩には「この身、何ぞ恋ふるに足らん、万劫煩悩《まんごうぼんのう》の根《こん》。この身、何ぞ厭ふに足らん、一聚虚空の塵」（この身はどうして愛惜するに足るだけの価値があろうか。永劫に続く煩悩の根源なのに。また、この身はどうして厭うに足るだけの重みがあろうか。一つに結集した大空ほどの広大な俗念の塊なのに）とある。

そうはいっても、昔も今も、手に入れ難い栄耀栄華の道をだれもかれもが願い求め、仏道出家の志を得ようとは思わないもの。それなのにこの物語で侍従の君と少将の君は南都、北嶺の比叡山の住処を出でて、大原、高野山に庵を結んだ。なんと賢くあることか。

だれかに恋をして、心を尽くすことは、この世ひとつの契りではない。俗な諺《ことわざ》にも「一樹の陰に宿るも、一河の流れを汲むも、みな前世の縁」といわれている。とはいえこのごろでは、恋する気持ちは二の次にして、相手を地位で選び、情をさしおいてつきあうことも多い。自分は愛されていないと思い知った人はままならぬ恋に懲りごりする。引く網の目にあまるほど涙を流して耐えた辛い恋は埋み火の下にくすぶってやがて消えていくとか。

そういうわけで、この物語はすこし昔のことを、後の代の指南となればと思って書いたものである。

松帆浦物語《まつほのうらものがたり》

遠からぬ昔のことである。四条あたりに中納言と右衛門守を兼ねていた人がいた。中将殿という息子がいるきりでさみしく思っていたところ、時を経て子を授かった。生まれたときからどんなにか美しく成長するだろうという顔立ちで、こよなくかわいがっていたのだが、父親ははかなく亡くなってしまった。

この歳の離れた弟には他に頼れる者もなく、兄の中将殿がひきとって十歳になるまで育てた。そのころ横川《よかわ》*1に禅師の房という叔父にあたる人がいて「若君をこのままにしておくよりは、山にのぼらせてものを習わせるなどなさい」とたびたびすすめるので、中将の君は弟を横川の山寺にやることにした。

若君はひとしきり学問を学び取り、和歌の道にも心を入れ、筆をとってもたどたどしいところなく、楽器を習わせればたちまちに上達した。一山の稚児、童子はみな若君を気に入って仲の良い遊び友だちとなった。こうして三年ばかりを山で過ごした。母親は、若君と長く離れているのは寂しいと折々に里に呼び寄せる。あるとき禅師が「学問をさせても聡くかしこい人ですから、いっそ法師にさせて、亡き父の菩提を弔ってもらってはいかがか」とすすめた。母親は「若い身空であたら墨染めの衣にやつしてしまうのはいかにももったいないことではありませんか。かといって八重《やえ》だつ雲たる宮中に仕えさせるのも気にそまないのですが」と言って、けっして首をたてにはふらない。

それからというもの、寺にとられてなるものかと思ったのか、母親は若君を京に呼び寄せてしまうよう、兄の中将殿にしきりに訴えるようになった。あの子がいたら日々のつれづれもなぐさめられようと思ったのか、兄も同意した。禅師はなすすべもなく、泣く泣く若君を京へと送り返した。

横川にすっかり住み慣れていた若君は、山川しかない寂しいところとはいえ名残り多く、遊び友だちの稚児や童たちと離れ離れになるのもさみしくて、みなに京近くまで見送られて別れを惜しんだ。

寺に戻った禅師は、これまでの年月に若君が手習いなどして暮らしてきた部屋に入ってみた。すると、なんとも美しい筆つきで障子に歌が書き付けてあった。

九重に立ち返るとも年を経てなれし深山の月は忘れじ
(都に帰っても年を経て見慣れていた深山の月を忘れません)

この歌をみて禅師をはじめ寺の衆はみな泣いたのだった。

＊1――横川　比叡山延暦寺の本堂にあたる横川中堂を中心とする地域のこと。

そののち、若君は元服して藤侍従《とうじじゅう》と呼ばれるようになった。長く伸ばしていた髪を結い上げると見劣りするかと思いきや、ますます目をみはるような美しさである。十四歳になった春の頃のこと。昔馴染みの横川の法師で端正な顔立ちの男どもがやってきて「北山の桜は今花盛りだそうでございます」「侍従の君よ、ともに見にまいりましょうぞ」「お伴いたします」と口々にいうので、深山隠《みやまがく》れの色香を見てみたいような気がして、にわかに出かけて行った。侍従の君は道中人目につくのをさけて、わざと目立たぬ格好に着替えて行く。若い男どもが馬を並べ、道々ながめわたせば遠くの山が桜色にけぶるように霞《かす》んでいる。野辺は青々として、草むらには名もしらぬ花々がすみれに混じって色とりどりに咲き乱れている。雲居から姿の見えない雲雀《ひばり》のさえずりあう声がきこえてくる。春の山は格別の美しさである。

目指す山はやや深く入ったところで、水の流れ、岩の佇まいも写し絵を見るよう。ふとそよぐ風がどこからともなく花の香りを運んでくる。人々はその香に心を奪われて急ぎのぼっていく。たどりつくと無数の桜の花々が枝がたわむほどに満開で、今こそ盛りという風情。

山隠れの桜花のもと、都の人の真似事をして宴席をはる。木の元の岩隠れの苺のそばにみなで座して、歌を詠み、酒を呑《の》み、楽器を奏でるなどして思い思いに過ごした。花よりも花を見上げる侍従の君から目を離せないでいる男が多くいる。

侍従の君は、まといつくようなまなざしを避けて、花が見えるところで少し引っ込んだところはないかと探しにいく。すると、本堂のかたわらに、檜皮《ひわだ》の軒に忍草がはびこって、破れた御簾のかかったみすぼらしい院家があった。供に連れてきた人のなかにこの家の知り合いがいて、しばしの宿りを許され、短冊《たんざく》を取り出して歌を吟《ぎん》じたりして過ごす。京からもってきた弁当や酒などを出してつつましい旅の食事をしながら遊び興じている。と、花のそばにいたときから侍従の君に夢中になっていた、姿かたちのいい三十ばかりの法師が御簾のそばまで慕いよってきていた。花には見向きもせずにこの君の姿ばかりを眺め入っていた男である。

いまにも御簾の内に走り込んでしまいたいような衝動をおさえきれず、侍従の君が連れてきた男をとおして思いを伝えようとするが、「人目をさけるために、この隠れ家を求めてまいったのです。うるさくちょっかいをだしなさるな」とあらあらしくいさめられて、すごすごと戻っていった。ややあって、十二、三歳ばかりの美しく着飾った童が、結び文をつけた小さな花の枝を誰からとも言わずそっと御簾のうちへ差し入れた。侍従の君はそれをとりあげて開いてみる。


夕がすみ立てへだつとも花の陰さらぬ心をいとひやはする

（夕霞がたち二人の間を隔てるとも花のような美しさのあなたの面影が心から離れずにいる私をあなたはさけるのですね）

と端正な筆跡で書かれていた。

返歌をと侍従の君をうながすとはずかしいといってそばにいた人に譲ろうとする。それではあんまりだとみなが言うので

花にうつるながめをおきて誰《た》が方《かた》にさらぬ心のほどをわくらむ

（これほどに見事な花を眺めながら他の誰に目移りするというのでしょう）

とほのやかに書いて御簾の下から渡した。返歌をもらえて男は感激のあまり涙をこぼした。「この法師はいったい誰なのか」と使いにきた童に問うと、口止めされているらしくはじめは隠していたのに、しつこく問い詰めると幼い者のすることで「岩倉の某《なにがし》[*2]の坊の宰相の君という方でございます」と言ってしまった。さてこの宰相の方はというと、恋する思いをしるべとして必ず侍従の君を訪ねていこうと思っていた。

その夜、侍従の君たちは院家に泊まった。この院家の庭には、紅白の花が枝を交えた木があって、とりわけ美しいのだった。半酔半醒《はんすいはんせい》のていで遊び暮らし、三日たってもあきないほどだったが、京から大勢の迎えの人々がやってきたので後ろ髪をひかれるようにして山を降

りていく。

かの宰相は、花のもとで見た面影が身から離れず恋しくて焦がれ死にしそうである。あるとき、つてをたよって文を送った。

「過ぎにし折、花のもとにてこの目であなたを見たときから、身を抜け出してしまった魂がまだ身に戻らぬのでございます。いつまで私の魂をあなたの袖にとどめておくつもりにございましょう。なにかのついでにでもまたいつかお目にかかりたく」などとこまやかに書かれていて歌がある。

花の紐解くるけしきは見えずともひと夜はゆるせ木のもとの山

（花の下紐がほどけぬように花のようなあなたが心を許すようすはないですが、ひと夜ばかりの逢瀬をお許しください）

返しに

木のもとを訪ねとふとも数ならぬかきねの花に心とめじな

（木のもとを訪ねて行ってもありきたりな垣根に咲く花のような私には心をとめない

＊2——岩倉　現在の京都府京都市左京区南部のあたり。

でしょうね）

こうしたやりとりに意を強くして、宰相は夜な夜な侍従の君の家の前に佇み、愁苦辛勤《しゅうくしんきん》もだえくるしんでいる。侍従の君はだんだんかわいそうになってきたのか、心をひらいていった。宰相はしばしば侍従の君のもとへ通うようになり、のちには岩倉の坊へも侍従の君を伴っていくなどして二人は心おきなくなじんだ。宰相にさしさわりがあって二、三日来られないときなどは、侍従の君はひどく心細く感じるまでになっていた。

侍従の君には思いをかける人が多く、あちらからもこちらからも花につけ紅葉につけた結び文がわずらわしいほど届くのである。侍従の君はそれに適当に返事しつつも、この宰相以外に心ひかれる人はなく、三年ばかりを睦まじく過ごしていた。

そのころ思いのままに権勢をほこっていた太政大臣の子息左大将殿の御前で、夏の雨に降り込められて一日をもてあまし、人々が気ままに世間話をしていたついでに誰かが、この侍従の君のたぐい稀なる美しさを語ってきかせた。左大将殿は心そそられて、侍従の君へたびたび文を送るようになった。

侍従の君は宰相に相談し、断りをいれようと考えた。

「左大将の思し召しはもったいないことでございます。参上いたしたいのですが、このごろ、病みつかれてふせっております。少しでも体がよくなりましたら参上いたします、などとうまいことを言ってほしいのです。」

宰相は仲介役となってそのように左大将殿に申し上げた。

五、六日あってまた左大将殿の使いの者がやってきた。こんどは文を持たされている。

「世の中はかくこそありけれ吹く風の目に見ぬ人も恋しかりけり」という紀貫之《きのつらゆき》の歌がありますが、会えない人が恋しいということばをいまぞ思い知ったと感じる私の心をわかってはもらえぬでしょうか。「ねぬなはのくるしかるらん人よりも我ぞます田のいけるかひなき」という歌のように、寝ることのできない苦しみで生きる甲斐もないほどです。五月雨《さみだれ》の晴れ間には気分も清々しくなりなさるでしょうから思いきってこちらにいらっしゃいませ。」

などとあって

ほととぎす恨みやすらん待つことを君にうつせる五月雨のころ

（ほととぎすは恨んでいるでしょうか、五月雨のころ、ほととぎすの声を待つのではなく、ひたすらにあなたを待っている私のことを）

とある。

返しには
五月雨の晴れ間もあらば君があたりなどとはざらん山郭公
（五月雨の晴れ間さえあればこの山ほととぎすがあなたのもとへと飛んでいかないことがありましょうか）

と書いて、なお具合の悪いことを宰相から幾度も申し上げさせて、参内せずにいた。とはいえこうして鬱々《うつうつ》とひきこもっていてはよくないというので、宰相はあるときこっそりこの侍従の君をともなって岩倉へ行った。ところがこれを、かの左大将殿の従者が目にして、しかじかのことがありましたとあけすけに左大将殿の耳に入れたのである。侍従の君が我が恋心に応えてはくれぬと悩み苦しんでいた左大将殿は許すまじと怒りにふるえた。まわりに仕える者たちも異口同音に「こちらになびかないのは宰相法師のせいだったのですね」「憎いやつだ」と言う。左大将殿はすぐに侍従の君へと使いをはしらせた。

「病いを患っていると言っていたのはみな偽りであったのだな。忍び歩きをしているとは。二人でさぞや私を笑いものにしているのだろうよ」などと恨みがましい。兄の中将殿にもなんとかするように命じたので、侍従の君は装束をととのえて、宰相に事の次第を告げるまもなく、使いの帰る車に乗せられすぐさま参内させられた。

門内に一歩入れば玉がかがやきまばゆいまでの御殿である。ひとけないところで二人は相対した。灯のほのかなあかり、香炉からくゆる香りとまことに風情がある。侍従の君はまだ幼かったころ、殿上などで左大将殿を見ているはずだけれど、まったく目にとめていなかった。「心から睦みたいと思ってはくださらぬかな」と左大将殿はおっしゃる。侍従の君がただ恥ずかしそうにするばかりなので、左大将殿がじれていたのもつかのま、すぐに深い仲となった。左大将殿は侍従の君の気をひくような催しをして、かた時も離さず睦み合うようになった。

睦んでみると左大将殿に情がわいてくるけれど、かの宰相のことが心から離れることはない。立派なお邸にいてもうれしくもなく、心が通い合っているせいだろうか、いつも夢には宰相のことばかりをみていた。

さて宰相法師は、左大将殿が深く憎み、怒り狂ってこの界隈を徘徊させないように命じていることも知らずに、恋情を抑えきれずこの邸のあたりを窺い歩いていた。それを噂好きが御前でさまざま告げ口をしたので、宰相は淡路《あわじ》の国へ追いやられてしまった。

それをきいた侍従の君は自分のせいだと思うと耐えがたく、咎なき人が憂き目を見るのも悲しく、できることならかの島の波風の音を共に聞きたいとさめざめと泣いた。互いにひとくだりの文も送り合うことができずやきもきするばかり。

かの宰相は、いかなるつてをもとめたのだろうか、都を離れる段に侍従の君へ文を書いてよこした。見れば悲しい手紙である。

ながれ木と身はなりぬとも涙川君に寄る瀬のある世なりせば

（涙川の流れ木と我が身はなりますが、君に寄る瀬がこの世にあったなら）

と思いが書いてある。

そうなるとこの左大将殿が心底恨めしく、情も冷めて侍従の君がうちとけることはもはやなかった。豪華な御殿の清風にも心躍らず、はてはては悩みがこうじてひたすら憂鬱だと思い煩うようになった。かの人を思うが故とは知らずに、左大将殿は物の怪《け》がついているのではないかと祈禱などをさせたが、回復の兆しもなく病み患ってしだいに衰弱していくので、母君があわれんでさまざま申し上げて里へ下がらせた。

侍従の君は、里邸に戻るとひそかに岩倉にとどまっている伊与《いよ》という法師を呼び出し、床近くに召した。「かの宰相が我が身故に遠い島へと流されたときいて、かなしくてこのように病み患っているのです。あそこで、いかにまろを恨めしく思っていらっしゃることでしょう」と、涙にむせびつつ言うので、聞いている方もたとえようもなく悲しくて「どうして恨んでなどいましょうか」と言いつつ、こんなに思い詰めているとは世にも稀な二人の仲だと思うのだった。夜も更けゆくころ、侍従の君は伊与法師をさらに枕のそばに引き寄せてささやいた。

「どうにかして宰相のいらっしゃる島へひそかに私を連れて行ってくださいませ。左大将殿のお怒りを買って罪に問われても、あの方とご一緒にその島で余生を送れれば、願いが叶う気がするのです。」

「かわいそうに。もったいないことですが、まことに幼くいらっしゃるのでそうおっしゃるのでしょう。淡路へ行けば隠れもなく知られてしまいましょう。すぐに左大将殿のお耳に入って、さらなる怒りを買って、いまより重い罪とされることでしょう。お気持ちがあるのでしたら文をお書きください。わたくしがどうにかしてこっそりとお渡ししに行ってまいります。」

侍従の君はなおため息混じりに島へ行きたいと言いつのるので、かわいそうにも奇妙にも思えてくる。

「つくづくと考えていたのですが、宰相と別れて、気に染まない世に永らえるつもりはないのです。」

伊与法師は、こうまで言われては断りにくく思案する。「我が身はもとよりたいした出世もしないのだから、世間でなんと言われようとどうということはない。ならば連れていってさしあげて、いま一度の対面を叶えてさしあげたい」と思うのだった。

そこで伊与法師は、侍従の君とめくらましのはかりごとを算段する。

「左大将殿へも母上にも文をお書きなさい。そして罪なき人を私ゆえに遠い国へ流したことがうらめしく、とにもかくにもこの世に生きていたいとも思わないので、身投げをいたします、と書くのです。縁起でもないことを言うようですが、そうすれば、それ以上の詮索はされないでしょう。」

「うれしく存じます。ですが母が嘆きのあまり病み患ってしまわれたらと思うと。ただ母のことが心配なのです。」

「それはのちにこっそりと真相を知らせてやればなぐさめられるでしょう。」

侍従の君は、なるほどとうれしくなる。左大将殿からは、絶えず病状を心配する使いがくるが、いっこうによくならないことを伝えるばかりで日々が過ぎていき、やがて九月になった。秋とてまことに心細く、ともすれば草木に夜露がたくさんかかっているのと競い合うかのように涙がこぼれ落ちる。

あるとき、兄の中将殿が寺社参詣にでかけて、邸が人少なになった。侍従の君はひそかに岩倉の伊与法師を呼んでくるよう使いをおくると、伊与法師も心得て、夜陰に紛れてやってきた。かねて約束算段していたとおりに、文をしたためるなどしつつ、寝たと見せかけて忍び出る。

伊与法師はかいがいしくも万事をととのえ、乗り物なども準備して、夜が明けぬ前に、山崎まで辿り着いた。そこでしばし休むと、常の旅人の行き交う道は、人に見つかるおそれがあるというので、あらぬ方角の山路へ入っていく。「白雲跡をうづみ」「青嵐道をすすめつつ」といった『平家物語』で俊寛《しゅんかん》を追って島を訪ねる有王*3の旅路のよう。侍従の君は慣れぬ旅に生きた心地もしない。やがて須磨《すま》の浦に着いた。

名所として知られるところで海上の月でもながめてみたいものだが、人に見とがめられてはならじと伊与法師がいさめたので、心ならずも一人寝の衣をしいて眠りについた。聞きなれない波の音が枕近くでおどろおどろしい。

＊3——有王　『平家物語』巻第三「有王」では平氏の討伐を企てたとして鬼界ケ島に流された俊寛をしたって童の有王が訪ねゆく道中を次のように描く。「白雲跡《はくうんあと》を埋《うづ》んでゆき来の道もさだかならず、青嵐夢《せいらん》を破ってその面影も見えざりけり。」

『源氏物語』に「須磨にはいとど心づくしの秋風に」と描かれた、光源氏の寂寥感がいまぞ思い知られるようで、

秋風に心づくしの我が袖やむかしに越ゆる須磨の浦波

（秋風に「心尽くしの」といい昔在原行平が「旅人は袂涼しくなりにけり関吹き越ゆる須磨の浦風」と詠んだ須磨の浦波なのだ）

とひとりごちた。

侍従の君のすこしまどろんだ夢に、見るも無惨に痩せ細った宰相があらわれて言った。「こうして訪ねてくださるうれしさよ。この世ではかなわずとも必ずお会いしよう」とさめざめと泣いて、

磯枕心づくしのかなしさに波路わけつつ我も来にけり

（あなたの心尽くしにせつなさのあまり波路を分けて私もここへきたのです）

といったところで、「ただいま淡路へ渡る舟が出ます」という声に目が覚めた。「ああ愛しい人」と夢の名残りはつきないが、あわただしく出立《しゅったつ》する。舟に乗ろうとしばし汀《みぎわ》にたたずんでいると、暁近い月が波の上に澄み渡っていて心細いほど。あちらの東船、こちらの西船と係留されているのを見ると、白楽天の「琵琶行」で「唯見江心秋月白」（川

のただなかに秋月が白く見えるばかり）とあるのは、こういう景色だろうと思うのだった。漕ぎゆくほどに岩屋という浦に着いた。

そのころ都では、侍従の君が身を投げたと知らされて左大将殿が慌てふためき、埒《らち》もない色恋沙汰で人の嘆きを買い、また惜しい人を失ってしまったのだと悲しみにくれていた。世の人々もこの左大将殿のおふるまいはいかがなものかと思っている。

母上は、この書きおきの文を顔に押し当てて、そのまま寝ついてしまった。兄の中将殿も我が子のようにして育ててきたのに生き甲斐がなくなったと惜しみ、悲しみにくれている。

さて侍従の君は岩屋に着いてから、かの人のいるところへ早く行きたいと思いつつも、案内する者もなくしてどうやったらたどり着けるかわからずにいる。松本の浦とかいうところにいるということを京で聞いていたので、まずその浦を訪ねていくと、絵島の磯の向かいにあるという。侍従の君はそれをきいて、京極中納言藤原定家《ふじわらのていか》が「来ぬ人をまつほの浦の夕なぎに焼くや藻塩の身もこがれつつ」（松帆の浦の夕なぎの時に焼いている藻塩のように、私の身は来てはくれない人を待って、恋い焦がれているのです）と眺め暮らしたというのも、この浦のことではなかったかと思われ、恋しくて身の焦がれるのももっともだと思うのだった。

その日は、そこかしこに休みながらこの浦を訪ね歩いた。日暮れごろに、時雨《しぐれ》が激しく降って、波の音が高くなった。海士《あま》の家ばかりのところで、どこへいけばよいのか途方に暮れていると、灯のひかりがほのかに見える。それを道しるべとしてたどりゆくと、板葺のお堂があった。海士の苫屋を宿とするよりはいいだろうと、ここへ泊めてもらうことにする。傍らに小さな庵がある。ふと立ち寄ってみると、老僧がひとり松の葉をくべているようである。

「ごめんください」と声をかけると、しわがれ声で「誰かね」という。

「これは津の国の方の者にございます。四国へわたる道中、たよりの舟に乗り遅れまして、難儀しております。この御堂のかたわらに雨宿りをさせていただきたく存じます。」

そう言うと、不審に思ったのであろう、立ち上がって、灯明の光をかざしてくる。いかに身をやつしたとしても侍従の君の美しさたるやただものではない。「なんとかわいそうに」とすぐに庵の内へ入れてくれた。

こざっぱりとした住まいである。達磨大師の画像が一幅かけてあって、肘掛けの助老《じょろう》、蒲団、麻の掛け布団の衾だけが置かれている。しばし話などをするなかで、かの人がどうしているのかを聞いてみたいけれど、あまりに唐突なので言い出せない。

この僧は若君をつくづくと見て、「変ですな。都の人なのでありましょうか。私も昔は都の者だったのです。二十歳のころ、間違いをしでかしまして、京に住みかねて、やがてもとどり切って出家をし、江湖山林《こうこさんりん》を放浪して歳月を過ごしましたが、どうした縁か、こうした漁の屋の隣に住みつき、紫鴛《しえん》、白鷗《はくおう》を友として三十余年を過ごしてまいりました。」

語るも哀れな話である。それをしおに、流されたかの人のことを聞いてみる。

「あの松帆の浦にその方はいらっしゃいました。この夏ごろからこの島へやってきたということでした。」

「詳しくお話しください、聞きたいわけがあるのです。」

「松帆の浦からこの庵まで、いつもやってきては、都の恋しさを語り合っておりましたが、とある殿上人のことを明け暮れ、恋しがって泣いていらっしゃいましたよ。心に思うことをへだてなく語ってくれていました。恋しい思いが昂じたせいでしょうか、病みつかれて日ましに重くなっていって、この庵にもこなくなりました。つきそう従者もいないようでお気の毒に見えましたので、日を隔てず通って世話をしていたのですが、ついに亡くなってしまわれました。今日は初七日の忌日でございます。煙になして火葬することも、この僧がしたのでございますよ。」

聞くほどに呆然として侍従の君はつっぷして泣きじゃくっている。

この僧は「なんとなんと。さてはご縁のあるかたでいらっしゃるのですな」と言って彼も泣いた。

ややあって、伊与法師が言う。

「今までは隠しておりましたが、かの人がもはや亡くなっていらっしゃる上は、世にはばかりもございません。この方こそが、その恋しがっていたという殿上人なのです。このようなあやしき山賤《やまがつ》風情でいるのも、道中の人目をしのぶゆえでございます。それにしても、世話をして、弔いまでしていただいたお志は、お礼をしてもしつくせません。」

老僧は「かの人が今際《いまわ》の際《きわ》に、志のほどありがたいとおっしゃって、小さな法華経、念珠などをくださったのです」と取り出してみせた。日頃、手に馴染んでいたものを見て、ますます目も曇るばかりに泣けてくる。

またこまかに書かれた文を巻きかためた上に四条殿へとあって、それほど高くもない役職名が書いてあるのがあった。

「これも今際の際に、よき手づるがあれば、これこれを訪ねて渡してほしいとおっしゃったものです。この文こそ、この方へ宛てたものだったのですね。なんとうれしい。ならばたしかにお渡ししましたよ。」

開いてみると「岩倉の人の侍従の君のかたへ」とある。都をでてからこの島に住み着くまでのありさま、今際の際の近くなったさまなどが書いてある。千鳥の歩いたあとのような弱々しい字で書かれた歌がある。

くやしきはやがてきゆべき憂き身とも知らぬ別れの道しばの露

(くやしいのは死に別れることになるとも知らずにあなたと生き別れたことを泣いて悲しんでいたこと)

あの晩、かの須磨で見た夢はこのことを知らせるものだったのだと思うと胸がつまる。翌朝、この僧を案内役として松帆の浦へ行き、まず宰相が住んでいた庵のさまを見にいく。見るかげもなくひしゃげてかたむいた家屋は松の柱、竹の垣もみな朽《く》ちかけている。どうやって、こんなところで月日を過ごしていたのだろうと思うも悲しい。

すこし離れた松が群生しているところに、粗末な塚はあった。しるしの松がその上に一本植えてある。「これが墓であります」と言われて、侍従の君は抱き寄せるようにしてつっぷした。伊与法師も泣いている。中国の王褒《おうほう》が、皇帝の逆鱗に触れて処刑された父の墓前で泣きくらすと墓に植えられた柏樹がその涙で枯れてしまったという故事があるが、この松も涙で枯れてしまうのではないかと思うほどである。

ややためらって、このしるしの木に若君が書き付ける。

おくれじの心もしらで程遠く苔の下にや我を待つらむ

（死ぬ時も一緒にと思う心も知らないまま苔の下で私を待っているのですね）

こう書くと、侍従は身を投げようと海に近寄っていく。あわてて伊与法師がとどめてかきくどく。

「宰相のことはいまとなってはどうにもしようがありません。まだお気持ちがあるのならば菩提をお弔いなさいませ。身を投げてしまっては罪をつくることになりましょう。また母上のお嘆きはいかばかりのものでしょうか。」

侍従の君は、力なくへたりこみ、「ならば出家をいたします」と言った。

「それももったいないことでございます」ととめようとしたが、ならばとてやみくもに身を投げようとするので、伊与法師は泣く泣く侍従の君の御髪をそりおとした。

侍従の君は今年、十六歳になる。姿は花蕾のよう、山の端から出たばかりの月のような盛りの美しさである。それが墨染の衣にやつした坊主姿となるのを見ることになるとは。うつつのこととは思えない。この世はとかくうらめしい。

伊与法師も泣いて泣いて墨の袖をさらに色深く濡らしている。二人は連れだって高野山へ向かった。それからのちのことはようとして知れない。

花みつ月みつ

昔、播磨国《はりまのくに》の赤松殿の家臣に岡部某《おかべのなにがし》という人がいた。岡部はさして古くから功績のある人ではなかったが、器量才覚が世に優れていたので播磨国の守護代＊1をあずかり、家は富み栄え、諸人の羨ましがることといったら限りもない。それならば思いどおりの人生かというと、さにあらず。人も羨む地位を手に入れても、世間一般の人とちがって自分には子がないことを夫婦ともども悩んでいたのだった。岡部は心ひそかになげいていた。

「我が身が若いうちは忙しく暮らしているが、年老いた先にはいったいどうなるだろう。ああ困ったことだ。他人の子を養子にもらったとて頼りになるわけでもなく、来世のための供養をしてくれるかどうかわかったものではない。」

昔から神仏に祈願すれば叶うというから、大願をたてて申し子祈願をしようと思い立ち、夫婦で身を清め、妻は地元の神社に七日こもり、岡部は書写山《しょしゃざん》＊2に参り、ただこのことを一心に祈った。七日の満日の夜、妻が花のつぼみをもらう夢を見た。ところが、そのつぼみは夢の中で青葉となると散ってしまった。これぞ所願成就のしるしであろう。けれどもその子は成人まで我が身に添うてはくれぬのかもしれないと少々心細く思って喜び半分で家に帰った。岡部の夢想では、盛りの花をもらうが、それがすぐに風にとばされてしまったのだった。岡部もまた生まれたのちにいったいどうなるのだろうと気がかりのまま帰ってきた。

ほどなく妻は懐妊し、さほどの苦しみもなく、男子を産んだ。岡部も妻もたいそう喜んだ。夢想に見たのが花だったので、名前を花みつと名づけ、たくさんの乳母を雇って大切に育てる。主人の赤松殿をはじめ多くの朋輩たちも、老いの家宝というのはこういうことを言うのだとさまざまに祝いを贈ってきた。

それから時が過ぎ、花みつ二歳の春の頃、赤松殿が岡部を召して言った。

「今年は大番の役にあたっている。存じておるように私はそろそろ初老の身なれば、はるばる京にのぼるのはしんどい。私の名字を名乗りそなたが三年の大番勤めをしてはくれまいか。」

岡部は主人代理を依頼され、畏《おそ》れ多くも身に余る光栄だとこれを引き受け、単身で急ぎ都にのぼった。京の家に一人暮らすのはさみしかろうと気を回した人がいて、見目かたちの美しい女房を世話役に参らせた。身持ちの固い男であるとはいえ、岡部も岩木というわけでなし、二人はいつしか男女の関係となり、睦言が度重なるうちに、これも前世の縁であろうか、

＊1——守護代　鎌倉・室町期に守護の職務を代行した役人。
＊2——書写山　兵庫県姫路市書写にある天台宗の別格本山の寺院。

やがて女は懐胎して玉のような男子を産んだ。岡部は書写山で得た夢想はこの子のことだったのかとありがたく思った。ちょうど生まれが九月十三日の夜だったので、その夜の月になぞらえてその子を月みつと名づけた。

大番役の三年が過ぎて、岡部は月みつとその母をともなって自国に下り、とあるところに隠し住まわせた。それを聞き知った御台所《みだいどころ》たる正妻は言った。

「まあなんとうれしいこと。子が花みつ一人ではなにかと心配ですから、弟ができてうれしいではありませんか。よそで育てさせるのも心許ないことですから、月みつもここへ呼び寄せましょう。」

正妻は月みつを我が子以上にかわいがって、花よ月よと分け隔てなく育てた。月みつの母は正妻をはばかって、粗末な住まいでときどき訪ねてくる岡部を待つだけの暮らしをしていた。

かくて年月がすぎ、花みつは十歳、月みつは九歳となった。岡部は、このまま子どもたちを無為にここにおいておくのはよくない。書写山の寺にやって学問をさせようと思いたち、まず花みつだけを連れて書写山にでかけた。別当と対面し、さまざまにもてなされる。酒三献《さけさん》《こん》を過ぎたころ岡部は別当に盃《さかずき》をさし、別当は盃をなみなみと受けると今度は岡部の盃をさした。「ただいまの酒の肴《さかな》にご所望あらば叶えてさしあげましょう」と岡部が言う。

別当は「老僧の身に何の所望もございません。この花みつ殿を、それがしにお預けいただいてご後見させていただきたく存じます」と言う。もとよりそのつもりでいたことなので岡部も「いかにもたやすきこと」と了承し、互いにこれ以上ない喜びようである。だんだんに日も暮れたので、岡部は暇乞いをして花みつのもとへ行く。

「今日からおまえはここで暮らすのだよ。別当さまの仰せに従ってしっかりと学問して父の名をあげ、自身の徳もお積みなさい。月みつもいずれ山にやるから。」

岡部が帰ると、月みつは「なんともうらやましいこと。兄御前は山へ行かれたのに、どうして私を連れて行ってはくれませせなんだ」と不平顔。

「なんと殊勝《しゅしょう》な心がけであるな。おまえはまだ幼いから寂しい山に住まわせるのはどうかと思って、まずは花みつだけをやったのだが、大人らしく学問したいとは。」

岡部は月みつの願いを聞き入れ山寺へ連れて行った。別当はますますもったいないことだと恐縮し、花みつも月みつも懇切に面倒を見た。「なんと別当さまは果報者よの。こんなにもおきれいな守護代の公達を兄弟ともども預かることになるなんて」とうらやましがらぬ者はなかった。

やがて、この稚児たちは盛りの年頃になった。容顔美麗で霞に匂う花の香のよう。姿は風に乱れる青柳のようなたおやかさ。まことに観音菩薩、勢至《せいし》菩薩の化身かと見えて、知恵、才覚も世にすぐれ、一をきけば十を悟り、ことに情けの色深く、人柄もすぐれている。書写山三百の坊に衆徒の数はおよそ一千余人。この稚児たちを一目でも見たならいうにおよばず、ただうわさに聞いただけであっても想いをかけぬ者はない。どうにかして近づきになりたい、親しくなりたい、想いの一端でも伝えたいとみなが思うのだった。ことに学びの窓に向かわせ、そばについている別当は浅からぬ想いを寄せていた。

そんなころ、気の毒なことに花みつの母上がちょっとした風邪をこじらせて寝込んでしまった。岡部はいろいろな薬を与え、嘆くあまり神に文句を言ったり、仏に祈ったりと八方手を尽くしたが、無情な風邪を防ぐにいたらず、母君は次第に弱っていった。いまや命も長くないと見えたとき岡部は枕元に寄り添って言った。

「なんとも悔しいことよ。なぜにこうまで弱ってしまわれた。あの幼い子どもたちの前途を見とどけたいとは思わぬか。思うことがあれば残らず言っておくれ。」

御台所《みだいどころ》は枕から頭をもたげて言った。

「私が逝《い》ってしまったら花みつがどんなにか嘆くことでしょう。それを思うと悲しいのです。月みつのことも同じく我が子のように思ってきましたから、明日からここへ月みつの母君を呼び入れて、私のかわりに正妻として二人の子を育てるよう頼んでください。他の人の手で育てさせることなどゆめゆめあってはなりません。このことよりほかに言っておくことはございません。」

　こう言うと眠るがごとくに亡くなった。兄弟の二人も山寺から戻ってきて悲しみにくれている。なかでも実母を失った花みつの悲しみはたとえようもない。いつまでもこうしてはいられぬというので泣く泣く葬送し弔った。四十九日もすぎたので、遺言どおりに月みつの母君を邸に呼び入れ御台所と定めた。これまでの日陰の身での侘び住まいから一転、月みつの母君はにわかに栄耀栄華《えいようえいが》を手に入れた。盛者必衰《じょうしゃひっすい》、栄枯地を変えるとはこうしたことをいうのだろう。

　そんなとき、京都に騒乱が起こって、主人の赤松殿が都へのぼって行くので、岡部も供としてついていき、しばらくは在京することになった。するとたんに継母は意地悪さを発揮して、花みつには仮にも顔を見せず、我が子、月みつだけに衣や小袖を用意して朝夕に頻繁に届けにくるのだった。そんなことを知ってか知らずか岡部は都にいながら、つくづくと考えた。

「かわいそうに花みつは母に死に別れて頼りになる人がおらぬうえ、私までもが長らく京都にいて、さぞやさまざま足らぬことがあるだろう。」

父岡部は、年の暮れに正月用の小袖を整えて、文にはこれを花みつへおくるようにと書いた。後妻の女はこの文を見て、我が子には何一つなく、花みつのことばかりこまごまと書いてあるのがうらめしくて、こっそり文を書き直し父上から月みつに小袖が届いたことにして寺に送った。花みつはたいそうもの憂く、悲しくて、亡き母のことを思い出しては泣き、学問に身が入らぬままに嘆き暮らしていた。

別当をはじめ人々も「おいたわしいこと。花みつ殿は母親に死なれて、そのうえ父親さえ心変わりをしてなおざりにされている。このうえは、まずは月みつ殿こそが父上の思い子なのだろうよ」と、月みつを丁重にもてなすようになっていくのももっともなことである。

ようやく京都の騒乱がしずまって、岡部は国元に戻ってきた。「花みつは精進しているか、月みつはどうしているか」とまずは気にかかる。継母は言った。

「兄弟ともに大人になりましたが、花みつはこのごろ学問を怠って自分の同宿の男たちと連れだって寺を出て野山を家として別当とも一夜とて夜をともにしなくなり、別当には勘当《かんどう》されたと聞いております。私も大切にしてまいりましたのに、このような次第をきくとは残念でございます。」

継母は涙まで流す。岡部は「やはり本当の親ではないから私にさえ悪く言うのだな」と嘆かわしく思いながら、「しかしことによるとそんなこともあるやもしれぬ。花みつをここへ呼び寄せるのも別当のお心にそむくことになろうから、月みつをよんで、ことの次第をきこう」と考えた。

岡部は文を寺に送った。「月みつだけを下山させるよう。花みつには追って別に迎えをよこそう」とある。

「さては父上も心変わりしたことはもはや疑いもない。私は兄なのだから、まず私が呼ばれるはずなのに、月みつだけを呼び出すことの不思議さよ。」

花みつは口には出さずにただ涙する。月みつは文を見ると言った。

「まず私が父上のもとに参りまして、兄上のこともよきように申し上げ、今日のうちに迎えをやるようにと申しますから。」

「うらやましいことだな。月みつは弟だけれど、本当の母親がいるから父の扱いもちがってかわいがられて里下りをするのだね。どうか父にとりなしておくれ。」

花みつは弟の部屋にこもって涙を袖につつんで打ち伏している。月みつも名残り惜しげに、しばし迎えの輿にものらずに同宿の若衆を呼び寄せて言った。

「花みつ殿をなぐさめてやってください。父上にお目にかかりましたら、たとえどんなにお怒りでありましょうとも、我が身にかえて説得いたします。」

こう、無心に言う月みつのやさしさはいかにもありがたい。

急ぎ里邸に戻った月みつは、岡部殿と対面する。

「早くも戻ってきたのだな。しばらく見ないあいだに美しく生い成り、うれしく思うぞ。」

さすが山寺育ちとあって色白く、真摯な物言い、ものごしにいたるまで、我が子とは思えないほど美しい。花みつも幼いときからひときわ美しかったのだから今ごろますます美麗になっているにちがいない。岡部は涙を抑え「なにゆえ別当は勘当なさったのかね。すぐに寺へ参って別当にお目どおりして、花みつに会いたいものだ」と月みつを連れて書写山にのぼっていった。

別当は父君と対面し、さまざまにもてなした。座敷には息子たちと同じような稚児たちが居並んでいるのに、そこに花みつの姿は見えない。

「さては相当に深き勘当があったにちがいない。私が思いがけずやってきたので、おおかた許されないままどこかに押し込められているのだろう。情けないこと。」

岡部は内心そう思ったが、だからといって、師匠のいさめごとにどうぞ許してやってくれとはあまりに無礼で言いにくく、こぼれそうな涙をおしかくして世間話ばかりをしていた。

別当もまた岡部殿は花みつにお怒りで一言も言わないでいるのに、こちらから言い出すにも言葉のつぎ穂《ほ》がない。別当は中座して花みつの部屋に立ち寄り、「おまえはほんとうに父君を怒らせてしまったようだな。しかしながら、いまからとりなして呼びにやるから、心やすくいなされ」となぐさめて座敷に出ていった。花みつは、あれこれ言い訳《わけ》もせず、「ただよきように」とだけ言って、こっそり障子のかげにかくれて父をうかがい見た。恨めしくも懐かしく、涙がとめどなく流れる。岡部も思いに耐えかねて心のうちであれこれ考える。

「いまこそ言い出すべきではないか。ここへ急いでやってきたのも花みつ見たさゆえではないか。講釈するのは法師の役なのだから別当のほうからせめて一言おっしゃってはくれまいか。それにつけてもいかなるお怒りがあろうと許してやっていいころなのに、何もおっしゃらないとは、いったいどれほどの罪をおかしたというのか。」

岡部は心配のあまり顔がこわばってかえって怒っているように見える。別当はその様子を見て、無礼にもとりなしをするのはよくないかもしれぬと思っている。こうして互いの心を勘ぐりあいながら、言い出せないうちにその日をむなしく過ごした。そしてこれが泣き別れのそもそものはじまりだったと、のちに思い知ることになるのだった。

岡部はここにいて申し入れをするより、このたびはいったん辞して文を書いてみようと思って帰ることにする。花みつは恋しさのあまり妻戸の陰から涙ながらに父の背を見送っている。岡部がふと視線を感じて引き返してみると花みつである。互いに目と目を見合わせる。岡部は「どうした、花みつよ」と呼びかけたいと思いながら、師匠が勘当したというのに人聞きが悪いと何気ないふうを装って出ていった。

「もう生きていてもしょうがないな。かわいがってくださった母に死に別れ、たった一人の親である父にも憎まれ、師匠にも悪く思われ、生き永らえたところで人に後ろ指をさされるだけなのも口惜しい。」

花みつは、しばらくのあいだは自死の思いを心のなかに包み隠していたのだが、なにを潮にか、召しつかっている松王という童を呼び寄せて「大夫殿と侍従殿のもとへいって、ちと申したきことがあるので、今すぐに来てほしいと伝えておくれ」と言った。松王が二人の坊へ行ってこのことを伝えると、二人の僧は何事かとさっそく正絹の衣に大口袴をつけて薙刀《なぎなた》を携えて急ぎやってきた。花みつは喜んで言う。

「さっそくにやってきてくれたうれしさよ。今宵の月、一人眺めるのにはもったいなき様子。御堂の縁《えん》先で夜もすがら月を見たいと思うがいかがでしょう。」

「それはまことにおもしろいことです。」

花みつは二人の法師と三人連れ立って出かけた。夜更けて人々が寝静まったころ、花みつは泣き出し、涙で濡れた袖は月を受けているよう。二人の法師は驚いてなだめる。

「なにゆえこれほど泣かれているのです。心にかかることがありますなら包み隠さずお話しください。」

花みつは涙をこらえて言った。

「浮世のままならなさに嘆くのは私ばかりではないけれど、それでもよくよく考えてみるに私ほど悲しい身の上の者がありましょうか。父には不興を買い、師匠にも憎まれ、生きていても詮ない身ですから、人々と語らうのも今宵ばかりと思いまして、涙の乾くひまもないのです。私の亡きあとをよろしく頼みます。」

「これはなんということを。たとえお父上の不興を買ったといっても、それは一時のお怒りでしょうから、どうして許してくださらぬことがありましょう。また別当さまが、いったいなにを理由にあなたを憎まれるというのです。それ学問を教えるとなれば、たとえ賢い人でもなおも厳しくされるのが常ですから、ただよく学問をして立派になってほしいということでしょう。それで父君のご不興もあったのかもしれません。みじめな身の上と世をはかなむなどおろかなことですよ。」

二人の法師がさまざまになだめたので、花みつはうれしそうに言った。

「さてもあなたたちにお願いがあるのです。叶えてはくださらぬか。」

「たとえ命をかけた御用でもどうしてお断りしましょうか。なんでもお話しください。」

「他言は無用であるぞ。このことが漏れたら死後にも草葉の陰でお恨みしますよ。」

花みつは用心してよくよく口止めをする。

「お二人が心中どう思われるかと恥ずかしいのですがお話しいたします。私が父に憎まれたことをつくづく思い返しますに、月みつに父の思いが移ったのだと思います。この無念……。月みつは私にとってもはや敵にございます。どうぞ月みつを討ってくださいませ。この願いが叶いましたらなによりもうれしく存じます。」

二人の法師は呆れ果てて、すぐには返事もできず赤面して座っている。

「そうでしょうね。はじめから頼まれてはくれぬと思っていましたが、命をかけてもなどとおっしゃるものだからつい大事のことを語ってしまった悔しさよ。きっと他人にも漏らされてしまうでしょう。そうなれば弟を討とうと企んだと後ろ指をさされ、父にもばれてしまってどんな責めを負うことになりましょうか。こうして秘密を漏らしたからには、とても命を永らえてはおれません。どこぞの淵、川にも身を沈めて死にまする。」

花みつはうらみがましく言う。二人の法師は「頼みをきいてやらねば、どうなるだろう」と目を見合わせて、結局は言う通りにしてやらねばなるまいと覚悟を決めて言った。

「それでは、まことに月みつ殿がいるせいなのでしたら、やすやすと討ち取ってさしあげましょう。そうすればあなたも心が晴れましょうし、父君も一人子として大切に思うようになりましょう。よくぞ思いつかれました。」

花みつはうれしげに顔をあげた。

「ではお願いできるのですね。いかにも不実なやつだとお思いでしょう。内心ではなんとも恥ずかしいと思っているのです。大切な弟を討って自分は生き延びようとする心のあさましさ。しかしながら恨むべきものを恨まねば、後の世の罪障ともなると申しますし、討ち取ったあかつきには、弟の後世を弔って供養することにいたします。」

「さていかにして月みつを討つことができましょうか。」

二人の法師が問うと、花みつはかねてからの企てを述べた。

「無惨やな、私がこうした悪い心にとらわれて。月みつは弟ですが頼りがいがあって、私が母上に死に別れてからは、ことさら睦まじく常に私の部屋を訪ねてきて、いろいろ慰めてくれるのです。きっと明日の晩も来てくれるでしょう。その時、私は隠れていて、いないと帰っていくところを討ちませば、なんのむずかしいことがあるでしょう」と言うので、二人の法師は「まことに見事な謀《はかりごと》だな」と二人でよくよく示し合わせて、夜も明けたのでおのおの帰った。

その日の日暮れは利那《せつな》の短さでやってきた。ようやく約束の刻限になったので、二人の法師は支度を整え刀をわきにかき抱いて、花みつの部屋の前の木陰にたち隠れ、いまかいまかと待っていた。

十六日のこととて、たそがれまどう夕闇に、月は山の端よりほのぼのと光をさしている。十四、五歳ばかりの稚児が紅の袴をはいて、薄衣を髪にかけ月明かりを背にして歩いてくる。二人はこれを見て、「ああ、法師の身として恋におぼれるとはけしからぬことであったな。花みつ殿に頼まれなければ、これほどに麗しい美しい稚児を殺そうなどと思うはずもない。とはいえ花を見て、月の光を見るように、花みつに月みつの姿が残されるはずだろう」と心を決めて待つ。いまかいまかと思ううちにだいぶ時が経った。

「こうしてジリジリしているのもつらいから、ひと思いにやってしまおう。私が走りかかって羽交いじめにするから、そなたがただ一刀に刺し殺してくれたまえよ」こう言って侍従は暗がりから飛び出していったが、稚児の後ろ姿を見るに、あまりにかわいそうでしとどの涙で目の前がかすむ。月みつは、いまや西の山の端に消えゆき、西方にかかる浮き雲に乗って浄土へと迎えとられていくのだとも知らずいるのだ。ああ無常の道に入っていくのだな、といたわしい。その後ろ姿は兄弟ゆえに花みつによく似ている。いとおしさに殺すことを忘れて二人の法師はただ涙にくれて立ち尽くしている。

稚児はそうともしらず、しずしずと縁先にあがって、蔀《しとみ》*3の板戸のわきにたち、やさしい声で「のう、花みつ殿」と二、三度呼びかけるが、中から応える声は聞こえない。しばしたたずんでいたが、「どちらかにお出かけになったのかしら」と独り言を言って帰ろうとしたところ、大夫が走り寄りむんずと抱き止め押し伏せた。侍従も思い切って腰の刀をするりと抜き、ひじの端に二刀《ふたかたな》刺して、かくなる上はとからだを突き刺し、急いで走って逃げた。

「ああ、なんとひどいことだろう。法師の身でありながら稚児を殺すなどきいたこともない。これが古今のはじめとなるだろう」と大息をついていると、しばらくして人々が集まってくる。

「これはなんとしたこと！　月みつ殿が殺されなすった！」ざわめきたっているのを聞い

＊3——蔀　住宅や社寺建築において使われた、格子を取り付けた板戸。

ていると、我ら二人のなしたことなのだとなんとも情けない気持ちになった。するとまた騒ぎたつ声がして、「いや、これは花みつ殿でいらっしゃるぞ」「いったい誰の仕業だろう」と言い合っている。大夫、侍従は驚く。

「我らは月みつ殿を討ったつもりで、この月夜に見分けられずにまちがえたのだ。」

「なんともおろかなこと。」

人々は口々に言う。

「大夫、侍従がどんなに嘆かれようか。花みつとは影に日向にといつも一緒にいたのに、今宵に限って、いったいどこへ行ってしまったんだ。」

大夫と侍従はしばらく部屋にひかえていたが、その声を聞いて胸が騒ぎ思わず走り出ていった。

「どうした、どうした。」

「いや、何者かが花みつ殿をたったいまここで刺し殺したのですよ。死骸は別当さまの方へ運びました。」

あまりに不思議なこと。大夫と侍従は別当のもとへ行った。別当は一間で花みつを膝にのせて声も惜しまず泣いている。

「さても十歳の春より、岡部殿に願い出ておあずかりし、十六歳の今にいたるまで三日と里に帰らせることもなくいとおしんでまいったのも、母御前をなくしているのだから法師にしてやって、この寺を譲り私の死後も供養してもらおうと思っていたゆえ。いったい誰がこの花みつを殺したのだろう。老い衰えた私を残して逝ってしまうなんて、うらみますぞ。」

月みつも、死んだ兄にとりすがって、悶《もだ》え焦がれて泣く。

「どうなさった花みつ殿。私をひとり残して、勝手にどこへいってしまわれるのですか。今日こうしてお別れしてもまたいつの世でかきっと会えましょう。」

大夫も侍従も呆然として言葉もなく死骸を見て泣くばかり。別当が部屋を出ると大夫、侍従はなにも知らぬ顔で花みつのかたわらにしのび、そっと耳打ちするように言った。

「幼いときから恋慕ってきたから、とんでもない計画でも承知したというのに。この人に騙《だま》されて、我らの手にかけて殺してしまったとは！　無念！　恋しくて苦しくて、いっそ急ぎあとを追って、死出の山、三途《さんず》の川のお供をいたしましょう。」

そう思い決めて、二人ともども別当の前に参って話をする。

「嘆きをとどめてひとまず話をきいてくださいませ。先日の夜のこと、我ら二人花みつ殿に誘《いざな》われて、如意本堂に月を眺めにまいりました。夜更けたころ、我ら二人に、頼み事があるというのです。法師の身として稚児の願いをどうして否めましょう。あなたさまのためなら何でもする、命も捨てる覚悟だと申しましたら、ならば弟を討ってくれろとおっしゃるのです。それはなんと恐れ多いことと申しますと、ならば私は死ぬと仰せられるので、なだめましたが力及ばず、了承いたしまして、このようなあさましき結果となったのでございます。なんとも口惜しいことです。今となっては惜しむべき命ではございません。花みつ殿の死出の道のお供をいたします。」

大夫、侍従はこう言うと大庭におどり出て、互いに脇差《わきざし》をするりとぬいて、差し違えようとするところ。月みつが続いて庭に走り降り、二人の間に分け入った。

「あなたたちが自害なさるというのなら、私も死にます。かけがえのない兄に先立たれて、何の命の惜しいことがありましょう。」

「これほどの謀をめぐらせて、人の手にかかって死んだのは一心に亡きあとの供養を頼みたかったからでしょう。あなたがご自害なさっては、たったいまの花みつ殿の修羅の苦しみを誰が救ってやれるというのです。どうぞ思いとどまりなさいませ。」

こうして思いとどまったがどうにも悲しい。寺内の人々は最後に一目花みつの姿を見ようと続々とやってくる。

別当は大夫と侍従の抜いた刀にとりついて言った。

「花みつは、逃れ難い先の世の報いによってこのようなことになったが、それについて法師二人が命を絶つのはおろかなこと。いまとなってはおまえたちは花みつ殿の忘れ形見でもあるのだから落ち着きなさい。」

「こうして命を永らえるのも、人の噂にのぼることも恥ずかしく存じますが、おっしゃるとおり、花みつ殿の菩提を弔うために残しおいた命と思うことにいたします。」

大夫と侍従は生き恥をさらすようでやるかたない思いである。

いつまでもこうしてはおれないので、花みつを西方浄土への旅衣に着替えさせようと衣を脱がせると、肌身につけたお守りとともに文があった。まず「別当の御方へ」とあるのを開いてみる。

「幼少より今にいたるまでのご恩に報いることができませんでした。私のほうが長く生きて別当さまの後世を弔ってさしあげることが、本来の師弟ではありますが、この世のままならなさにこうして先立つことにいたします。礼儀に背くこと、生生世世《しょうじょうせぜ》の怖れにたることではございますが、どうにも抗えぬことでございました。

葉は散りて梢さびしき春すぎて花うらめしきここちこそすれ

（葉が散って梢もさびしくなる春が過ぎれば花をもうらめしく思うことでしょう）

たぐひなく月をぞ人のながむらん花はあだなるものと思へば
（たぐいなき月を人は眺めるでしょう。花はしょせんは徒花《あだばな》だと思えば）

久方の天霧《あまき》る雪に名をとめて散る花みつと誰かいはまし
（久方に天から降る雪に名をとどめ散る花を見たと誰か言うでしょうか）」

また「大夫殿、侍従殿」とある文がある。

「一心に捨てたこの身が、あなた方の手にかかりましたことで、かえすがえすも冥途黄泉の闇路も晴れるような心持ちがいたします。最後の思い出となりました。なおあわれとおぼしめすなら、どうぞ後世を弔ってくださいませ。

ふたつかなひとつはいのちのこしをき君がなさけを思ひしらせん
（ふたつあるうちのひとつは命を残しおきあなたの情けを思い知らせよう）」

また「月みつへ」とある文には、

「このようになりましてかけがえのない兄弟ですから、さぞ寂しくおなりになるだろうと、それぱかりを気にかけております。しかしながら、会うは別れの道、生《しょう》は死の基《もとい》。これは逃れがたきことにございます。どうした宿縁から兄弟として生まれたのでしょう。そして生まれた甲斐もなく死に急ぐ我が身をどのようにお思いでしょう。来世でもこの前世の縁は朽ちることはありませんから必ずまためぐりあいましょう。お名残り惜しゅうございます。

花の雲風に散りなば月ひとり残らんあとぞおもひおかるる

（花が雲、風に散って、月が一人残されたあとのことが気にかかる）」

さて「里へ」とある文もある。

「母上に死に別れてからこのかた、羽なき鳥の心地で明かし暮らしておりました。別当のお心にそむくことになりましただけでなく、頼りにしてまいりました父にさえ不興をかいましてもう誰を頼りに月日を送ればよいのかわからなくなりました。憂《うれ》い多きこの世にいてもどうしようもないという思いが先にたち、こうして身をなきものとしたことをさぞやうらめしくお思いでしょう。師匠の文句をいい、父をお恨みする心の罪はいかに重くなっていることでしょう。思い出されることがあれば、どうぞ供養をしてくださいませ。

惜しまれぬみ山の奥のさくら花散るとも誰かあはれとはみん

（誰も惜しいとは思いますまい。山奥の桜が散っても残念だと見る人もいないのだから）」

こうして里の親への恨み、別当への恨みでどうしようもなくなって死んでしまったとはあまりに気の毒である。

里への文は急ぎ里邸へ持たせた。岡部は、このたびのことをきいて、あまりのことに「はて、どうしたものか、どうしたものか」と言うばかりでしばし呆然としている。気をとりなおして、涙をおさえて言った。

「なんともつらい話だ。凡夫の身とはいえ馬鹿なことをした。こうまで思いつめているとは夢にもしらずに昨日を無為に過ごしてしまったおろかさよ。神仏に祈願してもうけた子をなぜ勘当などしたのだろう。せめて花みつの母が生きてさえいたなら、こうはならずにすんだだろう。草葉の陰でどんなにか私を恨めしく思うことか。」

来し方行く末を思い返して後悔ばかりしている父君の姿を見る人聞く人、みな気の毒と思わぬ者はない。使いの者がいとまを告げて発とうとするとき、父君は私も共に参って変わり果てた姿であっても、ひと目会いたいと言い、車も馬もなく自らの足で山寺までのぼっていった。岡部は花みつを見たとたん亡骸《なきがら》にとりすがり、顔をさしあてて抱き起こした。

「ああ、うらめしの我が子や。まだ幼いから、心をいれて学問をしないで別当さまの気分を害しているのではと心配で、京から帰ってすぐに会って注意しようと思っていたのだ。親の身として悪い子を良い子のように言い訳するのも人聞きが悪いと思っておまえを呼び出さなかった。それを恨んでこんなことになったのか。そんな考えがあるとはつゆほども知らずに、昨日きちんと話さなかったことの悔しさよ。年月が過ぎていっても母のことを忘れられずにいたのも、憂い多きこの世に生きているせいだというのだな。年老いた父のことなどどうとでもなれと、どこぞへ行ってしまうというのか。父も一緒に来てくれと言ってさえくれたら、どうして命を惜しもうか。花みつよ、私も連れていっておくれ。」

父君のありさまを見た人聞いた人は、位の高い人も卑しい人も袖をぬらさぬ者はなかった。いつまでもこうしてもいられぬと野辺送りにして荼毘にふし、無常の煙となした。月みつ殿は泣く泣く兄のお骨をとりあげ、大夫、侍従を連れてその後、行く方知れずとなった。別当もこの浮世に住まう甲斐なしとさらに山深くへ蟄居《ちっきょ》してしまった。

岡部も花みつに死に別れ、月みつに生き別れ、さまざまに思いを重ね、やがて栄華をふりすてて、剃髪して出家遁世したが行く方知れずとなった子を諦めきれず、別当の住んでいる庵室で修行をしている。峰にのぼって薪《たきぎ》を拾い、谷にくだって、仏に供《そな》える閼伽《あか》の水を汲《く》み、朝夕、焚いた香の煙で身をこがし、来し方行く末の安寧《あんねい》を祈願する。岡部某は立派な政界人として肩を並べる者もなく、天下に名を馳せた人であった。もとより世の政道で暇もなく、仏道帰依の心は薄かったのだが、一心に正直を守り、神仏に祈ったがため仏の方便を得たのだ。花みつを授かったのも、すべては岡部を仏道に導くための方便だったのである。花みつと死に別れ、その嘆きにしたがって富家の棟梁《とうりょう》であった人が、このように仙人のような暮しをすることになるとは、まことにありがたい次第である。

一方、大夫、侍従、月みつの三人は、高野山へ登り、花みつの後世を弔っている、これもまたありがたいことである。それにしても月みつは幼いときから、多くの衆徒たちに愛され山の荒い風にもあてぬように大切に世話されてきたのに、いまや虎狼《ころう》、野干《やかん》*4を伴として峰の花をつみ、谷から閼伽の水を汲んで仏前にたむける暮らしである。亡き花みつを思い出す暁方には墨衣を涙で濡らしては三人で語りなぐさめ合っている。月みつは学問の窓に心を澄まし、大覚寺流の名取りとなり諸人を仏道に導き、ついに六十三歳で大往生を遂げた。まことに例のない善知識とその死を惜しまぬ者はなかった。

この話を見聞きした人々は、よくよく悪心を払いつつご回向《えこう》なさいませ。

世の中は咲き乱れたる花なれや散り残るべき一枝もなし

(世の中は咲き乱れた花なのか、散り残るものは一枝とてない)

*4——野干　中国で伝説上の悪獣の名。キツネに似ているといわれている。また、キツネの別名。

鳥部山物語

とにかく先行きの見えぬのがこの世というものである。ここに、先ごろ、武蔵国《むさしのくに》の片隅で学問をする聖の者がいた。某《なにがし》の和尚という人の弟子で民部卿《みんぶきょう》という役職の人である。民部卿は見目うるわしく心根が深くて、我が朝の歴史のみならず、史記などのような中国の難しい漢籍などまでさまざま借り出しては読み込んでいたので、和尚は誰よりも頼りになる者としてそばに召して、年来仕えさせていた。常の和尚の暮らしぶりは、ただ松風に眠りを覚まし、谷水に心をかけ、深き仏法の由緒を紐解き、窓の蛍、枝の雪を明かりとして夜更けまで勉学に励んでいた。仏法の伝授こそをむねとしてかかげていたので、そばにおく人を重用したのであろう。

しかるにそのころ、宮中でなんらかの御修法《みしほ》*1があって、国々から尊き僧たちが参り集うことがあった。この和尚も召されて京にのぼることになって、寺内のだれもかれもが旅の支度に大騒ぎしていた。

頃は夏のはじめ。木々の梢に葉が繁り、庭の千草も色とりどりに涼しげである。宵の間の月はすぐに草葉に隠れてしまう。武蔵野の地は離れがたく、紫のゆかりとでもいう縁者に留守のあいだのことなどをあれこれと言い置く。短き夜半に憂き寝の枕を結ぶほどなく、うたた寝の夢を残して夜が明けて、東《あずま》の地を発つ日がきた。そうして出発から十日を数えた頃に都に着いた。

何事もかつての栄えに劣る世だとはいえ、なお宮中は神々しく、この上もなく見事である。かくしてほどなく修法のことは終わったが、帰還までには間があったので、これといってやることもなく日々を過ごしているうちに年が明けた。空は雲ひとつなく、うららかに晴れて、雪のまにまに草が青々とのびてきて自然と人の心ものびやかになっていく。ましてや玉敷く御殿たる宮中では庭からなにから見どころが多く、磨《みが》きすましたさまは真似しようとてかなうまいというところ。

いつしか都近くの四方の山の端にかすみがけぶるように桜が咲くころとなると、うわさに聞く山桜が見たくなって、同じ気持ちの友らと連れ立って北山のほうへと向かった。道中、年老いた者、若い者、貴き者、卑しき者が色とりどりにめかしこんで花見に向かっていた。その雑踏のなか、こざっぱりとした車がそばの木陰に寄せてある。そばにつき従う男どもが「たいそう美しい花の様子です。ご覧なさいませ。すみれまじりの草もまたよいものですし」と声をかけている。そう促されて車から降りてきたのは、年のほど二八《にはち》の十六にまだ足りぬ

＊1——御修法　国家または個人のために僧を呼んで密教の修法を行う、その法会。

とみえる稚児である。さまざまな色に染め分けた衣をしっとりと着こなして、花を眺めるその姿、髪の様子、後ろ姿など、この世の人とも思われぬ典雅な気品に満ちている。

民部卿はその姿に、そぞろに心ときめいて、彼の行く先をどこまでも追いかけていきたいとまでに見惚れていた。連れだってやってきた者たちにも気づかれるほどで、さすがになんと思われるかと気恥ずかしくなって、あふれる想いは心に秘めて帰ってはきたものの、かの面影がまぶたにちらついて、昼はひねもす、夜もすがらに、ため息をついてばかり。いまは心もみだれ髪の言うに言えない恋草は摘むとも尽きぬ七車のまためぐりあうこともあるやもと、あちらこちらとくまなく歩きまわって探してはみるけれども、一人恋い焦がれた捨て舟に、棹さしどこと教えてくれるつてもなく、むなしくとって返して、四条の坊門とかいうところを通り過ぎた。そこは公卿の住む家とみえて、奥深い庭の木立ちは古めかしくもどことなくなつかしい。門のはじからそっと中に入ってみると、あまりに美しい稚児が、梅の折枝に蝶や鳥が飛び交う模様が織られた唐風の衣を着て、盛りを過ぎて花びらを散らしている桜の木の梢をうっとりと見上げているのだった。

うつろひてあらぬ色香におとろへぬ花もさかりは短かりけり

（うつろえば違う色香に染まりゆく花も盛りは短かったのだ）

こう口ずさみながらそばの高欄にそっと寄りかかって頰づえをついている様子は身震いするほど美しい。じっと見ていると、せめて夢にでも会いたいと恋い焦がれていた、かの北山の花の縁《えにし》、あの稚児にまちがいない。胸がどきどきして、つと近づいていくと、誰か人に見られたと気づいてさっと中に入ってしまった。

「ああ、どうしよう」としばし立ちつくしていると、その気持ちを知ってか知らずか夕暮れが迫りきて、鐘の響きが無情にも時を告げていた。もはや日も暮れた。いつまでもこうしているわけにはいかぬと、後ろ髪引かれながら民部卿は帰っていった。

それからというもの民部卿は病いにふせり、和尚に仕えることもできないでいる。和尚は急ぎ薬をとりよせて、あれこれ手を尽くすがいっこうに回復の兆しがない。雨がしめやかに降りこめて、あまりにものさびしい夜、民部卿のそばに長年親しく仕えていた下男が病者の枕元にそっと語りかけた。

「かの花盛りの夕まぐれ、ほのかに見た月の、入っていった先のこと、詳しく知る者がいます。某の中納言とかいう人の子だそうです。」

民部卿はゆるりと枕から頭をもたげ言う。

「ああ、どうしたらその人にこの想いを伝えられるだろうか。なにか手立てはないか。」

「やはりそういうことでございましたか。その稚児の住まうところの東隣に垣根に苺の蔦《つた》がからまりつき、軒には忍草《しのぶぐさ》がうっそうと生い茂っているみすぼらしい家がありまして、とおりすがりにそっと中を見やりますと、家主は六十歳あまりというところでしょうか、埋み火に手を返し返し温めていて、よくよくみれば昔から知っている人だったのです。お邪魔して、これまでのことなどを語らっているついでに、その稚児のことまで問わず語りに聞かせてくれて、どうも親しく付き合いがあるようでした。お具合いがよくなりましたら、しばしその翁の家に行って仮住まいなどなされば、ちょっとしたすきにお心を伝えるすべがあるにちがいありませんよ。」

こうそそのかすと、民部卿は頷いて微笑んでいる。そこへ和尚に親しく仕えている式部という同朋が見舞いにやってきて、

「お加減はいかがでしょう。こうしてふせってばかりでは気も疲れ、心も固くなってしまいます。どこへでも、適当な場所を見つけてでかけていって、心をおなぐさめなさいませ。」

ときさくに言う。

「うれしいお気遣いとは思いますが、そうかといってさっさと出かけていくというのもいかがなものでしょう。……そうですね、自分でもどこかで療養したほうがよさそうだとは思

っていましたが、私がいなくなって和尚さまがどうお思いになるかと気がかりで。」

と苦しそうにしてみせる。

「和尚さまがどうして気を悪くすることがありましょうか。私がお伝えしてみます。」

同朋の式部は一度出ていくと、しばらくしてとって返してきてこう言った。

「このことを和尚さまにお伝えしましたら、あなたの心のままになさいとのおおせでしたよ。はやく人に頼んで宿の手配をしておもらいなさい。」

そうやさしく言うのだった。

民部卿はうれしさのあまり少し気分も晴れたように感じて、さっそく旅支度をして、下男の語った蓬生の宿へと出かけていった。老主《ろうあるじ》はたいそうなもてなしぶりで、日が経つにつれて互いに心を許し合うようになっていった。この翁の子で、年の非常に若く情のあつい男がいて、いつもやってきては退屈しのぎに話をしていく。あるとき、この男をそばに呼んで、かねてよりの思いをうちあけると「なんとおかわいそうに」と語り始めた。

「わたくしめは、その隣家の稚児のお父上のもとで長年お仕えしてまいった者。よく存じ上げているのです。かの稚児の君は、このご夫妻ただ一人の息子としてとても大切に育てられております。名を藤の弁と申されます。ご容貌の美しさはかねて評判で、人柄もだれよりもすぐれていらっしゃり、父君、母君ともに、かぎりなく可愛がっていらっしゃいます。並のことでは外へもお出しになりません。深窓の若君は、明け暮れ和歌に親しみ、手習いなどをなさっているばかりですから、わたくしめがときどきお訪ねして無聊《ぶりょう》をなぐさめているのです。それほどまでに思いつめていらっしゃるのもお気の毒ですから、そっとお話ししてみましょう。受け入れてくださるかどうかはわかりませんが、尊円法親王《そんえんほうしんのう》の歌「いく度もかきこそやらめ水茎の岡のかやはらなびくばかりに」ではありませんが、なびくばかりに、幾度も心尽くしの思いをお書きなさいませ。」

民部卿はかぎりなくうれしくて、少し古びて黄ばんでいるがとてもよい匂いのする厚地の陸奥紙《みちのくがみ》に歌を書く。

すぎがてによその梢を見てしより忘れもやらぬ花のおもかげ

(通りすがりによその梢をのぞいてみたときから忘れられない花の面影)

月の夜もしほのひるまもなみかぜのたちゐにつけてかはかぬはをしまのあまの袖ならでも

(月の夜に潮の干上がるひまもなく波風がたつにつけても乾かぬ袖は雄島の海士《あま》の袖ではないのに)

書き付けをあずかった男は、その日の暮れ方に西の家に出かけて行った。ちょうど人々が集まって、珍しい世の中の噂話やこのごろあったおもしろかったこと、奇妙だったことをあれこれ語らっているところだった。稚児の君は、秋の風情がいかにも心にしみるといった様子で、白い色紙《しきし》に荻やすすきの乱れ生えているさまを見事な筆致で描いている。男は「どんなにお上手になられたことでしょう。このところさしさわりがあってこちらへの訪れがままならずにおりました」などと言って近くに寄る。

人目もなかったので、例の文を取り出して「こうしたことを申し上げるのも心苦しいのですが、切なる思いのあまり病いにふせっていらっしゃるのがお気の毒で、どうしてもとお願いされてお断りしにくくて」とこれまでのことなども詳しく話す。稚児の君はただ顔を赤らめて、なんとも言わない。

「突然のことで驚かれたでしょうが、大の大人がこんなにも恋こがれて書いた文をどうしてむげに捨て去ることができましょう。あまりに情け知らずのおふるまいでは。」

くどくどと言っていると、稚児の君は机のかげで文をそっと開いて横目でさっと見やった。男はまずまずの反応だと見てとって、「たった一言だけでもお返事を」とせっつく。

「このいつわりばかりの人の世に、誰だか知らぬあだ人の」とさけるようであるのを、あれこれ言いふくめているうちに外から人が入ってきたので、あわててその場をとりつくろって、その夜は手ぶらで帰った。この顚末を語ってきかせると民部卿はますます心ここにあらずの様子で「なんとかお伝えくだされ。ただ一言のおことばさえいただければ、どんなにかうれしいことでしょう。限りある命の尽きるまでの生きる励みといたします。」と会うたびごとに懇願する。

男は日をあけて稚児の君に会いにいく。

「あの日にお話ししたことですが、いかがでしょう。人伝てにおことばを頂戴するだけではあまりにお気の毒です。私まで恨まれているのでございます。涙で雨にでも降られたかのように袂《たもと》をお濡らしになって。あまりにつれなくなさると、あとあとむしろやっかいなことになりかねません。お歌への返歌をいただくだけでもよろしいのです。」

稚児の君も岩木のように頑ななわけではなく、あの手この手でせっつかれると、お気の毒な様子に同情する気持ちもありながら、浮き名を流すことになりはしないかとひかえているのだった。

見えしより忘れもやらぬおもかげはよその梢の花にやあるらむ

(のぞいてみてから忘れられない花の面影というのはよその梢に咲いた花なのでは)

手習いをするようにこの歌のみをさっと書きつけたのを、どうにかこうにか貰い受けて、男は急いでとって返し、「お返歌いただいてまいりました！」と差し出した。民部卿は受け取るのももどかしげにすぐさま文を開く。崩し書きしたふくよかな文字は千鳥の足跡のように一文字ずつ分かち書きされていて若々しく、うまく草書でつづけ書きできるようになればたいした書き手になるだろうと成長した先がいまから見えるような美しい手である。人ちがいではと言われては黙ってはおれないと、またすぐに返歌を書く。

「散りもそめず咲きも残らぬおもかげをいかでかよその花にまがへん

（一目みてから散ることもなく咲き残りもしない面影をどうして他の花とまちがえましょう）

まったくもってこの世ならざる色香でございましたから見間違えようもありません。どのような風のつてにでもお会いできますまいか。」

さまざまに思いのたけを書いた文を持ってまた仲立ちの男は隣家へ行ってあれこれと語る。稚児の君はこの歌をくりかえし眺めていたが、万一にも人の噂になっては面倒なことになるととにもかくにも返歌する。

恥かしのもりのことのはもらすなよつひに時雨のいろにいづとも

（恥ずかしくも恋のことばを人におもらしになりますな。時雨がかかって色に出てしまうとしても）

「くれぐれも悪く思われないようにしてくださいな」などと言われるのももどかしくて男は民部卿にすぐに知らせにくる。民部卿のあれほどの病いはいつしか癒えたが、少将内侍の歌「ねぬなはの苦しきほどのたえまかとたゆるを知らで思ひけるかな」（病いで苦しんでいて来ないのかと愛が絶えたのも知らずに思いつづけていたよ）、二条院讃岐の歌「うちはへて苦しき物は人めのみしのぶの浦の海士《あま》のたくなは」（ずっと苦しんでいるのは信夫《しのぶ》の海士《あま》が栲縄《たくなわ》を引きつづけるようにしのぶ恋だから）ではないが、寝ることもできぬ苦しさで、人目を忍びながらも会いみるまではと、隙をうかがっているうちに日が経った。

と、ある夜、いったいどんなふうに人目をごまかしたのやらひそかに稚児の君のもとへ民部卿がしのびこんだ。室内にはわざわざ焚いたわけでもない自然なよい香りがしっとりと薫っていて、まるでこの世の極楽のよう。少しあいている妻戸から中をのぞいてみると、花と紅葉が散り乱れるように描かれた屛風をまわりにたてて、かすかな灯火のもとで数々の草紙をひろげて首をかしげるようにして心静かに読み耽っている稚児の君の姿が見えた。髪がこぼれかかり、そのすきまにそっとのぞかせている顔ばせは匂いたつようで、まるで露を含んだ花のあけぼの、あるいは風になびいている柳の夕べ。かつて北山で見そめたときの姿もこれには及ばぬと思えるほどの美しさである。

妻戸を押しあけて中に入ると、のんびりとこちらを見やる、そのしぐさ。見果てぬ夢のなかにいるようで、そっとそばに寄り添うと、これまでのつらかったこと、会えてうれしいことがないまぜとなってつと涙が流れてくる。

「これまでずっとずっとあなたをお慕いしておりました。それはとうにご存知でしょうけれども、あなたの思うよりももっと深い想いなのです。」

民部卿は涙をぬぐって語りかける。稚児の君は顔をそむけて恥じらっている。その横顔の美しさ。なにかにたとえるなら、重たげに露をまとってこうべをたれた秋萩がたわわに咲き乱れるよう。

民部卿はただ「いとおしい」「美しい」とくり返すばかり。今まで会えずにいた悲しみをこの夜のうちに語りつくそうとしていると、なんの恨みがあるのか別れの時をつげる八声《やごえ》の鳥が早々とそこここで鳴き始める。しきりと鳥の声がして、別れのつらさに泣く二人の声が重なって引きさかれるように重ねた衣を引き離すと、あとは袖を涙で濡らすばかり。有明の月が逢瀬の夜の思い出をとどめているようで、ますます別れが辛い。

おもかげよいつ忘られむ有明の月をかたみの今朝の別れに

(あなたのおもかげよ、いついつまでも忘れない。有明の月を思い出として今朝別れたとしても)

民部卿は歌を詠んで涙にむせかえっている。稚児の君もこれほど気持ちが揺すぶられたことはなく返歌する。

かぎりとてたち別れなば大空の月もや君がかたみならまし

(これを限りと別れても大空の月をあなたと思うことにします)

互いにふり返りふり返りして別れた。

その後は、ますます浅からぬ契りを結ぶ仲となって夜となれば訪ねていくようになってやがて春も暮れていく。季節が移りゆくのは世のならいなれど、夏衣に着替える時が来たかと時の経つのにおどろくばかり。やがて東国へと帰還するときがきた。同朋たちは、故郷への土産を準備するのに忙しく、色とりどりの錦の衣をそろえたりなどしている。なかで民部卿ひとりだけが、人知れぬ物思いに沈んで、安嘉門院高倉《あんかもんいんのたかくら》の歌「紅《くれなゐ》の千しほに袖はそめてけり人のつらさの秋のしぐれに」(あなたがつれなくて秋のしぐれのように袖を涙で濡らしている)とあるように紅色の袖を涙で濡らしていた。東下りは止めることのできぬこと。民部卿は同朋とともに武蔵国へ向けて出立しなければならぬ。その準備のあいまにも、いまいちどしっとりと稚児の君と二人で語らいたいと思いわずらううちに、いよいよ明日には都の地を去るという日を迎えてしまった。今宵が最後の逢瀬となれば涙も堰き止めがたく、哀しみのあまり気がせくばかりで民部卿は何も考えられない。仲立ちの男があれこれはからって、二十日余りの月がだんだんさしのぼってきた時分に人々を寝静まらせ、いつもの妻戸から民部卿を忍びこませる。

「五月《さつき》まつ花橘《はなたちばな》の香をかげば昔の人の袖の香ぞする」（五月になって橘の花の香をかぐと昔の恋人の袖の香りを思い出す）という歌ではないが、馴染んだ稚児の君の袖の香りも今宵はいつもとはちがうと感じて心がときめく。屏風の、引いて少しせばめてあるのをそっと押しやって、中をのぞくと稚児の君ははやくもひどく泣き腫らしているのだった。こらえきれずに民部卿も泣きながらそばに添いふして語りかける。

「これはいかなる宿命のなせるわざでありましょう。まことのお気持ちがおありなら、いま交わしたこの情けをどうかどうかお忘れにならないで。」

二人がかたく抱き合っていると、折しも月かげがほのかに南の窓から差し入ってきた。民部卿は思わず歌を詠む。

いかばかり月にはかげのしたはれむくもる夜半さへ忘れやらじを
（どれほど月はあなたを慕っているのでしょう。涙でかき曇る夜さえ忘れることなく月明かりがさしてきます）

民部卿の涙を稚児の君はじっと見つめて涙でかきくらしたまぶたをおしぬぐい返歌する。

いかにせむ涙の雨にかきくれてしたはむ月のかげもわかねば
（どうしましょう。涙の雨にかきくれて慕ってくる月の光も見分けられません）

どうせ限りのある命なら、たったいまこの命を差し出して命に代えても止めたいと思うような別れである。昔物語の『伊勢物語』に恋人同士のこんなやりとりがある。

秋の夜の千夜《ちよ》を一夜《ひとよ》になずらへて八千夜《やちよ》し寝ばやあく時のあらむ
（秋の夜の千夜分を一夜にしたいとはいうけれど八千夜分にすればあなたに飽きることができるかしら）

返し
秋の夜の千夜を一夜になせりともことば残りてとりや鳴きなむ
（秋の夜の千夜分を一夜にしてもまだまだ語りたりないうちに鳥が鳴き出し朝になってしまうよ）

ましてや長夜の秋でもない短さで、夢よりもなおたよりなく、ことばを残す鳥の音に、もはやこれでお別れかと心ここにあらずとなって、互いに手に手をとって、橘忠幹《たちばなのただもと》の「忘るなよほどは雲居になりぬとも空ゆく月のめぐりあふまで」（忘れないで、雲遠く離れてしまっても、空ゆく月がめぐりあうまで）という歌にかけてきっと巡り会おうと契りをかわし、涙とともに別れた。

出立ののち、逢坂の関をこえていく。ここは逢瀬の歌に詠まれる地名。ああまたいつの世に会えるときがあるだろうかと哀しくなって民部卿は歌を詠む。

いつとなき世のはかなさを思ふにもいとど越え憂き逢坂《あふさか》の関

（いつまた会えるかと世の無常を思うにも、いかにも越えがたい逢坂の関）

日を重ねるうちにようやく武蔵野国に着いた。都では、二人が別れて以来、稚児の君がせめて枕に残った移り香であの人と添い伏していると思いたいとそれから一日二日のあいだは起き上がりもせず、袖を涙で濡らしつづけていた。この哀しみに寄り添ってくれるのは、身に残る逢瀬の感覚だけ。少しなぐさめられるのは、ときどきやってくるかの仲立ちの男とあの人の思い出をこっそりと語り合うことだった。それさえいつしか間遠になって、あの人がいまどうしているのかを知る人もない。稚児の君は心のなかでひそかにあの人に恋いこがれて、『伊勢物語』の「起きもせず寝もせで夜をあかしては春のものとてながめくらしつ」ではないが、起きもせず、寝もせぬ床に夜を明かし、昼は寝所の内から東の空を眺めやり、吹き来る風の訪れもあの人を思い出すよすがとし、山の端近くのぼる月がくまなき光を放ってすみわたるのを見ては、「いかばかり月にはかげのしたはれむくもる夜半さへ忘れやらじを」と詠んだあの人を思い出し、あの人のおもかげをひしと身に抱きしめて恋しい思いをつのらせている。月を思い出にだなんて、できようはずもないではないかとあの人の言ったことばもいまはうらめしい。それでもなおあの人が恋しい。

ながめやる夕べの空ぞむつましき同じ雲居の月と思へば

（こうしてながめている夕べの空もいとおしい。あの方の見ている空にも同じく月がうかんでいると思うと）

稚児の君は独り歌を口ずさむ。なぜこうまで心を弱らせているのだろうと、他人の見る目も気になるが、恋しい気持ちはいやましにますばかり。人に会うのもつらくて、一人ひきこもりがちでいるのを、父君、母君は心配して加持祈禱などをさせ神仏にさまざま祈るが、その甲斐なく、ただひたすらに物思いに沈んでいる様子で、ときどき嗚咽し、こらえきれずに泣き出してしまう。人々は、いったいどうしたことかとあれこれ心配し、とうとうこの稚児の君の子守り役であった傅《めのと》の男がやってきた。傅は稚児の君の枕元に寄り添って、髪をなでながらささやく。

「ああ、なんてこと。どうしてこんなふうに私を悲しませるのです。ほんの小さなときからおそばにお仕えしてきて、大人になってこれからの行く末のめでたいようすを楽しみにしてまいりましたのに明日をも知れぬ命だとは。なにはともあれ、人に言えないことでも、私には隠しだてなさいますな。こう何日も患っているのは心にかかることがあるのでしょう。」

稚児の君は少し枕から頭をもたげて、たいそう苦しげな声で打ち明ける。

「あなたのことを私はとても大切な人だと思っていますから、なにを隠しだていたしましょうか。心に思うことを言わぬのは、ただ言っても甲斐のないことだからなのです。どうにも仕方のないことだから、人の噂になれば浮き名をとりて名取川《なとりがわ》、ままよ涙の波に沈み果ててもと、深く念じてこれまで過ごしてきました。いまは玉の緒の命も頼りなくなってきましたから心の内を言わずに死ぬれば冥土《めいど》の道の障《さわ》りとなりそうなのでお話しします。あなかしこ。私が亡くなったあとにも、ゆめゆめ秘密をもらすことなきよう。」

稚児の君は、民部卿にはじめて会ったときのことからを話しつつはげしくむせび泣く。こんなにもあどけない心にこうまで思い詰めていることがあるとは、不思議にも気の毒にも思えて傅は泣かずにいられない。

「こんなことがあるのではないかと思っておりました。恐れ多くもお心をうかがってみたら、この世の中にありえないことでも、ここまで秘密にしなければならないことでもないではありませんか。お心弱さからこう病みついてしまわれたのでしょう。」

傅は急ぎ父君、母君に事情を告げ知らせると、たいそうおどろいて言った。

「さても、なんという恥ずかしがりよう。そうまで思い詰めていたとは。なんともおろかなこと。それなら、その方をここへ迎えてやるのになんのさしさわりがあろうか。他の人に頼むのでは話がややこしくなる。いそぎ東《あずま》へ下って、その方をお連れもうせ。」

これは吉報と思った傅は、また稚児の君の枕元にとって返して「父上、母上の仰せをこうむって、あなたの恋い慕う方を探し出してまいります。ただいまから東へ行ってまいりますよ。いそぎお連れして帰りますから、しばしの辛抱と思ってお心をおなぐさめくださいまし」などとなぐさめおいて、夜が明けぬうちにでかけていった。

傅は、かの民部卿の住処を訪ねもとめて、民部卿に対面して、こういう事情だと話した。民部卿は「なんと情け深いことか」というそばから涙にくれて、しばし呆然としている。ようやく口を開いてこう言った。

「なんとしたことか。稚児の君と深い仲になりながらも、世間の目を気にして、はっきりとした態度をとることができずに稚児の君へ便りの一本さえも送らずじまいでした。いまこうして訪ねて来られて合わせる顔もございません。私も都を出てからというもの、片時も忘れることはございませんでしたが、だれでもこうした恋路は思い通りにはいかぬものとただ無為に今日まで過ごしてきました。稚児の君にこれほどまでの切なる想いのあることを聞いてますます耐え難く存じます。なんとしてもお会いしたい。」

民部卿はかつて恋煩いでふせっていたころまめまめしく世話をしてくれた同朋のもとに行って嘘を言う。

「年来、気にかけていた親戚の者がこのほど都近きところまできていて、ちょっと尋ねたいことがあって便りをだしましたら、急な病いにおかされてだいぶ衰弱しているとのこと。できれば命がつきるまえにいま一度会いたいというのです。なんとかあなたのはからいで三十日あまりの休暇をもらってもらい、ただひと目会ってくるわけにはいかぬだろうか。」

それを聞いた同朋は「なんの、たやすいこと」と請け合って、すぐに和尚に申し上げ「それは当然のことだ」と休暇をもらってきてくれた。民部卿と傅はたいそううれしくて、折しも秋風の涙もよおす音づれに、虫も数々鳴き添えて草のたもとに虫の涙か露深く、草に映る月を押し分けて、武蔵野の荒野をまだ東雲《しののめ》の朝に旅立った。道中では富士の高嶺にふる雪が、積もる想いに重なるよう。

消えがたき富士の深雪《みゆき》にたぐへてもなほながかれと思ふ命ぞ

（消えがたい富士に積もる雪になぞらえて、なお長くあれと君の命を思う）

民部卿は胸にせまる想いを口ずさみつつ進んでいく。清見が関の磯枕《いそまくら》、独り寝に片敷く袖の上、涙でさすがにぐっすりとは寝られぬが、「藻塩《もしほ》焼く海士《あま》の苫屋《とまや》に旅寝して波のよるひる人ぞ恋しき」（塩焼く海士の苫屋に旅寝して波の寄り干る夜も昼もあの人が恋しい）という歌が我がことのように思えてくる。これほどまでのいとおしさはいったい何なのだろう、やるせなさのあまりこんな歌を詠む。

なかなかに心尽くしに先立ちて我さへ波の泡で消へなむ

（かの君を想う気持ちが先立ってかえって私が波の泡と消えてしまいそう）

日を重ねるうちに、土山《つちやま》という馬屋に着いた。明くる朝にはいよいよ都に入ると喜びあっていたところ、なにやら不穏な様子で京からの文を持ってきた人がいる。「いったいなにごとか」と胸騒ぎがして、あわてて開いてみると、病いに伏せっていた稚児の君が日に日に弱っていき、昨日の暮れ方に消え入るように亡くなった、とある。目の前が真っ暗になって

「これはなんとしたことか」と信じがたくて夢の浮き橋をわたるような思いである。民部卿は、涙の乾く暇なく今ひとたび会いたいとはるばるやってきたのに、たったの一日二日を待たずに消えてしまった露のはかなさに、同じく悲しみに暮れている傅と嘆き明かす。民部卿は傅に言う。

「私のせいで亡くなってしまった人を今際の際に一目見ることすら叶いませず、あなたの気持ちをお察しするにつろうございます。おむつをつけたほんの赤ん坊のときから見てきた若君なのですから、どんなにか気落ちしていることでしょう。私もここまでやってきたからには、いそぎ都にのぼって、拠り所を失ってお嘆きになっていらっしゃるお父上、お母上の心をなぐさめ、また愛おしい人の弔いをしっかりと営みたく存じます。」

「ありがたいお心でございます。こんなふうにおっしゃっていただいて、どうして恨んだりいたしましょうか。亡き人の命のもろさのせいにございましょう。とにもかくにもいた仕方のないことで。」

そうは言ったところで、わりきろうにもわりきれまい。また涙にしずんでいる。民部卿も嗚咽をとめられず鼻をかんでは「死に後れ、先立たれるはかなさは、まあ世のさがだとはいえ、このような話は聞いたこともない」と、ただただ嘆き悲しんでいる。こうして翌日の日の暮れかかるほどに都にたどりついた。

稚児の君の父君や母君は身分の高い方々であろうに、民部卿が入っていくと几帳の外まで走り出してきて袖にすがりつく。傅などはそのかたわらに倒れ伏してしまった。つらい、つらいと嘆く声はもっともなことではあるがしのびがたい。ややあって父君が傅の男に向かって言った。

「あの日、ここを出てから少しは気が楽になったようで、病いも少し軽くなったように見えたのだが、また日に日に重くなっていき、もう薬などの効き目もなく絶え入って、魂を呼び戻す呪《まじな》いなどもしたけれども効果なく手遅れとなったのだ。今際の際の心の闇。母の嘆きのやるかたなさ。ただ推しはかれよ。嘆いても戻ってはこない死出の道なれば鳥部山《とりべやま》で荼毘にふして、むなしき煙と野辺送りしたのだよ。」

こう言ってまたむせかえって泣くのを見て、人々もまた声をあげてわっと泣いた。民部卿が稚児の君が寝ていた一間に入ってみると、虚しく脱ぎ捨てた衣があり、朝夕に手にしていた調度なども生きていたときのままに残されていて、ますます涙がとまらないのだった。ふとかたわらを見ると、よく手になじんだ扇に、中宮定子《ちゅうぐうていし》＊2が死の前に一条天皇に送った辞世の歌「夜もすがら契りしことを忘れずは恋ひなむ涙の色ぞゆかしき」などの昔の歌がさまざま書かれている。そこに筆跡もひどく弱ってから書いたらしく、文字もさだかに見えない一首が書き加えられている。

日かげまつ露の命は惜しからで会はで消へなむことぞかなしき

（日がのぼれば消えてしまう露のようにはかない命は惜しくはないが、あの方に会えずに消えるのは悲しい）

稚児の君のありし姿が身に添うように浮かんできて、いつまでも忘れようもない。民部卿は胸がふさがっていまや惜しくもないこの命を亡き人のためにすてることをただひたすらに思い詰めている。

うきにはたえぬ涙川、流れて早き日数も今日は七日になり、父君、傅などは稚児の君を荼毘にふした野辺へと法事に出かけていく。民部卿も同じく鳥部山に出かけた。火葬の煙が空にのぼるのを見れば、自分も天にのぼるのだと思う。あだし野の露が輝くのを見れば、稚児の君の眠っているあたりの草の葉の上で命果てるのだと思う。命尽きれば会えるのだと思うと悲しいというよりかえってうれしい。

＊2——中宮定子　藤原定子。一条天皇の皇后で、清少納言が仕えた。『枕草子』の中心人物。

先立ちし鳥部の山の夕煙あはれいつまで消え残れとか
（先立って鳥部山で野辺送りになってのぼる夕煙、ああいつまで消え残れというのか）

父君が応えるように歌を詠む。

先立ちて消えし浅茅の末の露本《もと》の雫の身をいかにせむ
（先立って消えてしまった浅茅の上の露。そのしずくの元である我が身をどうしたらいいだろう）

さて民部卿は泣く泣く三昧堂のほうへ行き、亡くなった人のよすがとなる品を見てはますます涙にくれてしばし茫然としていた。ややあって、花などをたむけつつ心静かに念珠し終えて、稚児の君が生きて目の前にいるかのように語りかけた。

「それにしても、ほんのしばしの間を待てずに、急いでこの世を去ってしまったとはひどいではないか。どんなにか私のことを恨んでいることでしょうね。誰も心のままには生きられぬものだから、この世の縁《えにし》が薄くとも、来世では必ず同じ蓮の花の上で共に暮らそう、そう思い続けてきました。罪深き迷妄ではありますが長い間思いつづけてきたことをいまさら思い直すことはできませんので。」

そう言って深く息を吐くと、懐に入れていた守り刀をひそかに抜いて、いまはこれまでとかまえたのを、そばにいた人がすばやく見つけて、「これはなにをなさる」と抱き止めた。父君をはじめ人々が民部卿にとびつき、まず刀をむりやり手からひきはがして奪い取る。父君は泣く泣く民部卿に言った。

「亡くなった子はもう戻ってはきません。あなたまで死んで、あの子の死の悲しみのうえに、またも悲しみを重ねるおつもりですか。お志がおありでしたら、あの子の後世をどうぞ弔ってやってください。さすれば罪障軽くあの子も極楽往生できましょう。」

さまざまに言いきかせられ、とめられて、民部卿は本懐を遂げることもできず、それきり武蔵国へも帰らず、北山のかたわらに柴の庵を結び、墨の衣の色も深く、寝られぬ夜の夢も覚めたかのように仏道に励んだ。

あらぬ道に迷ふもうれし迷はずはいかでさやけき月を見ましや

(あらぬ道に迷い込むのもそれもよし。迷わなければどうしてこの澄んだ月を見ることができただろう)

民部卿は、しばしはその庵で月を眺めながら念仏を唱えていたが、夕べの鐘の音に誘われるようにして、またどこかへ行ってしまったようである。行方はようとして知れないとのことである。

幻夢物語

さて世間でいう四八《しは》の三十二相、月の顔ばせは三五《さんご》の十五夜の雲に隠れ、珍光十善の花のかたちは九重の春の嵐に散り、生あるものはかならず滅し、盛りなるものは必ず衰える。これ世のならいである。しかれども、花鳥をもてあそび、いたずらに春夏を送り、月雪を愛して秋冬を過ごしてきた。これぞ愛着というものである。世俗の者よ、よく戒めるべし。いわんや仏弟子においてをや。

それほど遠くない昔、京都大原の奥に、一心三観《いっしんさんがん》*1の修行をし四教五時《しきょうごじ》を学んだ沙弥《しゃみ》*2が一人いた。その名を幻夢《げんむ》という。ある日、草庵の窓の外を梅雨《ばいう》がしとしとと降りくる折節、幻夢は無限に遡った過去から未来の先の先までをすーっと見通したように突然悟ってしまった。百年に一度深海から浮かび上がる一眼の亀が浮いたときにちょうどよい浮木を見つけることが難しいように、三千年に一度咲くという優曇華《うどんげ》を見るのが難しいように、人生で仏法に出会うのは難しい。いたずらに今生を送るなら未来世に罪障を残すことになるだろう。朝顔が太陽を待ち、夜の月が暁の雲にかくれゆく。人間のありさまを見ても、眼前の世界をみても、時は人を待ってはくれない。それは我が身を見ても明らかだ。いたずらに年月をおくり幾星霜、年を重ねてなお、幻夢には輪廻し生き死にをくり返す生死の根元を切る契機もない。

つらつら昔を思うに、恵信僧都《えしんそうず》は「貧は菩提の種」とのことばを残した。空也上人は「貧窮は閑居の友」だと言った。しかるに幻夢は、戒・定（禅定）・慧（智慧）の仏道にいう三学の修行には足りないながら、自分は貧しい俗の身なのだから仏法を求めるすべがあるのではないかと考えた。仏道を求める道心なくては生死の根元からは離れ難い。この世は、千草万木、山河大地にいたるまで生死にあずからざるものなし、である。たとえ妄想の雲霧が目の前をしばらくは曇らせるとしても、生死の根元を訪ねようとする気持ちは胸のうちに月のようにはっきりとある。

たとえば伝教大師最澄の講釈に、「阿鼻依正全處極聖之自心。毗盧身土不逾下凡之一念。」（阿鼻地獄の苦しみは仏の一心にそなわり、仏身と仏の国は凡夫の一念にそなわっている）というのがある。

またある歌にこんなのがある。

雲はれて後のひかりと思ふなよもとより空に在明《ありあけ》の月

＊1――一心三観　天台宗の観想法。一切の存在には実体がないと観想する空観《くうがん》、それらは仮に現象していると観想する仮観《けがん》、この二つも一つであると観想する中観《ちゅうがん》を同時に体得すること。
＊2――沙弥　出家したばかりの僧。

（雲が晴れたから光があると思うなよ、月はもとより空にあかあかとあるのだから）

そのほか、諸経の論談にも明らかなように、まずは心に一念を持つことが大切である。その心をぬきにしては、仏もなければ衆生もないし迷いすらもない。しからば高野大師空海の講釈に「四重五逆に過ぎたる罪あり、得難い人身を得て仏法を学ばざること、これなり」とある。いま、無明の塵労を払い、もともと持っている心鏡をみがこうとしないのは、愚のなかの愚である。とはいえ昔から今に至るまで、道心や道念というのは、神仏に祈禱して授けてもらうものと相場は決まっている。神明、仏陀の御利益はさまざまなれど、ことに日吉山王は仏道を守護する神であり、大乗仏教の修行を志すよう促してくださるという。ならば日吉の神に仏道への志を授けてもらおうと思い立ち、それからというもの常に日吉の宮に詣でては生死の一大事を祈ってきた。この神はことに釈迦如来の化身として衆生済度を誓ったというので、世の仏のなかでも優れていらっしゃる。あるとき日吉山王に参って、願わくは幻夢の望みが円満成就して叶いますようにと祈っていたところ、神殿が動揺し、玉すだれがさざめき、宝殿の内より迦陵頻《かりょうびん》の声で「自性《じしょう》の心月をあきらめんと思えば、根本中堂の薬師如来に祈り申すべし」と夢かうつつか示現があった。

幻夢は喜んで、ひたすら根本中堂に山籠《さんろう》し、薬師如来の十二の大願を仰いで一心に祈念した。ちょうど円頓《えんどん》受戒のころにあたっていたので、夜のうちに山寺へのぼるつもりで、大原の草の庵を出立し、まずは根本中堂に参り仏前に跪《ひざまず》いた。ちなみにこの如来は、伝教大師最澄の作で一度ならず幾度も不思議な力を示してきた。ゆえに桓武天皇による本堂建立から幾年を経た現在にいたるまでご本尊に灯明をかかげ祈り祀る者が絶えたことがないのである。

幻夢は「すばらしい如来さま、どうか私の願いを成就させてください」と一所懸命に床に額をすりつけて祈った。それから比叡山の戒壇院へとのぼった。

受戒の儀式に参列し終えると、日本国中からやってきた受戒者たちや稚児、喝食、沙弥、小僧ら幾千万人の人々が雲霞の如く群れて下山していく。折悪しく、俄《にわ》かに雪が降ってきた。幻夢は四王院にしばし立ち寄ることにした。すると、そこには法師二人を連れた年のころ十六、七ほどの稚児がいたのである。遠国から来たらしく足が痛むようだった。この一行も受戒を終えて下山しようとしていたのだが、雪がたいそう降ってきたのでやりすごそうと四王院に立ち寄ったのだった。

稚児を見ると旅の疲れのせいかつらそうで、どことなくしょんぼりしている。装いは派手すぎず、春雨にしぼんだ夜の桜花、あけぼのの柳といった風情。髪が糸のように顔に乱れかかっている。ゆうゆうとしたその姿はことばには表しがたく、絵に描くとも筆が及ばない美しさ。衣装を見ると肌には白い練貫《ねりぬき》をつけて、紅葉襲《がさね》の衣の上に唐織物を添えている。たよたよと着こなし、はかなげな姿はまことに上品である。

雪は降り込めていてなかなか晴れそうにない。少ししてこの稚児が同宿の法師に言った。

「東は志賀の浦、南は長等山《ながらやま》でしょうか。」

『平家物語』に語られている平忠度の詠んだ歌「さざなみや志賀の都は荒れにしをむかしながらの山桜かな」(志賀の都は荒れ果ててしまったが山桜は昔のままだ)を思い出し、西は深山の峰おろし、落ち葉をさそう神奈月、しぐれの雲を吹きかえて、雪の吹雪のやまごえ、など歌の心がまさに胸にしみる風情である。

「唐崎の松の下は、さながら花を散らしたようにみえましょう。源宗行の歌「ふた葉なる子《ね》の日の小松ゆく末に花咲くまでは君ぞみるべき」ではありませんが、来月までここにいらっしゃれば本当に桜が咲くのがみられましょう。在原元方のように「年のうちに春はきにけりひととせを去年《こぞ》とやいはむ今年《ことし》とやいはむ」(年明け前に春が来てしまった。この年を去年というのか今年というのか)と言いたくなるかもしれませんね。なにかすてきなことをせずにはいられぬ折節、ひとつ発句を出して連歌して遊びましょう。」

連れの法師は、「私たちが発句を出したところでおもしろくもないこと。さぁあなたがなさいませ」と稚児に言う。稚児はつくづくと長等山をながめて、こう出した。

雪ぞ咲く冬ながら山花盛り

連れの法師が幻夢に言う。

「発句がございました。我らがつけても新味がないですからどうぞお客僧につけていただきましょう。」

「わたくしもそのように望んでおりましたが、さすがに無骨の至りでございますので、お手柔らかにお願いしたいところです。こうしてお声がけいただきますと、まことに心も浮かれ烏の笑い草となりましょう。どうぞ浮世の思い出に。」

ふるえをかくす霜の桜木

とつけた。稚児も法師もみな感じ入って、日暮れまでつけ合っているうちに、雪も晴れた。稚児たちが坂本へ行かなければならないと言うので幻夢は連れの法師に尋ねた。

「そもそもどちらの国からいらしたのですか。」

「出立を急がなければ旅先で難儀しそうですが、せっかくのご縁ですからつつまずお話しいたしましょう。私どもは下野《しもつけ》の国、日光山の住僧でございます。この稚児が受戒のために登山するのに同道いたしまして、明日にはすぐに本国にとって返すところでございます。」

「まことに一樹の陰に共に宿り、同じ河の流れを汲む仲でありますのも他生の宿縁でございましょう。こうして今日お目にかかりお話ししましたことは、前世からのご縁かと。あまりにお名残り惜しゅうございますので、どうぞ明日もご逗留なさって足をお休めくださいませ。私も東坂本まで同道いたしたく思いますけれども、毎日怠らずに行っております所作のために大原の粗末な草の庵に一旦戻りまして、明日の早朝に参ります。どうぞ今一度、連歌いたしまして、思い出にいたしたく存じます。」

幻夢がしきりとこう言いつのると、連れの法師は、あまりに熱心に思い入れているのにほだされて、承知して明日もう一日とどまって、しっかり準備してから出発することにする。

「宿所は生現寺でございます。築地口で下野の日光山の戒者とお尋ねください。」

こう言い残して別れた。幻夢は、西坂本にくだり我が坊をさして急ぐ。道すがら日々の所作など放っておいて、あの稚児と一緒に東坂本へ行けばよかったと思うが、さすがにまたひき返していきはしなかった。幻夢は、ひたすらあの稚児の面影を想い、「竜田山」「紅葉葉」とくれば「焦がるる」というように恋い焦がれる想い。殺風景な静原《しずはら》や芹生《せりよう》の里《さと》をよそに見ながら大原の坊にたどり着くと、幻夢は持仏堂に入り、閼伽の水を汲み、花を供え、願念をおこそうとしばらくこころみるも、ややもすれば恋しい人の面影が身にそうてくるばかり。

念誦しているつもりで心の内はかの稚児のことでいっぱいである。やがて霜さえる冬のあかつきを迎え、鐘の声がさえざえと鳴り渡り、朝鳥も八声《やごえ》を告げしきりと鳴き騒ぐので、幻夢はいそいそと我が坊を立ちいでて一足も早くとせいて山上へのぼった。そこから東坂本へと下ってゆき、約束どおりに生現寺の築地口で「下野の国、日光山の戒者の宿はこのあたりでしょうか」と尋ねた。

「どちらからのお訪ねでしょう。」

「大原でございます。」

「せっかくのお越しですが、下野の日光山の戒者という、こちらにお泊まりになられていた方々は、今朝、夜明け前に田舎へ下っていかれました。大原よりとて、お訪ねの方があれば、これをお渡しくださいと文をあずかっております。」

幻夢は呆然として、信じがたくて夢でも見ている気になる。暮れるを遅し、明けるは久しとやきもきしながら朝を待ってここまで訪ねてきたのに、あの人にもう会えないなんて！

昔の歌にいう「ちぎりきなかたみに袖をしぼりつつ末の松山波こさじとは」（約束しましたね、お互いに涙を流しながら、心を移すことなど松山を波が越えてくるようなあり得ないことだと）ではないが波が松山を越えるようなまさかの事態。涙の雨にかきくれて泣く泣く文を読む。

「昨日は不思議な出会いでありました。前世の奇縁のあらわれでございましょう。そもそもは比叡山に嵐吹き、積もる雪の中なる一木の松、咲かぬ桜の花園へとさざ波風に誘われたようでございました。あなたを思いながらともに連歌した大和ことばのひびきも、今日が過ぎ明日にもなれば昔語りになりましょう。けれど今日ばかりは忘れがたく、あなたに焦がれて、薫物の香炉の下燃えの火のようにくすぶっています。急ぐことがありまして思いを残しながら出かけます。お名残り惜しくは思えども、今朝、ここを出ていくことになりました。もし東《あずま》の方へご下向されることがあれば、日光山の竹林坊、帥《そつ》の侍従とお尋ねくださいませ。」

とて最後に一首ある。

夜もすがら旅寝の枕さえわびて結ばぬ夢に面影もなし　　はな松

(夜もすがら寝つけず旅寝の枕に目が冴えて夢にあなたの面影を見ることさえできなかった)

なんとあの人は私を苦しめることか、と思い乱れる花すすき、いつも忘れぬ勿忘草《わすれなぐさ》、しのぶ涙もあらわれて、袂にあまるばかりである。こうしてここに居座っているわけにもいかないので、幻夢は泣く泣く大原の坊に帰った。

それからというもの仏道に帰依する心はすっかり冷めて、神仏に向き合えば、ただひとえにかの稚児にいま一度会わせてくださいと祈っている。明け暮れ、稚児の残した文をひらいては涙ぐんでいるありさまである。念珠、読経もさしおいて例時《れいじ》懺法《せんぼう》も忘れさり、恋する想いを募らせて明かし暮らすそのうちに、刻々と月日ばかりが過ぎてゆく。その年も暮れ果てて、新玉の春にもなり、鶯がつたう枝に散る桜、雪といえば靫《ゆき》負う白真《しらま》弓《ゆみ》。弥生のはじめにもなれば、はやくも山桜が咲き初めて、一木も散らさぬ盛りとなった。去年の冬の霜月の木々の雪を見て梢に花ありと詠んだ、恋しい人の面影が浮かんで、いっそう恋しく紅《くれない》の涙が流れるばかり。なぜこうも心から離れないのか。棟々に煙立ち、立ち別れたあの日の面影が身に添うて、愛執の鬼となってしまいそう。こんなふうに日々を送れば恋しい想いはまさるばかり。いっそのこと下野《しもつけ》の国、日光山に出向いてかの稚児に会いにいこうと思い立つ。

俄かに思い立つ身の恋衣、君に心をつくし舟、焦がれる思いをしるべにて、心の急ぐ下野の、夜を昼にと行くほどに、三月十五日酉の刻に下野の国に着いた。幻夢は稚児を探して日光山竹林坊を尋ね歩く。そこは宿坊の数が二、三千もあるところ。造作なく訪ね当てられるというわけではない。そうこうしているうちに日も入り方になった。黄昏《たそがれ》どきの夕顔の花の露、一夜の宿を借りるつてもない。困り果てて本堂の前に立っていると、法師が一人やってきて幻夢に声をかけた。

「どちらさまでいらっしゃいますか。」

「当山の竹林坊というところはどちらにあるのでしょうか。お教えくださいませ。」

「竹林坊はよく存じておりますが、夜陰に旅人などがお訪ねしてもよもや門をあけてはくれますまい。それに当山にはきびしい戒めがありますので、夜にそのように歩いていますと人にとがめられましょう。今夜はどこかにお泊まりになって夜が明けてからお訪ねなさいませ。」

「されば夜を過ごすのに宿をかしてくれるところはありませんでしょうか。」

「今時分になって旅人に宿をお貸しする方は寺内にはよもやおられますまい。ここから五町ばかり峯《みね》の方へ行けば、お堂がございますから、そこで今宵はお過ごしなさいませ。あそこの灯火の見えているところでございます。残念ながらこちらの本堂もかたく禁制となってございます。寺内の戒めさえございませんでしたら一夜の宿をお貸し申し上げましたものを。」

そう言うと法師は行ってしまった。幻夢はいっそう気が滅入ってしまって灯火をたよりに涙ながらに知らぬ山路を分け入っていく。五町ばかりといわれたが十町ぐらい歩いてようやくそのお堂に着いた。お堂のなかへ入ってみると、幾星霜も久しく人が住んだ気配がない。それでも、花、香炉、灯火などは寺内からお供えしているらしく、明かりはあかあかと輝いている。正面にまわってご本尊を拝すると阿弥陀三尊であった。曇りの晴れぬ春の夜のおぼろ月の光がさし入り、白毫[*3]の光を添え、松の音たてる夜の嵐に、桜の梢の花が散りまがい、まことに風情《ふぜい》ある折がら。澄みわたった心に恋しいあの人のことばかりが思い浮かんで、涙で乾くまもない袖に月の光を受けて泣き明かす。すると、麓《ふもと》から世にも妙なる笛の音が聞こえてきた。

「なんとも珍しい笛の音だなあ。都でもこのような笛の音は聞いたことがない。天人がこの地に影向《ようごう》して吹いているのかしらん。」

草木も耳を傾けるばかりのすばらしさである。誰が吹いているのかと耳をそばだてていると、だんだんこちらに近づいてくるようだ。

「あら不思議やな。ふだんは人通りがありそうもない道だし、ここには人が住んでいるようにも思えないのに、こちらへ笛の音が近づいてくるなんて。」

＊3——白毫　仏の眉間にある白い巻き毛。光を放ち、無量の国を照らすという。

いったいどうしたことだろうと心を澄まして聞いていると、このお堂の前にとどまって半時ほど吹いている。なにやら恐ろしく、それでいておもしろく、誰が吹いているのか知りたくて外に出てみたいと思いながらもじっと聞いていた。すると静かに歩み寄る足音がして、妻戸をきりきりと開いて礼拝堂に入ってきたのである。見れば年のころ十六、七の若い人である。練貫に縫いとりの鮮やかな小袖、萌黄縅《もえぎおどし》の胴丸に草摺りを中に着て、上に白い練貫をひっかけて、金作りの太刀を佩《は》いて立っている。

「天魔、鬼神が我を惑わしに来たのか。ならばそれもよし。恋しい人ゆえに力及ばず身をむなしくするならばそれを受け入れよう。」

とよくよく見てみるとなんと心を寄せてきた花松殿であった！

「不思議や。なんとしたことだろう。」

心が身から離れていくよう。稚児が言う。

「お客僧、どこかでお会いしたように思いますけれど、結びもおかぬ春の夜の、夢の浮橋定かにもおぼえておりません。あの出会いが確かなことのように思えませんのは、あなたを知らないままだから。「遠近《をちこち》のたづきも知らぬ山中《やまなか》におぼつかなくも呼子鳥《よぶこどり》かな」（あちこちでどこでともなく山中で誰かを呼ぶように鳴く呼子鳥だ）という歌ではありませんが、誰呼ぶ声さえしないこの山へどうしていらっしゃったのですか。」

「私は都、大原の者でございます。小野小町の「わびぬれば身をうき草の根をたえて誘ふ水あらばいなむとぞ思ふ」（心細くも恋しくてこの身は根のない浮き草のよう。誘う水があればどこへでも行こうと思う）の歌のとおり、誘う嵐にまかせて諸国を流浪してまいりました。こちらに知る方がありますので訪ねてまいりましたが、お会いできないまま宿もなく、このお堂で夜を明かそうとしているのです。」

「当寺のどなたをお訪ねでございましょう。」

「竹林坊の侍従の君と申される方を訪ねてまいりましたのです。」

「もしや、過ぎにし冬の日、比叡山にて風ませの雪をやりすごそうと、四王院のかたわらに立ち寄り、しばしのあいだ連歌をした大原の幻夢さまでいらっしゃいますか。」

「今となっては何を隠し立ていたしましょう。あなたさま恋しさゆえに、身を空蟬の音《ね》をのみ泣いてむなしき思いに耐えかねて、ここまで訪ねてまいりましたのでございます。こうしてお会いできた嬉しさよ。」

そう言って幻夢は稚児が残していった文を取り出してみせた。互いに思いがあふれて涙にくれる。稚児が言った。

「ぼんやりと身をうつろにしておりましたが、涙のせいか、春のならいか、月がおぼろにかすみ、夜桜が色を添え、花おもしろき夜半なれば、笛を吹いて心を澄ませておりましたら、都より竹林坊へお訪ねの客人があったと人が話しているのを聞いて、もしやあなたではありますまいかと思いまして、人目をしのんで知りたさあまりに白菊の山路の草の露わけて、ここまでまいりましてございます。お会いできましたこと、どれほど嬉しく思っておりますことか。さあさあ、すぐに竹林坊にお連れいたしましょう。」

稚児は幻夢の袖を引いてせきたてる。

「お見苦しい旅姿ですからご遠慮申し上げます。ただあなたにお目にかかりたくて参っただけですから、私は都へ帰りましょう。」

「旅姿というのは、もとよりそういうものでございます。みな心得てございます。その上、ここまでお訪ねくださるお志《こころざし》のほどをお示しでいながら、私の申しますことを拒まれるとは、なにもかも偽りなのでしょうか。」

稚児は恨みがちに言う。幻夢は、さらばともかくも稚児の言うとおりにしようと浮き足だって、これまであんなにも思い悩んできたことなどすっかり忘れてはればれと歩いていく。かの坊に着くと、人声が多くして、いまだ寝静まってはいないらしい。

稚児は、「こちらが私のおります竹林坊でございます。しばらくそちらでお待ちくださいませ」と奥へ入っていったが、少しして出てきて「こちらへ」と言うので中に入った。幻夢は、心の中で思った。

「これほど立派な宿坊なのに、同宿の僧たちが出てこないで稚児と自分だけで奥へ通されるとは不思議よな。人目をはばかっているゆえであろうか。」

内へ入ると六間ほどのところが結構な設《しつら》えで飾られている。紫檀の台に物故花覚聖霊と書いてある位牌《いはい》を立てて、その前には硯《すずり》、懐紙《かいし》をとりそえて置いてある。見たところふつうの座敷である。向こうの間に人々のいる気配がして話し声が聞こえるけれども、こちらへ来るものは一人もいない。花松殿が言う。

「師がぜひとも今夜お目にかかりたいものだが、花にはつらき夜嵐のころ、老いのためにしんどくて夜が明けてからお目にかかりますと申されていました。師の君、侍従の君も、はばかりがありますれば同じく明日お目にかかりたいと申しております。さても不思議なこと。これが我らの宿縁とはいえ、比叡の山風が吹き散らす雪をやりすごそうとただかりそめに出会ってともに連歌をいたしましてから、申せばきりのないことですが、あなたさまのことを忘れることができず、涙の隙も秋萩の、風のたよりにもあなたのことを聞きたいと思っておりましたら、こうして会いにきてくだすって。かえすがえすもうれしく存じます。また今宵、思いがけずこうして夜を睦むことになりますのは、あなたと私の想う気持ちが浅くはなかったからだと思います。あなたも私も連歌はすきな者同士。一折り連歌いたしましょう。」

稚児は台の上の硯と紙をとりよせ、自ら筆をとって「発句をくだされ」と言う。

「せっかくですから、あなたさまが発句をくだされば、ここまでの旅路も報われましょう。」

幻夢が固辞すると、「さらばおおせにしたがいまして」と稚児が詠む。

　夜あらしは明日見ぬ花の別れかな

幻夢はぞっとして花松に言った。

「さしでがましいようですが、少しご心配がすぎますようです。この句は面白いですが、あまりに不吉でございます。ちとお直しくださいませ。」

「おっしゃることはもっともではありますが、人の生に定めなきことは今にはじまったことではありませんし、今日ある命とて明日まであるとはかぎりません。うつろいゆくのは花と同じでございます。ですから『文選』「短歌行《たんかこう》」にも、「時重ねて至ることなし、華《はな》再び陽《ひら》けず」（時無重至　華不再陽）というのでしょう。春は花、夏は時鳥《ほととぎす》、秋は紅葉、冬は初雪とめぐりゆくものでございます。それぞれにおもしろき風情ですが、どうしてか変わらずにはおれないのです。人もまたかくの如しでございます。北州の千年といえどもついに朽木となるのは、はかなき無常の世のならいでございます。明日を迎えられずにお別れするのだと思うと、このように思わざるを得ないのです。」

そんなふうに言うので、幻夢はことにやさしい心の内を思いやって感じ入りつつ、四季、恋、述懐、懐旧などと進めていって連歌はほどなく終わった。花松は腰もとから笛を取り出し、いまの連歌を書きつけた懐紙につつんで幻夢にわたす。

「お名残り惜しいこと限りありませんが、これにておいとまいたします。」

花松は脇に置いていた太刀をとって、ふっと出ていったきり姿が見えなくなった。幻夢は心のなかで思う。

「これは夢か、うつつか。さては天魔が私をたぶらかそうとしているのか。こんなところにいるのを人が見とがめたらどんなめにあうだろう。急いで、どこぞへでも逃げよう。」

そう考えているうちに夜が明けてしまった。幻夢が笛と懐紙とを手に持って、ただ茫然と座っているところへ、この宿坊の坊主とみえる老僧がやってきた。霜がついたような白い眉を垂らし、額には四海の波を畳み込んだようにしわが寄り、墨染の衣に香染めの黄み色の袈裟をかけて、実に思い詰めたような顔つきである。老僧は、幻夢を見ると驚いて、こう尋ねた。

「どちらさまでいらっしゃいますか。どうしてここにおいでになるのです。」

「私は京都大原の者でございます。」

「なるほど。都の方がなぜにここにいらっしゃるのですかな。あやしい者め。同宿の者、いそぎこれへ。曲者じゃ。つまみ出してしまいなさい。」

たいそう荒々しく騒ぐので、幻夢はあわてて言った。

「不思議なることがございまして。しばし、お聞きくださいませ。語り申し上げます。こちらの坊は竹林坊というところでしょうか。」

「いかにも。」

「もしや去年の十一月八日に受戒のために花松殿と申す稚児に同行されて帥の君、侍従の君が比叡山へ行かれませんでしたでしょうか。」

「そういうことがたしかにあった。」

幻夢は「心静かに申し上げます。去年の冬、雪が降りこめ嵐が激しくなりまして、これをやりすごそうと四王院に立ち寄り、共に連歌をいたしましたその日より……」と、「陸奥《みちのく》の安積《あさか》の沼の花かつみかつ見る人に恋ひやわたらむ」（陸奥の安積沼に咲く花がつみ、かつ見た人を恋してしまった）という歌ではないが、浅からず思いそめたる紅《くれない》の、嵐の花の花松殿と、このあかつきどきに散り別れるまでの話を詳しく語った。そうして笛と懐紙とをさしだすと老僧は涙に咽び口もきけない。ややあって「帥の君、侍従の君、こちらへまいられよ」と二人の法師を呼び出すと問うた。

「このお客人とかって会ったことがあるかね。」

「去年、花松殿の受戒のとき、かりそめながらご一緒いたしました。」

二人の法師も袖に顔をおしあてて泣く。しばしあって、老僧が言った。

「お客僧、よくお聞きなさい。その稚児と申すのは当国の住人、大胡の左近将監《さこんのしょうげん》家明と申す人の子息である。七歳のとき、父家明と同国の住人の小野の太郎兵衛親忠とのあいださかいがあり、父君はあえなく討たれてしまったのだ。それからというものあわれな花松殿はすぐにでも元服して親の仇を討ちとって無念を払い、父の追善供養に備えたいと申したが、それがしは、もったいないことだと、我らは仏家の弟子であり、そのようなことをゆめゆめ思いよるものではない、出家して一心に亡き父君の菩提を弔いなされと再三に教訓したのだ。それでともかくも師のおおせごとだというので言う通りにして年月をおくっていたのだが、今月十日に花松が、私には一族にも他にも連歌の友だちが多くいるので花盛りのこの時期に、里にくだってしばらく逗留したいと言い出した。これまで長く山にいたので、里に行って顔を見せたらすぐに戻ってきなされ。連歌するのに花を愛でるのはもっともの仕儀ではあるが、山寺の私どもの本意ではない。かなわぬまでも仏法について学びなさることこそ本意である。よくよく理解してすぐに戻ってきなさい、と申していとまを出すと、喜んで里にくだっていったのだ。

翌日の辰の一点に、花松殿の仲間が世にもあわてた風体で走ってきて言うに、「我が君は今夜、仇の小野の守の邸へ忍び入り、やすやすと討ち、邸を逃げぬけましたが討たれてしまいました」と。もう夢のことやら現実のことやら、ただ天をあおぎ、日頃、それがしがさとしたとおり仇討ちはしないと言っていたのに、心の中ではこんなことを考えていたのか、と。昨日暇乞いしたときも、どれほど名残り惜しく思っていただろう、と老いの涙も乾く間もござらぬ。すぐに里にくだって亡骸を見ましたが、もうどうにもしようのない状態でした。いつまでもそのようにおいておくわけにはいかぬゆえ、こちらで供養いたしました。老木の松は、つれなくも若木の花に散り別れ、今日で七日となりました。日頃風流を好む人でしたから、この笛は棺に入れてやったのですが、あなたへの想いが深かったゆえ、跡を慕ってきたあなたに形見にとお渡ししたのでしょう。この懐紙も、風流人でありましたから、本日初七日の追善供養のために昨日から置いておいたものです。さては今宵、参会なさって、このように連歌をしたのですね。発句の無常の句にいたしましても、この世に亡き人でございますほどに、このように言ったのでしょう。」

日が暮れるにまかせて老僧は語りつづける。幻夢はじっと聞きながら、涙の露に魂も失せ、心もさながら消え果ててしまいそう。いたわしくも思いがけなく、幻夢は考える。

「さてはこの愚僧、愛着恋慕の思いが深すぎて死んだ人にあい向かい、胡蝶の夢のように話をしていたのか。つらつら思い返すに、人間の衰老は眼前のことである。日吉山王にも根本中堂薬師如来にも道心を祈り後生のために仏道精進の誓いをたてたのに、花松殿を見初めてから恋の苦しさに涙で袖をぬらすばかりで道を踏み迷ったのは口惜しいこと。沙弥が稚児を愛することは、『法華経』には「不親近」と嫌われていることである。恵心院源信の『往生要集』には『正法念処経』を引いて、衆合地獄の業なりとある。これはまさに、生死流転の元なのだ。このように徒花として咲く花松殿が嵐を怖がって私に出会ったのは神明仏陀の利生であったのだ。仏道帰依の種はこうした縁から生まれるのか。」

幻夢はその奇縁を喜びながら、同時にものうい気持ちである。竹林坊を出ると高野山にのぼってひきこもった。天台の教釈を開いてみると、もっぱら阿弥陀仏を賞賛し、西方浄土がすぐれていると書いてある。その他すべての諸経諸論の説にも仏を敬い極楽を賞嘆している。

しかれば法報応《ほっぽうおう》の三身、空仮中《くうけちゅう》の三諦《さんたい》も、阿弥陀の三学である。浄土三部経にもそのようにこまかに書いてある。これは末世の気風に相応するものである。

それほど遠くない昔、法然上人が称名念仏をすすめられて、多くの人が往生の素懐を遂げた。幻夢もまた、遠くは善導和尚近くは法然上人のごとく西方浄土を臨む本願を掲げようと決意する。

また日光山の竹林坊では聖道の門たる浄土宗を出て禅宗として仏道をすすめていった。天台宗とは異なる宗旨なので交流はないが、ただ心を伝える善知識に親近し「直指人心《じきしにんしん》、見性成仏《けんしょうじょうぶつ》」（人が心の内に持つ仏性を見つめて悟りに至れ）という禅宗の教えを心にかけ、山林樹下に居住し、参禅参学を一心に行っている。あらゆる想念をなくした無想の田地に至り、心に蓮花を開く悟りを得ることはまことにありがたきことである。

さて幻夢は、次の年の三月十日ごろ、今日は、花松殿が亡くなった日だと奥の院に参り、御影堂の前で念仏一心に正念し、自他《じた》法界《ほうかい》、平等利益《びょうどうりやく》と回向していた。するとそこへ年のころ二十《はたち》ばかりになる小僧がやってきた。濃い墨染の麻の衣を着たみすぼらしげな風情。まことに後生一大事と思い入れている様子で同じように経を唱えている。

「なんと不思議な。まだ年若い人なのに真剣に後世を畏れる様子である。殊勝なることかな」と思って見ていると、この小僧はあたりに人がいないと思っていたらしく独り言をもらす。

「ああ、南無阿弥陀仏、浮き世のならいは定めなきことかな。去年の今宵、親であった人が討たれてすぐさま仇をとった。あの稚児の面影が今もまぶたに焼き付いて、いたわしくてならない。」

そうして涙を流してしばし顔に袖を当てている様子である。幻夢はそれを聞いて、不思議に思って尋ねてみた。

「あそこにいらっしゃる客僧は、本国はどちらの人ですか。いかなる因縁がおありなのでしょう。」

小僧はそれ聞きつけて自ら語りはじめた。

「これまで世にはばかってまいりましたが、世を捨てるこの上は、何事も残さず懺悔申し上げます。私は下野《しもつけ》の住人、小野の太郎兵衛と申す者の子です。父は同国の住人、太夫左近将監と申す人の子息で花松殿という人にとっては親の仇。年来仇討ちのすきを狙われていたのですが、親の運命が尽きたのでしょう。私が十八歳の去年の今宵、あっけなく討たれました。私は、そのときには他所におりまして遅れて聞き知ったのですが、急ぎ走り向かい、はるか遠くに逃げおおせていた花松殿をやすやすと討ち取りましたのでございます。そのときはしてやったりと笑みさえうかべて帰りましたが、次の日、討った者の死骸を見れば、十六、七歳ばかりの稚児でございます。世にも美しい顔ばせ、見れば盛りの花が嵐に散るような風情。まことにいたわしい姿を見てから、あわれなるものかな、弓矢の家に生まれたる身なればこそこのような不幸な運命にも遭うのだ。今生の定めなきことはこれがいい手本ではないか、と思いまして。一方では親の供養もしながら、この稚児の後生を弔いたいと思ったのです。ただ一筋に思い切りまして、夜のあいだに故郷を出立し、この山にのぼり元結《もとどり》を切って剃髪出家し、それからというもの一心に弥陀を念じ、西方浄土を心にかけてまいりました。昨夜は、かの人々の討ち死にの夜にあたりますれば、ここにて幽霊の仏果を祈っておりましたのです。ところで、浮世には悲しい出来事は多くあるとは申しますが、これは他に類のないお話ですから涙をお流しになるのはもっともです。とはいえ、このように深いお嘆きに沈んでいらっしゃるのはいったいどういうわけでしょうか。」

「ただ世の常の物語のようではございますが、哀れに思わずにはいられません。この人のありさまが今目の前にいるように浮かんできて、面影に寄り添うような気持ちさえして、涙がとまらないのです。」

「それこそ不審なことでございます。今目の前にいるように思えるとおっしゃるのは、よくよくご存知の方のことばと思われてなりません。どうぞどうぞはやくお語りくださいませ。」そうせきたてられて幻夢は「はばかりながら、御身発心のいわれを語ってくださったので、私も懺悔申しましょう」と涙ながらに、おととしの十一月八日に、花松殿を見初めてから、暁の別れより発心修行の今にいたるまで、憂き世のあだな恋を語って聞かせた。小僧も幻夢と向かいあって泣くばかり。

『伊勢物語』の歌「芦《あし》の屋《や》の灘《なだ》のしほ焼きいとまなみつげの小櫛《をぐし》もささず来にけり」（蘆屋の灘の塩焼きでひまもなくつげの櫛もささずに来てしまった）のようにはいかず、かの人の面影をまた見ることもなければ会いにきてくれることもない。ある経典によれば、念がつくのを病とし、つかないのを薬とするという。こうして二人は過去遠々の生死の光陰を語り合ったのだった。

その後、二人は互いに師範となって、念仏一心に称名し、西方往生のそのときも、上品上生の蓮の花の上に生まれ変わろうと契りを結び、七重の宝樹[*4]のもとに至るべく、一心に乱れ

＊4――七重の宝樹　金《こん》・銀《ごん》・瑠璃《るり》・玻璃《はり》・珊瑚《さんご》・瑪瑙《めのう》・硨磲《しやこ》の七宝からなる樹の並木。

ず念仏した。その果報であろうか、大原の幻夢は七十七、下野の入道は六十にて同じ夕べに露と消えた。端座合掌《たんざがっしょう》していると、十念即成就して、虚空より花が降り、音楽が雲から聞こえ、弥陀三尊が来迎して光明遍照《こうみょうへんじょう》、十方世界《じっぽうせかい》、念仏殊勝《ねんぶつしゅしょう》、ことごとく極楽世界へ往生したという。

仏陀の方便、神明の誓いというものは、いまにはじまったことではないとはいえ、幻夢はひとえに日吉山王、根本中堂の薬師如来に一筋に祈念をしたことによって得難い道心を得、まことにありがたい最期を迎えたのである。かの花松殿は文殊の化身でいらっしゃったのである。衆生済度のために仮に御身をこの世に現じたのだ。まことにありがたいことである。

この物語を聞いた人は一巻のお経、一偏の念仏を唱えて、この人たちの回向をなさいますよう。

かくのごとく昔物語は、狂言綺語《きょうげんきご》の戯れとは申しながら、定めなき世のありようを、嵐にもろき花松殿をたとえとした方便である。つかのまの時を生きるはかない身で、夜明けを告げる暁の鐘の音をききながら見る夢の、その心を説き、無明の雲を払い真如の月を世に示すための方便なのである。いたずらに月日をおくってたちまち病苦におそわれ命が尽きようとするときになって、渇《かつ》に臨《のぞ》みて井を掘るたとえのように慌てるのでは遅いのである。若きも老いたるも、明日をまたず、ひとえに生死をおそれる心にしたがって後生のつとめをなしたまえ。ただむなしく月日を過ごすことなかれ。昔の人が、一寸の光陰は一寸の小金と言ったように、寸暇を惜しむべし。

弥陀たのむ人は雨夜の月なれや雲はれねども西へこそゆけ

(阿弥陀仏を頼りにする人は雨夜の月なのだろう。たとえ雲がはれなくとも西へと向かってゆく)

*

この草子ははじめて読んだが、哀れさに涙をおさえきれない。私に歌を添える。

夜嵐は明日見ぬ花の別れぞと涙を残すことのはの末

(夜嵐は明日を見ずに死んでしまう花との別れだったのだ。涙をそそられる物語の最後だ)

見て思へあだに散る花松もまた千歳《ちとせ》の後《のち》は朽《く》つるならひを

(見て思え、あだに散る花。だが松もまた千年ののちには朽ちるということを)

かりそめの雪の宿りの契りこそ幻の夢の涙とはなれ

（かりそめの雪の宿での契りこそ幻の夢、幻夢の涙となったのだ）

文明十八（一四八六）丙午歳四月二日

唐土の書である漢籍は我が朝の賢く耳聡《みみざと》い人に理を教えるのにふさわしいとはいえ、愚かな者にはやまと言葉でこそ、その道がわかりやすくなる。やまと言葉で書かれたこの草紙は高尚ではないが、一つとして偽りがなくまことをあらわしている。みなこれを読む人は疑いなく来世を深く願うにちがいない。

寛文八（一六六八）年中五月三日　これを書く。

嵯峨物語

序

男色の道というと、古今東西見わたせば、およそ西域、中華、本朝まで、盛んに行われてきた。浮屠氏《ふとし》*1たるブッダの教説には、糞門《ふんもん》をおかし、口門《こうもん》をおかすのは邪なるものとして、非道と名づけられている。『功徳円満経』には、末世に比丘が小児を愛する罪によって、五百生のあいだ悪趣に輪廻しつづけることになるとブッダの戒めが書かれている。とはいえ、仏弟子の難陀《なんだ》は花のようだといわれ、文殊《もんじゅ》は月になぞらえられている。阿難《あなん》は美しい侍者で、世尊ブッダも彼を愛したのである。阿難に一目惚れした摩登伽《あとが》の娘が呪いによって彼を手に入れようとしたのも、まったくもってありえそうなことだと思われる。提婆達多《だいばだった》が嬰児のころ、頻婆娑羅《びんばしゃら》王の子、阿闍世《あじゃせ》太子が膝にのぼらせ抱きしめてキスをして弄《もてあそ》んだこともあった。

あるいは周代において宋朝という男が容貌の麗しさゆえに世の難を逃れたということがある。年寄りがこの道に迷い、男色は老いも忘れさせると戦国時代の文章にもみえる。

だから勇ましき武者である前漢の高祖劉邦《りゅうほう》も籍孺《せきじゅ》の色香に惑わされ、政事を怠ったのだし、西晋の第二代皇帝恵帝《けいてい》は、宏孺《こうじゅ》の婉媚《えんび》な美しさを愛して常に共に寝起きしていたのである。男が宝の帯を締め、化粧をすることもこのときからはじまっている。高祖劉邦の四男、文帝《ぶんてい》は、黄色の帽子をかぶった船頭、黄頭郎《こうとうろう》の衣からすけてみえる尻の美しさを愛でては幸せをかみしめた。

その昔、弄児《ろうじ》と呼ばれた金日磾《きんじってい》の子は、前漢第七代皇帝、武帝の寵童となって皇帝の首にまたがっていた。韓嫣《かんえん》、李延年《りえんねん》もともに武帝に寵愛された。何晏《かあん》こと何平叔《かへいしゆく》*2の汗は白粉《おしろい》の粉よりも白いと愛《め》でられ潘岳《はんがく》こと潘安仁《はんあんじん》*3が車で出かけると沿道から投げ込まれる果物でいっぱいになるほどひいきにされた。この男色の道は幾世をへてもついに絶えるということがない。漢詩にも詠まれているように昌黎《しょうれい》の韓愈《かんゆ》は子を失った東野《とうや》*4をなぐさめるために雲となり、竜

*1——浮屠氏　仏陀。

*2——何平叔　中国宋代に編纂された説話集『世説新語《せせつしんご》』第十三の「容止」に逸話が載る。あまりに肌が白いので白粉をぬっているのではないかと疑われたが地肌であったという話。

*3——潘安仁　同じく『世説新語』第十三の「容止」にこの逸話が載る。『唐物語』第二十六にこのエピソードが載り広く知られている。ただし原話では容姿美麗で女性にモテたという逸話である。

*4——東野　「孟東野失子」（孟東野子を失う）の漢詩に拠る。孟郊《もうこう》こと孟東野《もうとうや》が三人の子をたてつづけに失った。彼を気遣って昌黎の韓愈《かんゆ》が雲にのり天へのぼって天からのことばを持ち帰ってなぐさめたという逸話。

になることを願い、李節推《りせつすい》*5は風水洞《ふうすいとう》で東坡《とうば》を待ち、邢惇夫《けいとんふ》*6は源ある水のごとしと豫章《よしょう》にほめられた。

このように西域、中華には、男色の道を讃え敬うことが多いのである。本朝日本にても古くから伝わっていたが、なかでも嵯峨天皇の御代に盛んであった。かの御代に、この道の師である高野大師空海の法を受けついだ実弟真雅《しんが》阿闍梨《あじゃり》は、在原業平を愛でて次の歌を贈ったという。

　思ひ出づるときはの山の岩つつじいはねばこそあれ恋しきものを

　（あの人を思い出すと常盤の山の岩つつじのよう。恋心をいわないでいるから恋しくなる）

かけまくもかしこき北野天神も尊意《そんい》僧正には深い情けをかけた。竹生島の童子は仲算已講《ちゅうざんいこう》の愛した人。乙と若の二人の童子は、書写上人性空の衣を無熱池にひたすようなひたむきな仏道に生涯つきしたがった。かの平経正《たいらのつねまさ》*7は幼少期、仁和寺の覚性《かくしょう》法親王の寵愛を受け、青《せい》山《ざん》の名を持つ琵琶を特別に弾くことが許された。稚児名を遮那王《しゃなおう》*8とする牛若丸は鞍馬の奥の僧正が谷で貴船明神に誓願して剣術を習った。

「秋の夜の長物語」では、瞻西《せんさい》の道心を満たし、「松帆浦物語」では、少年の風流を添えた。

この男色の道は法師のすることであるから、世の人は知らぬようであるが、朋友の道でもあるので俗世の人にもどうしてか漏れてしまう。男色とは、その匂いは蘭にたとえられ、その契りは金石になぞらえられ、その心を膠漆《こうしつ》の交わりというほどの離れ難いものとし、その情を魚水《ぎょすい》のように親密だとし、その誓いを山礪河帯《さんれいかたい》、山の礪《と》のごとく、川の帯のごとくに不変であるとし、つまりは二心なく永遠の契りを守ることだとする。

しかるに鎌倉武士の源頼朝は大友能直《よしなお》を寵愛して、左近将監の官に昇進させ、等持院殿こと足利尊氏は、寵愛の童子に重宝の太刀を賜った。昔も今も少年に目をかけることは、牧馬《ぼくば》の童子が黄帝《こうてい》に出逢って寵愛されるがごとくである。とはいえ、寵愛のあるときには齧りかけの桃を君主にわたしたとて許されたものを寵を失ったとたんに非難されるようになる。少

＊5――李節推　蘇東坡《そとうば》（蘇軾《そしょく》）の『蘇東坡詩集』第九に収められた「往富陽新城李節推先行三日留風水洞見待」（富陽新城《ふうようしんじょう》に往《ゆ》き、李節推先《ま》ず行く、三日風水洞に留まり待たる）に拠る。

＊6――邢惇夫　豫章《よしょう》先生として知られる黄庭堅《こうていけん》の漢詩「次韻答邢惇夫」（次韻《じいん》して邢惇夫に答ふ）の「邢子好少年　如世有源水」（邢子は好少年　世に源水《げんすい》有るが如し）の詩句に拠る。

＊7――平経正　『平家物語』巻第七「経正都落《つねまさみやこおち》」の段に語られている。

＊8――遮那王　『義経記』巻第一「牛若貴船詣《うしわかきふねもうで》の事《こと》」の段に語られている源義経《みなもとのよしつね》の挿話。

年よ、余桃之罪《よとうのつみ》という戒めを忘れなさるな。

＊

近ごろ人のものした文章を読んでみるにつけ、男色のあることは、西域、中華、本朝のおおかたもれなく、そうなのである。その文に書かれているように、男色の道は世を経ても決して絶えることのないものだから、人知れぬ思いのほどを語ったものは多くあれど、どれも面白いというわけでもない。そこで、最近に人が語ったことで、しみじみと心が動かされた話を筆にまかせてここに書きつけることにしたのである。

嵯峨物語

紀中将安則《やすのり》は中納言康直《やすなお》の子であった。ごく幼かった昔のことを聞き伝えるに、この上なく眉目秀麗《びもくしゅうれい》で、顔ばせが美しかったという。人にうらやまれるほどのことも、本人は意に介さず、仏道への志が深くて、大和、唐土の古き跡を慕って、昔《いにしえ》そして今のこの世のありさまに関心を寄せていた。並たいていのことにはまるで興味をもたず、これは生い先、行く末、ただならぬ者となるだろうと人々は言い合った。

やがて十三歳になって、松寿君と呼ばれるようになった。父母は、人から言われもし、世の評判もひとかたならぬものだったので、この子が成長していくのを月がのぼるのを待ち、星を待つように待ち明かし暮らしていた。

ある日のこと、すっかり夜が更けても邸に残る人が多かった。折しも吹いてきた風にのってどこからともなく梅の香がただよってきては袖にとどまるようであり、どうして春のゆくえを知らずに暮らせる人がいようかといった風情である。なんとはなしに松寿君が御簾をかかげてみると、情趣たっぷりの朧月がのぼっていて、庭には花がいろいろに咲き乱れているのが見えた。「ただでさえ眠るのが惜しい短夜に、人を惑わす春の庭に詩心がわいてくることです」と松寿君が言い出し、兵部卿有助がこう詠んだ。

誰《た》が袖と問ふまであらじ宿の梅ふれし匂ひぞ色に知らるる

（誰の袖かと問うまでもない。宿の梅にふれた匂いがはっきりと香っているのだから）

すばやくも見事な詠みぶりで、盃もたびたびめぐる。そのうちに月も隠れた。まことに過ぎゆく月日は流れる水のようで、とめる関路もないままに、ほどなく弥生になった。それにつけてもとめどなく月日ばかり流れていくようで、陶侃運甓《とうかんうんぺき》の故事にいう、陶侃という武将が、毎朝百個の瓦を家の外に運んで夕方にそれを家の中に戻して、身ごなしを整えていざというときに備えていたことが思い出される。どこかに私に生きるべき道を教えてくれる人はいないものかと松寿君は常々心にかけていた。すると本原の侍従が、前からよく知っていて出入りしているさる山里の某《なにがし》の寺に、修行に励んでいるたいそう尊い僧都がいて、この人にこそ学ぶべきことがあるにちがいないと言う。その人は、仏の道に詳しいばかりでなく、漢詩にも長けており、荘子と老子の説いた教えである荘老の道にもよく通じているのだった。ただその身が俗世にあること自体も不本意であるとばかりに人前には出てこないのだというのである。

「そういう人がいるのですね。よくそれを教えてくれました。ずっと思い悩んできたことが解決しそうで、こんなにうれしいことはありません。」

松寿君はつらつら思いをめぐらせてすぐに移り住む手筈を整えさせた。こうした場合に調度品などが多くあるなら手間がかかるが、見るべき経巻と、詠みたい漢詩文のほかは不要だと、絵巻も持ってはいかない。好きだった楽器も、数あるもののなかから、つれづれのなぐさめとして吹いていた手慣れの笛ばかりを携えていく。

そこは都からさほど遠くはないが、行き交う人も稀なところである。山里の風景はまるで浮世の外に住まうよう。峰に茂った松の下で、薪にするための妻木《つまぎ》をとる山人が使う斧の音がごく近くに響きわたって、いっそう山深いところである。ふもとには清らかな川が流れている。松寿は童べのひとりふたりを伴って仏前に供える閼伽の水を汲みに出かけていく。竹柴を編んだ垣に咲く卯の花は、晴れぬ雨夜の月を見、花橘の香りをとどめて、山郭公《ほととぎす》の一声も、曙かすむ村雨にしおれゆく。感に堪えず、こう詠んだ。

松の戸をおしあけがたのほととぎす一声鳴きていづちゆくらん

（松の戸をおしあけた明け方にほととぎすは一声鳴いてどこへゆくのだろう）

雲埋老樹空山裡《くもろうじゅをうずむくうざんのうち》
彷彿千声一度飛《せんせいにほうふつとしてひとたびとぶ》

（老木が雲につつまれている。人けのない山のうちで
千のほととぎすが一声に鳴いて飛び立ったかのよう）

これは、竇常《とうじょう》*9がむかし、香山の旅館でほととぎすを詠んだものである。こうした時にこそ、世のありかたや人の心がどんなにか身に染みて感じられただろう。ことば少なに、ひとり脇《きょう》息《そく》*10にもたれかかって心を澄ませていると、思いがけず窓の外でなにかがはらはらと音をたて

*9――竇常　「香山館聴子規」（香山《こうざん》の館《やかた》に子規《しき》を聴く）に拠る。
*10――脇息　ひじかけ。

ているのが聞こえる。「なにごとか」と問うと、宿の主《あるじ》の僧都が「青天黄落雨《せいてんこうらくのあめ》（青空なのに黄色の葉が雨と落ちてくる）というものでしょうか」と言うので、松寿君は「白日翠微山《はくじつすいびのやま》（昼間なのに山が緑にかすんでいる）」と応じた。

こうした当意即妙の漢詩の才はいわずもがな、和歌もよく知る人である。朝は早くに起き、夜半に寝てもぐっすりと眠ることなく、松寿君はよろずに物思いにふけりがち。例えば、枕に頭をつけていても軒端に近い竹の葉にふりかかるあられの音を耳にとめ、これこそ和泉式部の歌「竹の葉にあられふるなりさらさらにひとりは寝《ぬ》べき心地こそせね」（竹の葉にあられがさらさらと降っている。さらさら一人寝すべきではない気がする）そのものだと思う。ましてや月冴えわたり、霜凍り、寝るのが惜しい夜には縁先で庭を眺めて夜更かししている。都の友はこんなときどうしているだろうと思って、いつのことであったか詠んだ歌。

山里は寝られざりけり冬の夜のこの葉まじりにしぐれふりつつ

（山里では寝られなかったのだ、冬の夜に木の葉混じりにしぐれがふる）

こうして蛍の光は夜ごとに増し、雪の色は日々に積もっていくなか、孤高の松寿君はこの世の神童《かんわらわ》のようであった。孔子が「朋《とも》有り、遠方より来《きた》る」と言うように、松寿君のうわさをきいた者は遠くからでもやってきて会ってみたいと願い、姿を見た者は知り合いたいと願い、知り合った者は睦み合うことを願うので、荻吹く風のように訪れては萩おく露のはかなさにことよせて語りかけてくる人も多かった。そうした中にも、またなき情をかたむけたのが一条郎である。この人はひたむきな道心が深くて、今の世の人がそういうふうでないのを遺憾に思っている。いかにも分別ありげな様子で、口を開けば世にまこと少なく浮薄であることを嘆くのだった。

さて、一条郎は俗世に住むつもりであったときにはなんのうたがいもなく世間で人並みに位を得ていこうと日に月に思っていたのだが、運にめぐまれずに終わった。そうであればこそ、人を正すより自分をまもること、他人にほめられるより、心のうちに悩みのないこと、身分位の高さより、心が賤しくないことこそが大事なのだ。俗世で苦しい宮仕えをして胸が張り裂けそうな思いをして何になろう。そう一心に思い定めて嵯峨野の奥に閑居していたのである。貧相な柴の枢《とぼそ》の庵にも、住んでいる人の人柄になじんだ四季折々の趣きあるしつらえがある。花の下、緑の陰、月の夜、雪の朝などに自ずと家主の趣味があらわれている。松の坊に雨音を聴きながら眠れば香塵《こうじん》が炉に残り、竹の院に風がうそぶいては蠟燭の灯りが四壁を寒々と照らす。もとより気にかけるべき同宿の者もなければ、野山をさまよい歩いて、帰る家路を忘れてしまってもかまわないのだった。

春の暮れ方、一条郎はそれほど深くもない山の奥へと出かけていった。野寺の鐘の音がかすかに聴こえ、夕陽は西に傾いている。「よし、今宵は桜の花の下にでも休むとしよう」と一条郎は花のほうへと近寄っていく。それにしても誰もいないということがあるだろうかと少し立ち止まると、「風が静まったのに花がなお降り散り、鳥が鳴き山はいっそうかすんでいる」と王籍《おうせき》の漢詩*11に詠まれた景色そのままである。

すると遠くの松の下に艶にやさしい稚児が、秋山の紅葉がまだ若葉がちなのを縫いとった衣を着て、年若い法師を多く連れて、花を折りとろうと可憐な手で目の前の枝を折り曲げているのが見えた。ゆくえも知らず降りくる花吹雪が稚児の顔におちかかっていく。守覚法親《しゅかくほっしん》王《のう》の歌「散りまがふ花の吹雪にかきくれて空までかをる志賀の山越え」(散りくる花の吹雪にかきくらされて空まで薫る志賀の山越え)ではないが、次々に降ってくる花吹雪をよけられずに振り向いて微笑んだ姿がこの世のものとも思われぬほどに美しい。ここはあのような方の来るところではないのに、いったいどこから来たのだろうと知りたくて、目を離せずにじっと見つめていると、偉丈夫そうな従者が出てきて輿をすえた。稚児はすぐにそれに乗って中腹から麓のあいだあたりにある大きな御堂へと入っていった。

一条郎はなおなお稚児のことが知りたくて追いかけていき、今見た人のことについて問うてみると下法師が立ち止まって「これぞ名高き雲上人《うんじょうびと》、松寿君でございます」と言った。僧都がいる寺はどこか古びているが見どころが多く途中で日が暮れてしまったのだろう。今夜はここへ泊まろうなどと言い合っている。一条郎もここなら伝手がありそうだと入り込んだ。

夜があけたので、一条郎が寺内をあちらこちら見て歩いていると、僧都が出てきて言った。

「よくぞお訪ねくださいました。春は家を出なくとも、月の夜は寝床にいてさえ、桜花はきっと美しいだろうと思う心は誰にでもあるものでしょう。俗世を離れたとてやはり今でも捨てがたいのは、桜の花の下へ行ってみたいと思うこと、月を眺めたいと思うこと、これでございましょう。こうした八重葎《やえむぐら》の荒れ果てた庭にも春はやってくるものでして、梅の香がすてきに薫りはじめてから桜が次々と花開いていくというのに、それを楽しむ人もなく、私ひとりが見ているというのも残念で、色をも香りをも知る人にこそ折りとってさしあげたいと思うのです。」

＊11――王籍の漢詩「風定花猶落　鳥啼山更幽」（風定まりて花なお落つ　鳥啼《な》きて山更に幽かなり）に拠る。禅宗で好んで引用される詩句である。

二条為氏《にじょうためうじ》の歌「咲きなばと待たれし梅の花の香に来ぬ人たのむ春の山里」（咲くといいなと待っていた梅の花の香りに来てはくれない人が来てくれるかもしれないと待っている春の山里）ではないが、来ない人をこの桜は待っていてくれるのだろうか。凡河内躬恒《おおしこうちのみつね》の歌「雪とのみ降るだにあるを桜花いかに散れとか風の吹くらむ」（雪のように降りしきる桜花なのにもっと散れとばかり風が吹く）ではないが、雪のようにはげしく降ってしまって。そんなことを思いながらぐずぐずしていると、その甲斐があってかの稚児の君に会えたのである！

僧たちが出てきて、「さあさあお相手をなさい。松寿君、どうぞ詩歌を詠じてくださらぬか」などと言っているうちに松寿君も出てきた。緑の黒髪、雪のような白い肌、うるんだ瞳、話す言葉のきよらかさ、まことにこの世の人とも思われない。近くで見るとなおいっそう美しいのだった。

さて、題などを出して、人々が題詠の漢詩をつくりあう。まずこの院の主《あるじ》として僧都が詠んだ詩。

洞門深鎖自無為《どうもんふかくとざしてみずからをなさず》　春到不知経幾時《はるいたりていくときをかえることをしらず》
忽被遊人勾引去《たちまちゆうじんにこういんせられさりて》　残花猶看両三枝《ざんかなおみるりょうさんし》

（洞門を深くとざして自ら何をなすこともなく、春がめぐりきて幾年も時を経たことも知らずにいる。

花に惹かれて遊びに来た人はたちまちに去ってゆき、花の散り残った枝が三本あるのをひとり眺めている）

一条郎は次の詩を書きつけ、それを小さくたたんで「これは松寿君へ」とわたした。

三日出家身未還《みっかいえをいでてみいまだかえらず》　山桜爛漫雨如烟《やまざくららんまんあめけむりのごとし》
縦然春色渾看了《たといしゅんしょくすべてみおわるとも》　猶有松花開那辺《なおしょうかありてなべにひらく》

（家をでて三日がすぎていまだ帰ろうとしていない。山桜が爛漫と咲きほこり霞にけむるよう。

たとえ春の桜花がすべて散ってしまっても、なおそこにある松が花と咲き誇るだろう。）

僧都はその様子を見てよいことだなと思っている。「昔から、絶唱は和なし、優れた歌につづけるものではないと言われておりますので、私たちは、さてどうしましょう」と題をつくりなおした。そこで松寿君が詠んだ詩。

非熱非寒午睡身《ねつにあらずかんにあらずごすいのみ》　春風座上火炉新《はるかぜざじょうひろしんなり》
桜花豈是閑居物《おうかあにこれかんきよのものならんや》　渡水吹香解引人《みずをわたりかをふきてひとをひくことをげす》

（熱くもなく、寒くもなく、この身は昼寝をしているよう。春風は新たに火を焚いた炉のようにぬくんでいる。
桜の花がどうして閑居のものであろうか。水をわたり、香りを放っては人をひきつけている。）

かくれ家の花なりながら山桜あやなし香をも世にもたらすかな

（隠れ家にひっそり咲く花ではあれど、どうしようもなく山桜は世に香りをふりまいてしまう）

漢詩は李白、杜甫に学び、和歌は山柿の門、山部赤人と柿本人麻呂に学んだようだ。言葉づかいがしっとりと優美で、歌の心もすぐれた作なので僧都は微笑んで、さらに僧たちに漢詩をつくるように求めた。雲樹院の律師が次の詩を添えて座を盛り上げた。

琴菓修来不出山《きんかしゅうしきてやまをいでず》　禅心日日遠人間《ぜんしんにちにちじんかんにとおざかる》
芳菲只在曲肱上《ほうひはただきよつこうのうえにあり》　吹夢春風白昼閑《ゆめふきはるかぜはくちゅうしずかなり》

（楽しみに夢中になって山を出ることができず、禅心は日々人間から遠ざかっていく。
草花のかぐわしい匂いにつつまれて腕枕して横になれば、夢のなかに春風が吹いてくる。白昼のしずけさで。）

一条郎は「さて、家路に帰るとしましょう。また次回にはぜひお声がけを」と言って出て行く。無聊をなぐさめられたとはいえ、帰っても松寿君のことばかりが気にかかって心ここにあらずのていである。世を捨て、世に捨てられた身であるのに捨てきれぬ想いがあったとは。いやましに恋しさがつのって、眠れば夢に、目覚めればうつつに、雨となり雲となって松寿君の幻影がやってきては、朝夕のもの思いの種となっている。その気持ちを手紙にたくして書いては送り書いては送りをくり返している。けれどもただ一通の返信さえもなかった。せめて外から姿を眺めたいと律師の院を訪ねていった。

律師は気の毒に思って言った。

「法師というのは、世間では欲のないものと思われているが、そうはいっても恋というものはまた別のこと。我が身にもおぼえがあるからわかりますが、どんなにかお悩みのことでしょう。最上川のぼればくだる稲舟《いなふね》のいなにはあらずこの月ばかり（最上川をのぼりくだりする稲舟《いなふね》の否《いな》というわけではありませんが、この月ばかりは困るのです）という歌ではありませんが、否《いな》と拒絶しているのかどうか松寿君の気持ちをさぐってみましょう。」

一条郎はうれしくて涙をこぼし、これを一縷の頼みの綱としている。律師はさっそく松寿君のもとへ行き昔話や噂話をするついでに一条郎のことをどのように思っているのかと問うた。

「これはたとえにはなりませんが、吉野、初瀬の桜花や紅葉もそれを愛でる人がいてこその美しさでありましょう。このようにひとりでだれともつきあわずにいるのは、さみしくももったいないことではないでしょうか。空に名高き望月もじきに欠けていくものでございます。春がふけていき、夏のさかりとなって、秋が過ぎゆき、幼かった人も見るまに雪のような白髪となっていきます。仏の道を得ても、鷲は峯の雲に隠れ、岩陰に隠れた魚も泗水の沫と消えてしまいます。貴き者も賤しき者も、ひとりとしてそのままにとどまる身はないのです。これほどにはかないかりそめの世に、これほど人を悩ませるのも罪深いことで、それこそ仏の教えに背くものとなるのではないかと思うのです。おりしも雨に降られてのつれづれの退屈しのぎに今日、こちらへお招きするにはちょうどよいではありませんか。」

律師はあれこれ言ってすすめるが、松寿君は何とも返事をしない。律師も説得しかねて、岸根に生える浜菱の草にだって波がかかることがあってもよいのにと文句をいいたげに出て行った。

一方、一条郎は律師が出て行ってからというもの吹き出した風の訪れに竹の葉がそよぐ音にまで聞き耳をたてて、拒絶されたらどうしようと心を千々に乱れさせていた。そこへ律師がやってきて、「常盤の山の峯たかみ松を時雨のそめかねつ」と言った。時雨の雨がぬらしても常緑の松は紅葉葉のように色を染め替えられないとの意である。どだい叶わぬ恋だったのだ。一条郎はその夜は律師のもとに泊まって夜もすがら涙にくれていた。

夜が明けた。一条郎はこっそり松寿君のいる居室へ行ってものかげからそっと中をうかがってみた。ちょうど松寿君はいなかったので一条郎は障子の端に、このように書き付けた。

標格《ひょうかく》清新《せいしん》早《はやく》玉《ぎょく》成《なす》　問《とう》斯《この》風雨《ふうう》豈《あに》無情《じょうなからんや》
怨魂《えんこん》一夜《いちや》同床夢《どうしょうのゆめ》　落月《らくげつ》疎《そにして》鐘《しょう》却《かえって》易驚《おどろきやすし》

（人柄の清新なるものは早くも貴重な宝となった。この風、この雨には情というものがないのかと問いたい。

あなたを恨んで眠る夜、あなたと同じ床にいる夢を見た。西に傾く月が落ち、朝を告げる鐘の音に驚き目が覚めてしまった。）

それといはば百夜か千夜も通はめをたえて音せぬ人いかにせん

（お呼びくだされば百夜でも千夜でもあなたを訪ねていくのに、声をかけてくださらぬ人にどうして逢えましょう）

それからというもの一条郎は、浮かばれない我が身を嘆いて、後の世の安寧を求めて仏道に進んできたのにいまになって恋の下僕となってしまったことだよと思うと、涙さえ枯れ果てて泣きながら眼を覚ますようなことはもうなくなっていた。

律師は見かねて松寿君を言い含めると返事をとりつけてやった。一条郎がおどろいて開いてみると律師の筆跡で「須磨の海士《あま》の綱引く手もつらくなるほど綱を幾度もひいているのを見ているのがお気の毒で、あれこれ言い含めて松寿君の返事をとりつけました」と細やかに書いてある。藤原為家の歌「須磨の海士《あま》の網《あみ》の引《ひ》き綱《づな》くり返しうちはへなどて恋しかるらん」の歌の心である。なんと情け深い人であろう。この世にこのような人がいたとはうれしくて松寿君の返事を見ると漢詩と和歌が書かれていた。

錦字慇懃織得成《きんじいんぎんにしょくとくなる》　無情未料又多情《むじょういまだはからずまたたじょう》
君恩元是如朝露《きみのおんもとよりこれあさつゆのごとし》　薄命一時何足驚《はくめいいちじなんぞおどろくにたらん》

（あなたは詩に熱い想いを織りなして情がないのかと問われました。あるいは多情であるのかもしれぬといまだはかりかねています。
あなたの私への想いももとより朝露のごとく消えてしまうもの。一時の蜉蝣《かげろう》のようなはかない命ですから、それも驚くべきことではないのでしょう。）

それと言はぬまをこそ我はかよはめれ問はで音する人のなければ

（そうと言わぬところが私に似ているのでしょう。訪ねてきてはくれないあなたとは。)

なんと。では逢瀬をかなえてくれるということだろうか。一条郎は心が浮き立つようになって、歩む足元さえ浮き足だって、律師のもとへかけつけ、こうして情けをかけていただいたことについてねんごろに礼を言う。律師も「念願かなって松寿君と逢瀬ですな。うらやましいこと」と軽口を言う。そこへ松寿君の母君からの使いの者がやってきた。

「父中納言殿のお加減が悪くふせっていましたが、風邪でもひいたかと思っていたところ、にわかにご危篤のご様子と見えます。急ぎ都へ、祈禱のための僧都をともなって戻ってきてください」とある。松寿君はいったいどうしたことかと驚いて、僧都とあれこれ相談してすぐに連れ立って出かけていく。出かける前に松寿君は律師にそっと耳打ちをした。

「これほどに深い想いを寄せて下さった人につれなくしつづけたこと、今は私もつらくて後悔しているのです。どんなにか気がふさいでいたことかと思うと面目ない気持ちです。それでもなお想ってくださっていて昨日から訪ねてきているときいてうれしくて、ゆっくりとお話をしながら、これまでの失礼をお詫びして心ゆくまで過ごしたいと思っていたのです。それなのに突然このようにどうにもしようのないことになってしまいました。これからはただお見限りにならずに想ってくださるならありがたく思います。このことをよくよくお伝えください。出でいくのは名残り惜しく、また戻ってくるのもいつの日になることやらと思うと涙がこぼれて……。」

そう言いながら松寿君は袖を濡らして泣きはらす。律師も「いかにもつらいことでしょう」と言うしかなくて送り出した。律師が、一条郎にこの顚末を知らせると「このようにはかなきご縁だったのでしょう」とただ泣くばかりであった。

さて、都へ帰ると母君が松寿君をいかにも待ちかねた様子。

「まあなんと久しく会えずにいたことか。どうしているだろうか、どんなに大人びたことだろうと思うばかりでした。自ら望んだ道とはいえ山里はなんとなしにわびしい所と聞いていますから、さぞや寂しくて気の晴れることのないのではないかと、まぁ人の親の子を思う心というのはそうしてやきもきするものです。それにしてもなんとも美しく成長なされましたこと。学びのほうも立派にしているときいてどんなにかうれしく思ったことか。これで父中納言殿の病いさえよくなれば、もうこの世に悲しいことはなくなるのですが。」

母君は泣いて訴える。松寿君は父の枕元に近寄って、「どうしてこんなに弱ってしまわれたのですか。松寿もここにおりますよ」と声をかけた。父君は少し頭をもたげて「私が死んだのちにはおまえが主君に仕えておくれ」とだけ言って、それが最後のことばとなった。

宮寺の祈禱、呪法などをしたが、無常の世の中、生滅無常《しょうめつむじょう》のはかない身、有待《うだい》の身の上とて父君はついに逝ってしまった。悲しみにくれるとはいえど、いつまでもこのままにはできないので、鳥辺野で荼毘にふし夕べの煙となした。親しい者たちの嘆きはいうまでもなく、上は主君をはじめ、下は賤しき者までもこの父君のために悲しんだ。その悲しみというのは、たとえばその昔、唐の太宗が魏徵《ぎちょう》が亡くなったときに三鏡のうちの一鏡を失ったと嘆いたことに似ている。あるいは、子どもの頃甕《かめ》に落ちておぼれる童を石で甕を割って助けたことで知られる宋の司馬温公《しばおんこう》の喪に百姓が自らの衣を売って供養し祀った例もこういうふうであったかと思われるのだった。

やがて四十九日の法要まですませると松寿君は主君の家を訪れた。主君も故中納言が松寿君をたいそう大切に育ててきたことを思って、宗主嫡男として、その日のうちに初冠《ういこうぶり》させて中将安則と名をつけた。一度《ひとたび》、主君にあいまみえてからは、すべて叡慮《えいりょ》に叶い、常におまし近くに召されるようになった。少しも手放さぬご寵愛ぶりである。故中納言がいたところは西の京であったが、内裏に近い所へ越してくるようにとのおおせで一条室町に邸をかまえて移らせた。主君の寵愛がかくもあつく他に目移りすることもないので、左右の大臣や公達たちもうらやましがっている。中将はまんざらではないというほどには思っておらず、心のうちには昔つかえた仏道でこのような関係があれば、まことに忠孝の身ともいえたであろうが、なにせうつろいやすい色香の魅力で仮の叡慮をむさぼっているのである。それは父の望んだ主君を正す道ではないはずだ。

主君はご存知ではないのだろうか。美貌ゆえに前漢の哀帝《あいてい》の寵愛を受けた漢の董賢《とうけん》は、重臣の鄭崇《ていすう》にいさめられても聞き入れず幸いをほしいままにしたものの、哀帝の死後に自死に追い込まれたことを。あるいは中国戦国時代の衛の君主霊公の寵愛をほしいままにした弥子瑕《びしか》の余桃《よとう》の罪の故事を。弥子瑕が霊公に渡した食べ残しの桃は愛を分け合う行為だったのに、寵愛薄れた後では食べ残しを食わせた罪と変じた。こうしたことがはっきりと漢籍たる史書には書かれているのだ。中将安則こと松寿君は十分に身を慎んだ。君主も自らの恋着ぶりを恥じて節度をもったので、臣下の者も君主の徳をみな立派なことだと仰ぎたてまつった。

さて一条郎は中将安則が都に行ってしまってから、なすすべもなく、それでも想いがつのるばかりで、あまりのことに京の方に出てきて、ある御所様の昔の伝手をたどって、そこへ居着いてしまった。さまざまなことを心のままに語り合っているうちに、中将安則殿の最近の様子をあれこれ聞き知ることになった。本原の侍従は、中将安則から再三、一条郎の名を聞いてはいたが、その人を見たことはなかったので本人だとは知らぬまま、こんなことを話す。

「嵯峨野の奥にいる、どこぞの世捨て人だか、想いをかけた人があったが、今も忘れられずに心に想いつづけているのだと、昨日もおっしゃっていました。」

一条郎は胸をおどらせて、「それならば会わせてはくれまいか」と頼んでみれば、侍従はお安い御用だとばかり文を渡しにいってくれたのだった。

思いがけず届いた文を見て、中将安則は、「見慣れぬものがやってきたこと」などと戯れをいいながら開いてみる。しっとりと書かれた文の最後には一首の漢詩がかかれていた。

一片忱誠画不成《いっぺんのしんまことにえがけるならず》　鯉沈鴈断叵伝情《こいしずみがんたえてじょうをつたえがたし》
梧桐雨度風灯底《ごとうあめははかりたるふうとうのそこ》　寤寐思君暗地驚《ごみきみをおもいてあんちにおどろく》

（どんなにしてもほんとうの気持ちを表すことができない。鯉が沈み雁が飛ばないなどあり得ないがそれほど私の気持ちを伝えるのは難しい。

梧桐《あおぎり》に雨があたり風前の灯の人生のはかなさ。寝ても覚めてもずっと君を想っている、そんな自分に驚いているよ。）

いかにして身をも恨みん心をば君にとどめて我ならなくに

（どうして君を恨むことができようか。心を君にわたしてしまって私は抜け殻のよう

なのだから）

これを見て中将安則は感に堪えない思いがするけれども、勤めに忙殺されているうちに、そのままになってしまった。頼りになるのは侍従ばかり。一条郎はしきりにせっついてみるけれどもその甲斐はなかった。

年の暮れ、今日が最後の一日となるころ、一条郎はまた文を書き、古い漢詩を引いて添えて侍従にたくした。

思君令人老《きみをおもいてひとをしておいしむ》　歳月忽已晩《さいげつたちまちすでにくるる》

（あなたを想うあまり老いてしまった。こんなにも時が経ってもはや手遅れとなりそう）

としのをもひとのつらさもけふのみとなさばやものを思はざらまし

（この年もあなたを想うつらさも今日かぎりとできたなら、もう悩まないですむのに）

あらたまの年明けて、いつものことだが改まった気持ちがして陽ざしものどやかでうるわしい空のけしき、人の心も浮きたって歌などを詠む人も多かったので、院の住まう仙洞で歌会が催された。

中将安則も招かれて立春の心を詠んだ。

ひととせの行き交ふ空のあけぼのにかすみやはらぎ春や先だつ

（一年をめぐる空のあけぼのに霞がやわらぎ春が立つ）

中将安則はつねづね詩歌に心をかけて風月を詠んでいたので、折節の季節のうつりかわりには心を動かされて歌を詠んできた。これは帰る鴈を詠んだ歌。

秋はきて春にはかへるかりがねの月にや花のおとるものかは

（秋にはやってきて春には帰っていく鴈は花より月を好むのだろうか）

春の暮れに詠んだ歌。

青柳のいとはかなくも見ゆるかなさりとて春をつなぎとめねば

（青柳がいかにもはかなくみえる。それでも春が行ってしまわぬようつなぎとめなければ）

春草の夢がなお残るうちに秋の声を枕にきくようになるものである。春もまた暮れて、卯月一日になった。今日は衣替えだというので山里に下がっていると、故中納言殿が装束などをつくらせたことを思い出して詠んだ歌。

夏衣花たちばなの香をしめば今日もむかしになりぬべきかな

（夏衣に花橘の香をつけると今日が昔にもどったようだ）

同じ月の十三日は父の忌日だというので、中将安則は仏事をとりおこなわせていた。夕方になって父中納言殿が住んでいた西の京へ行き、昔を恋しく思い出していると悲しみがおしよせてきた。時は移りゆく、というのもありきたりだが、ものに感じやすい人には今いっそう胸に迫るものがある。立派な邸宅が主人を失って臥猪《ふすい》の床《とこ》というような草むらとなっていくのもやるせない。ここに故中納言殿が住まっていたなら玉の礎、黄金の石子を敷いて美麗をつくしていただろう。帝がことのほか気に入って、たびたび行幸もあった。春は花を見るのに良いように園をつくって木を植え並べ、秋は月を見るのに良いように池を掘って水を湛えていた。そうしたさまざまな趣きあるしつらえが、いつの間にか荒れ果ててしまった。遠からず草深き伏見の里となってしまうだろう。そうなった野辺の景色が目に浮かんだとたんに涙がこぼれてくる。すぐには立ち去ることができずにそこで夜をあかして帰った。

三年ものあいだ、父の菩提を弔う仏道に進むことなく、孔子の儒教の道にしたがってきたのは、勅命ゆえに承知しないわけにはいかなかったとしても、中途で宗旨替えしたことがなにやら恐ろしく罪深いことのように思えてくる。そんなことをうつうつと思い悩んでいるときに、本原の侍従がやってきた。過ぎ去ってしまったことなどを引きあいにしてなぐさめるついでに、なんとも上品に書かれた文を「これをご覧なさいませ」と取り出した。開いてみると一条郎の筆跡で歌が書かれている。

恋しなん後にあはれや知らるべき生きてしとふは甲斐なかりけり

（恋したあとで哀しみを知るのですね。生きているうちにあうのはかなわなかった）

「こうして想いつづけてくれる人がいるのに、知らぬ顔ですごしているのも気の毒で薄情のようだけれど、よくご存知のとおり、故中納言が亡くなって後は、心得ぬことばかり多く、政事に紛れてしまった。いつとはいえないけれどひまができたらお訪ねしますと申し上げておくれ。」

中将安則はそういって侍従を返した。一条郎はそれを聞いて、あまりにつらすぎて生きながらえる気がしないと思っていた命も惜しくなって、今日は中将殿がくるだろうか、明日はくるだろうかと日々、門口で待ち焦がれているが、そうした人影もない。三千年に一度実をつけるという西王母の桃の花の咲く日を待っているようで、頼みの綱のないのはあまりにつらい。

中将安則のほうでも少しでも暇ができたら訪ねるつもりで忘れずにいたが、ようやく八月二十三日の夜、月がのぼるまでにと出かけて行った。供としてだれかれなどに支度させ、急いで馬引きを呼び寄せてあわただしく向かう。夕闇の薄暗がりは道がみえにくく、どこともしれぬ野原をかきわけていくようである。そこここにしきりと虫の声がして、谷を流れる水の音、走ればそよめく秋風が、夜が更けゆくにつれ身にしみて、あの方はどうしているだろうと、この情趣につられてしきりと気にかかる。たどり着いたところは、さびしげな古びた宿で、透垣がめぐらせてあって、どこも趣味よくしつらえられている。夜はひどく静かで、音もしない。もう寝てしまっているのかもしれないとしばしたたずんでいると童べが行きかう姿が明かり障子ごしにかすかに見えた。戸をたたかせると、たいそう身分の高そうな男が出てきたが、どなたかと問うべきではない方だと悟って、どこからいらしたかと聞いた。

「さる御方のお忍びでやってきました。お咎めなきよう」と言うのが聞こえて、一条郎は「もしや、中将安則か」と肝をつぶして出て行った。見るとまごうことなく中将安則である。すぐに中に案内して入れた。

急なことでなんの準備もなかったけれども、香をしめやかに燻らせて、酒などをゆったりとくみかわす。盃を交わしながら、中将安則は言う。

「すぐにもお訪ねしたかったのに、行こうとは思いながらもあれこれと所用があってなかなか来られなかったのです。」

「山里に引っ込んだ身で、名のみことごとしい中将安則とは釣り合わないと苦しいばかりの恋でした。でも今宵、いっぺんに苦しみがはれるようで、こうして情けをかけていただいたことがありがたく、身にあまる幸せです。」

さし昇った月はまだ山の端にあり、野辺の虫がしきりと声をたてるのも折知り顔。草におく露までもこの場を盛り立てるようで、しみじみとする。昔のことなどを言い合って尽きぬ話に枕を寄せて睦み合う。秋の夜長とは名ばかりで、あっというまに夜明けとなった。東雲のまだほのぐらいうちに帰っていく。「西山一夜送君帰《せいざんいちやきみをおくりてかえる》、夢入白雲深処飛《ゆめはしらくものふかきところにいりてとぶ》（西山で一夜を過ごした君が帰っていくのを送る。夢は白雲のなかにふかぶかと飛んで行ってしまった）」と漢詩に言うのもこういうことなのだろう。

それからのちというもの、二人は離れがたくなるばかりで、一条郎は漢和のことに詳しい人だからと公の政事についても語り合うようになった。昔の、今はなき世のことである。

見るひとの袖より袖にうつすなり涙かきやる水茎の跡

（この物語を読む人は涙をこらえきれないだろう）

某日某時

上野君消息

序

天台山、首楞厳院《しゅりょうごんいん》（比叡山延暦寺横川中堂）の僧侶、大浦阿闍梨《だいゆうのあじゃり》の同宿に稚児がいた。年は十一歳だった。ことにふれてもののあわれを感じる人で、常に心を澄ませて仏に花を供えては、じっと思いにふける様子で仏前に座り、涙を流して念珠をすりあわせている。そうして礼拝するのを同宿の僧に見つけられるとあわてて倶舎頌《くしやのじゆ》*1を手にとってなんでもないふりをしてごまかしていた。あまりに美しい稚児で、房主の阿闍梨は「ゆゆしくも天人に魅入られて天にとられてしまうかもしれない。とくに法にたけていないとそのようなことがある」と心配するほどだった。

やがて時がたち稚児は十四、五歳になった。成長するにしたがって見目かたち、気立てのよい、すばらしい稚児になって、谷内、院内のみなが格別にかわいがっていた。春は桜を愛でて日を暮らし、秋は月を眺めて夜を明かす。なにかというと人々は稚児のもとに集まっては歌会や音楽会などを催していた。稚児はこうした遊びにうつつをぬかす人々を避けるわけではないが、内心では思うところがあった。いつももの思いにふけりがちでいたので、なかにはなにか訳ありなのかといぶかる人もあった。またなにかよからぬことでも起きはしまいかと内心、心配している人もあった。こうして明かし暮らすなか、大勢の遊びにくる人のなかに修学者で法門をよく知る人がいると、稚児は尊き物語をしてくれとせがんで、釈迦仏の因行果徳といった悟りを得る道すじをききたがり、五百の知識にふれようとするのだった。釈迦が衆生を救うために示した八種の相である八相成道《はっそうじょうどう》の儀式、ならびに釈迦が王宮を出て檀徳山に入ったことを聞いては、いかにも心が晴れたという風。とにかく一刻も早く出家したいと願っているのだった。やがて房主に出家したいと懇願しつづけたのが実って、稚児は十六歳で出家し、すぐに千日行の山籠りをはじめた。千日入堂を終えると谷中の講説に入った。やがて尋常の修学者として許されて、四季の講という大講演をする衆の一人となった。

その小僧が生年二十一歳となったころ。卯月八日の夜、人々が寝静まったのち、微笑んで言った。

「この年月、申し上げるべきことがありましたのに、今までそれを思いながらも言い出すことができずにおりました。どうぞここから離れることをお許し願えないでしょうか。」

「なんと。いったい何があったのだ。どうしてここを出たいと?」

「たいしたことではございません。ただ父母に死に別れたときから、この世というのは最

＊1――倶舎頌　インドの世親が著した『阿《あ》毘《び》達磨《だつま》倶《く》舎論《しゃろん》』。

後は死で終わるのだと知りました。万事につけ、この世は儚いもの。この世に生きているのが厭わしいことに思えてまいりました。この学問の道を捨てて仏道へすすみたいと思うようになったのです。」

ここまで思い詰めているものを、惜しんで止めだてしても仕方がないだろう。僧は承知した。

「ではすぐに房主の阿闍梨に暇乞いをなさい。」

「お許しくださりうれしく思います。房主阿闍梨のところへ行く前に、まずはあなたさまに申し上げたかったのです。」

次の日の夜、小僧が房主阿闍梨にここを出たいと告げると、房主阿闍梨はおおいに驚いて言った。

「そのように申すのなら道心堅く、ひたすらに出家遁世の道を願っているのだろう。もはや他人がとやかく言って反対しても気が変わることはあるまい。ただし、山王大師にお許しいただくのは難しかろう。人法興隆すべき修学者が一人、山住みせずして山を離れるとは、仏が衆生教化のために身をやつしてやってくるという和光同塵の日には、残念な思いをされるでしょうから、よくよく山王さまにお願いしてみることだ。」

「おっしゃることまことにごもっともでございます。その由、すでにしかと山王大師に申し上げてございます。ただ願わくは房主さまに心からのお許しをいただきたいのです。そうでなければどうしてここを去れましょう。」

こう懇願されて房主阿闍梨はしかたなく暇乞いを受け入れた。

「年来いただきましたお情け、ご恩は、生きているあいだ感謝してもしきれません。このように白黒をわけるようにきっぱりと遁世の心がおこりましたのも、あなたさまの御徳によるものと思います。恩知らずにも突然に出て行こうとするのだとお思いになっていることでしょう。恩を知らぬわけではないのです。十分にご恩を知りながら、思うことがございまして申し上げているのです。快くご承知してくださいましたこと、うれしく思います。浄土に至りましたら必ずお迎えにまいります。どちらが先に浄土にいくかは年の順というわけではありませんので。」

小僧は墨染めの衣、袈裟にお経を入れた経袋、日笠などを首にかけ、藁靴を履いて庭に立つ。

「ずっとこの姿をしたかったのです。」

小僧は別れの挨拶をする。

「どこへいくのだ。どこへ住まうつもりなのだ。誰か伴に連れてはいかぬのか。」

これまで長いあいだ睦んできた仲とて房主阿闍梨は泣きながら小僧の袖にすがりついて狂ったように騒ぎだす。

「なぜそのようにおっしゃるのです。心外なことにございます。しっかりと思い決めてここを出ると申し上げたのですよ。伴を連れていくべき身であれば、伴も決めましょう。いまは落ち着くべきあてもまだございません。どこでも終の住み処となりましょうから、いずれどこかへとどまることになればお便りをすることもありましょう。お離しくださいませ。」

房主阿闍梨は、小僧の袖から手を離してしょんぼりと中へ入っていった。だれもだれも涙を流さぬ者はなかった。坊主阿闍梨は、その後、己を恥じた。自分の心は小僧のそれに劣っているのだと嘆き、日々を過ごしていた。

そののち、美濃国《みののくに》、祐向《いこう》という山寺から受戒しに比叡山へやってきた者が、たくされた小僧からの消息を届けた。その手紙にはこうあった。

「山上を出ましたあと、まず法輪寺に参詣して祈禱をいたしました。あれからのことを書いた日記を別紙にてお送りします。法輪寺を出て、諸国霊験の地をあちこち見てまわり、美濃国、祐向、文殊寺といわれるところで拝んでいたところで出会った受戒の者にたくしてお送りします。念仏勤行の功が積もってまいりまして、往生のときが近づいてまいりました。あなかしこ。俗世ではお別れいたしましたが、後世の供養をつとめますお約束は守るつもりでおります。きっと同じ仏の浄土で来世を共に過ごせましょう。このことを坊主阿闍梨さまに申し上げたくて急ぎお便りいたします。これから他国へ赴きます。あなかしこあなかしこ。お二人ともよくよく念仏なさいませ。今生の情けは、一旦のこと。後世のつとめは累劫《るいこう》の貯《たくわ》え。お返事は無用にございます。居場所を定めているのならいただけましょうが、世の人の結縁のために日本国を経巡《へめぐ》っておりますので。日頃の修行の日記をどうぞご覧になってください。かえすがえすも念仏のおつとめをなさいますよう。あなかしこあなかしこ。」

上野君消息

過ぎし年の夏の暮れ、月明かりのなか、法輪寺に参詣しようと思って大井川のほとりにでると、川波も静かで月の光ものどやかな、あまりに明るい夜半で、藤原重家《しげいえ》の歌「播磨《はりま》潟須磨《がたすま》のうらわに漕ぎくれどここもあかしと見ゆる月かげ」ではないが、ここも明石と言いたくなるよう。能因法師の歌「心あらむ人にみせばや津の国の難波わたりの春の景色を」ではないが心ある人に見せたいよう。渡し舟に乗って、月の光のさすにまかせて南の岸に渡り着いた。

稲荷の御社《みやしろ》の実に神さびた様子はなんともすばらしいと眺めながら、本堂に辿り着く。他に参詣する人の気配もない。内陣からかすかに閼伽の水を供える音がしている。前の杉の庵からは鈴《りん》を鳴らす音ばかりが聞こえてくる。よにも心細く感じて、正面にまわって「南无帰《なむき》命頂礼《みょうちょうらい》、大満虚空菩薩《だいまんこくうぼさつ》、臨終正念《りんじゅうしょうねん》、往生極楽《おうじょうごくらく》」と拝んで、静かに念仏を唱えて法施などをさしあげ、身業《しんごう》、口業《くごう》、意業《いごう》の三業《さんごう》をひそめていたところ、夜もふけてきた。

月が明るくて心が澄みわたっていく。ふと人影が見えた。よく見ると稚児か、女房か、小袖だけを着ている幼げな者がやってくるのだった。不思議に思って見ていると、御堂《みどう》の正面につっと立ちどまった。見れば歳のころ十四、五ほどの稚児で、顔つき、しぐさがいかにも優美で、姿かたちもただならぬ美しさ。目もと、口もと、たたずまいのすばらしさはため息がでるほどである。これはなんだ、妖《あやか》しかと思いながらも声をかける。

「どうしたのです。こんな夜更けに一人でいらっしゃるとは。」

稚児は微笑んで言った。

「月の美しいときにはここへくるのです。」

僧は、にわかに親しみを感じて近くに寄って言った。

「それにしてもどこからやってきたのですか。こんな夜更けで人々も寝静まっているというのに、外から来たのではないでしょう。もしかしてこの寺の方でいらっしゃるのですか。」

「はるかなるところにおりましたが、大井川のほとりの月がどんなにまぶしく、美しかろうと思って、ふらふらと月に誘われてやってきたのです。」

「それはよくやってきたことですね。ならば今宵は私が夜を明かして夜伽《よとぎ》のお相手をしましょう。」

不思議なことだと思いながら僧がそう言うと、稚児は興をそそられた様子で言った。

「誰だか存じ上げない方が私の夜伽をなさるとおっしゃるとは。なにはともあれ、どちらからいらっしゃったのですか。」

「私は北山の片隅に住んでいますが、なにかに導かれたのでしょうか。なにか物狂いのような心持ちがしてここへやってきたのです。」

「比良の高嶺でしょうか、大原でしょうか。北山とうかがうとなつかしく感じます。」

僧は「魅力的な稚児だなぁ」といっそう心惹かれて、見境《みさかい》がないとは思いながらも気持ちを抑えきれなくなってしまった。さて稚児は、月明かりを浴びながら浮世のはかなさばかりを語る。そのもの言いといい、振る舞いといい、夜目にもあまりにすばらしくて、我慢がならず、つと近くに寄りそって、手をとるなどして戯れていると稚児が言った。

「今宵、夜伽をしょうとかおっしゃったのは、本当に夜を徹してお相手すべき人だったからなのでしょう。ならば私の話すことをきいてほしいのです。」

僧はなんともうれしくなって「どうにでも私の身はおまかせいたします」と言った。

「それはちょうどよかった。和泉式部が詠んだとかいう
くらきよりくらき道にぞ入りぬべきはるかに照らせ山の端の月
という歌の心をいろんな人に聞いてみて、自分でも考えてはみましたが、しっかりと説明できる人もおらず、私もよくわかったとは思えないのです。このことを教えてくださるなら、いかようにも我が身をあなたの心のままにおまかせしましょう。」

僧は舞い上がる思いで、この歌の真意をどう言ったらいいのやらわからなかったけれども、この稚児がどうにでも我に従おうと言うのがうれしくて、がむしゃらになって言った。

「それは辺地《へち》のことを言っているのでございましょう。『法華経』化城喩品《けじようゆほん》にあります「従《じゆう》冥《みよう》入於冥《にゆうおみよう》」の心を詠んだものにございましょう。」

「ではその漢文の意味を教えてください。」

重ねて問われて、僧は驚いたが答えぬわけにはいかない。

「億々万劫《おくおくまんごう》の間に諸仏が世に出生なさったことは、まことにありがたく、かの優曇華《うどんげ》が三千年に一度花を咲かせるように、つかのま世に現れなさったのですが、我らがお目にかかること、これはむずかしい。昔、ブッダが、舎衛国《しゃえこく》*2にましますこと、二十五年、とはいえ九億のなかの三億は見ることができず、また知ることもない。ブッダに拝顔がかなうのは、一眼の亀が浮木の穴に入るのに相当する難しいことです。

この世に現れたブッダに遭遇したことのない人々は、心のままに暮らして罪をつくる。戒めを破ってそれを恥とも思わない破戒無慚《はかいむざん》なのです。煩悩に煩悩を重ね、悪業に悪業を重ねていき、悪業をなすことといったら牛の毛の本数より多く、善行をなすことなど兎に角が生えるほどに稀だということになります。順境にあれば、心を惑わせることはないかもしれませんが、逆境になるととんでもない害となります。日に添え月にまぎれて日々悪業ばかりを重ねれば、煩悩の雲に覆われたままで知恵を得ることはできません。それでこの世の中は生死をくり返すばかりで迷いの尽きない闇、「生死長夜《しょうじじょうや》」だとブッダは言ったのです。『唯識論《ゆいしきろん》』という書物にも「永遠に真の悟りを得ることなく、常に夢の中にいる」とあり、ゆえに

＊2――舎衛国　古代インドの都市。コーサラ国の首都で、釈尊が好んで滞在した祇園精舎がある。

仏説に「生死の長夜となす」と説いたのです。

こうした闇に惑う浮世から、悪業の結果堕ちるという地獄道、餓鬼道、畜生道の三つの悪道よりもひどいところへ行くという意味で、冥《くら》きより冥き道に入ると詠んだのでしょう。また、ブッダは常に月にたとえられて、歌に詠まれ、書物にも書かれました。はるかに鏡を眺めて助けたまえというように、はるかに照らせ山の端の月と詠んだものと理解しております。」

「なんと感動的なことでしょう。これほどに尊いお方なら、このようなわびしい山寺にいらっしゃる方ではないでしょう。本寺、本山のお方だと思いますから、どうぞご事情を詳しくおっしゃってください。そうしたら私の思うところをまた申し上げましょう。」

僧はこれほど親しくなったのだから、まったくもってなにを隠し立てすることがあろうと思って打ちとけて話しだした。

「私は宮城の北のほど、賀茂のほとりの生まれですが、九歳になったころの弥生のはじめに母が亡くなってしまい、すぐにその年の卯月の末に園城寺に入って、三井寺流に結縁しました。龍華《りゅうげ》の花房をもてあそぶほどに、高倉の宮の争いのあおりをうけて寺を出たところ、すぐに三井寺も焼失してしまい、正経も龍宮の塵と化してしまいましたので、悩んでいたところ、次第に俗世に生きるのが厭わしくなって、かなしいことに憂き身のおきどころもなく困っていたところ、ひょんなことから比叡山にのぼって髪をおろして出家することになりました。それから年月が経つにつれて、折に触れて寺内の名声とでもいいますか、名利を厭わしく思うようになりましたが、まだ幼く、思うともなし、思わぬともなく、ただ明かし暮らしていました。だんだん大人の衆徒にまじわれるようになり、はかなき世の中を知るようになりましたが、それでも世を捨てるまでに至らず過ごしていましたが、実は、今日、山から出てきたところだったのです。」

稚児は感心したようにこう言った。

「なるほど天台宗に詳しい方だと思ったのは、そういうわけなのですね。お話しくださった和歌の心のご説明はまことに立派でございました。人に話をさせるばかりで私がなにも申さぬというのも恐縮でございます。私が聞いたことについて、ぼつぼつ語りましょう。

まず仏道に進むには、この世の中のはかなさを知ることからはじまって、この世を厭わしく思うようになることです。春に鶯が桜の花の中で遊んでも、花が散ればどこかへ行ってしまう。秋の露が葉をうるおしても、葉が落ちてしまえば露は乾いてしまう。不如帰《ほととぎす》が花橘の枝で鳴くとも、その声は水無月にもなれば聞かれなくなる。紅葉の錦が四方の山辺を彩れど、峰に嵐が吹けば梢はまばらになる。また冬の雪が宿を隠すも、春の日ざしがさせば、ただ庭の苔をうるおすだけとなる。年をとおして色を変えぬ松柏は寿《ひさ》しとはいえ、千世《ちよ》を経てのちまでは残るまい。亀鶴の永き寿《いのち》といえどもどちらもいつかは尽きる。およそ思慮のある人は、このように思い続けて真の仏道への発心をするのである。ゆえに縁覚《えんがく》という聖は、花が散り、葉の落ちるのを見て悟りを開いたのだ。世の中の人は春の花、秋の月を見ては、恋人を想い、その顔ばせに似ているものとしてなぞらえるけれども、浮世のならいとて花は風にさそわれて散り、月は山に隠れる。このように常無《つねな》きことを知らずして明かし暮らすほどに憂いの山の峰に痛みの雲がたなびき、悲しみの海の岸に嘆きの波が寄せくれば何は難波《なにわ》のあれこれも、思いどおりにはいかなくて一生を虚しく暮らすのだ。

朝に生まれて、暮れに死す。宵に遊ぶものは暁に隠れる。親が子を失って、若きが老いに先立つことを悲しみ、子は親を亡くして我が身に替えられぬ別れを恨む。

あるいは生き別れとなることもある。昔《いにしえ》の王昭君《おうしょうくん》がそれだ。想いを不死と富士の高嶺にかよわせども涙はただ袖をぬらすばかり。

あるいは死に別れとなることもある。昔の楊貴妃がそれだ。想いを蓬萊の波に沈めたつもりでもわずかにその髪飾りが見えている。

哀れなるかな。一度《ひとたび》別れれば、再び会うことはない。悲しきかな。身分の貴《たか》き者も賤《いや》しき者もみな生死の苦海に沈む。鏡の中に面影を並べ、容色の衰えぬうちに微笑み合い、衾の下で肌寄せ睦みあう……すべては命の消え去るまでのことだ。

命長しといえども、老いに至れば何の愉しみがあろうか。顔は波を寄せたよう、頭には霜をのせたようになり、筋《すじ》ばって腰がかがまってしまっては、だれかと睦み合うのははばかれる。立居につけて若き人々の前で恥じ入る。声をひそめて睦み語らおうとするが、愛を失い、容姿も衰えて、妬みだしてさらに嫌われることが増す。

春の日、花を見れば、自分の容姿が花よりも先にしぼんでいることを嘆き、秋の夜、月を眺めても自分の歳が月齢よりも傾いていることに恥じ入る。

だから命長くある人とてもうらやましいことはない。とりわけ哀れに感じるのは男女の仲である。想いを寄せ合う二人でもひとたび夜を共にするようになれば、いつしか訪れがなくなり、枕に塵がつもったと恨み出し、しばらく共寝がなくなれば衣をかえして夢に現れまいかとすがりつく。嵐吹き荒れ寒い冬の夜も枕を交わして寒さを忘れ、水を汲んで涼む夏の夜も、膝を並べて暑さを忍ぶ。こうして片時も離れずにいてほしいと恨む心の病いが、身をも患わせ寝込んでしまい具合がいつとなく悪くなって命を失くしてしまえば、別れの悲しみを嘆いてはくれようとも、その死したる身をもはや愛してはもらえない。もう会えなくなると悲しめど、急いで荒野へ運んで荼毘にふす。

だからどんなに想いを寄せている人でも欲しいとは思わない。最後まで我が身に添うてはくれないのだから錦のしとねを敷いて迎え入れても意味がない。蓬《よもぎ》の上に寝るなら興醒めだとはいえ花がそばにある。まるで意味のないものといえば玉のうてなたる立派な御殿である。いわんや色を合わせて整えた着物の単衣も我が身についてくるわけでなし、箱に蓄えた宝もむなしく他の人の宝となるのである。息絶えてなお、我の身についてくるものといえば、地獄で亡者を責め立てる牛頭馬頭《ごずめず》*3のうとましいことばかり。頭には三熱の炎を燃やし、手には鉄《くろがね》の笞《むち》をさげた、いまだかつて見たこともない姿の猛者たちをいまさらに見ることになる心持ちはいかばかりであろうか。第一、罪の重さ軽さにしたがって悪道へと連れ去っていく猛者たちは、姿が美しかろうが情け容赦はない。地位のあるなしにかかわらず哀れもかけられず、猛き炎の中に入れられて、そののち無量劫の永遠のときを超えて出ることができなくなるとも知らずにいる。

それなのに夜伽するとかなんとかおっしゃったことのおかしさよ。地獄の果てまでも共に参ろうというのならば真《まこと》の夜伽、睦み合いとなりましょう。ただこの世ばかりの約束ならばともかくもかないましょうが、このような憂き世だとも知らずにこの世が常なるものと思い込んで、男は春の花のひらくがごとくの栄耀を求め、女は秋の月のような美麗を求めるのです。宝を蔵に蓄え、箱に収め、田舎で儲けた妻子を都に住まわせようとする。

なかでも愚かなのは人の生き死にである。赤白二滴《しやくびやくにてい》たる父母の精と血とを受けて、魂はその中に入り、三十八かける七日の二百六十余日のあいだ、七日ごとにその形が転変して人相をようやく備えていく。月日すでに満ちて、はじめて母胎を出ずるときは、生き剝ぎの牛をカギに下げるがごとくの痛みだという。腹にいるあいだはもろもろの不浄、悪穢《あくえ》を食物として、生まれ出ずれば血の中に伏してなすすべもない。人となったのちも、死んでしまったあとのありさまは、生臭い屍がひとり荒野に置き去りにされ風にふかれ雨にさらされるばかり。白かった肌の色も黒いしみにおおわれ、颯爽としていた姿もおどろくほど太って、硬直した手足があちこちをむいていて、足は袋に風をつつんでいるかのようにふくれている。美しかった黒髪は虫がむらがり、草の本にまといつき、なまめかしかった目は烏がほじくり、木の節を打ち抜いたような穴となる。身体破裂して、色形が変わってしまえば身分の貴き者も賤

＊3——牛頭馬頭　地獄にいるという獄卒《ごくそつ》のこと。

しき者もその印はすでにない。膿汁わき出て土色のマダラ模様となる。半ばは青く、半ばは赤い。足も手もあの木の下、この草の下に散り散りになっている。

屍は野辺の草を汚し、悪臭が鼻をつき、不気味さに直視できない。いわんや抱き寄せて愛を交わすことなどできようか。

死んではじめてこのようになってしまったわけではない。生きているときも不浄なのである。それを白い肌の上に単衣を重ねて隠しているだけで、その下にある諸々の悪穢を隠しているのだ。賢き人は、これを瑠璃の甕に糞穢《ふんえ》を入れたるがごとしと見る。愚かなる者は愛欲の皮を目の上に貼って、男女の身の不浄なることを見ずにいる。まるで屍をむさぼる犬のようである。

かくのごとくを知らずして、恋い焦がれ、意にそわなければ恨み、思い通りになれば喜んでいる。

女人の身を見ても、みな内にはもろもろの不浄を隠しているのである。大毒蛇を孕《はら》む女もいる。不用意に近づけば仏道を志す正念は失われ、愛すれば煩悩を離れる無漏の聖財を奪われると思え。このように観想することを、十二因縁を観すともいい、不浄の観念とも申す。諸仏の説教は浅いところから深いところへと至り、世間のことを以て、悟りを得る方法を教えるのである。我が申すことは無駄なことに聞こえるかもしれぬが、経蔵、律蔵、論蔵の三蔵教に説かれている、おのおのを分析的に考える析空観《しやっくうかん》の方法なのである。

少し賢い人ならばより深くものを考えるべきである。成仏に導く完璧な道を教える円頓の教法は蔵に満ち、箱に満ちているのに、それを学ぶ者がいない。過去、現在、未来の三世の諸仏は空にいらっしゃり、国にいらっしゃるというのに奉る者がいない。だから聖人の行をめざしても悟りの菩提に至ることができず、仏道に因縁を結んでも悟りの正覚を得られないのだ。おおよそ真の聖人といえるのは、津の国の難波にあり、すべてはその実りである。童子のたわむれに、子を集めるのは、仏の道をつくるためである。気まぐれに手折るひとふさの花は来世でブッダとなる成仏の兆しと思うべきである。

おおよそ、本当に悟りを得たいと思う人は、円観念をこらすべし。円観念というのは、自分の心のなかをよく観ることだ。自分の心には躰性《たいしょう》があるのやら、ないのやら。あると言おうとして目を閉じてこれを思うに、躰性はなく、色かたちもない。またないと言おうとすれば、躰の線をなぞるようにしてみると、ここに色がある、ここにかたちがあると思う。心性とは、有にあらず、無にあらず。これはどちらでもないという中道をこそ第一とする甚深の理《ことわり》たる深い考え方である。

過去、現在、未来の三世の諸仏は因縁を借り、十方の大士は譬喩《たとえ》を以て我を遣わしたのである。およそ、我、一念の心性から万法は生まれるのである。昔より仏といい、衆生というものは心をなくしては存在しない。我が心は空なり。空観《くうかん》の胸の内には、悪もなく善もない。

悪業は何によって棲みつくようになるのか。空中の風を止めることができないのと同じく、心ありと思えば、罪もまたある。悪趣を感じる心なしと思えば罪も空《くう》となる。それでいったいだれが果報を得るだろう。

もし自分の心が悪趣をおこせば、中道の相はなく、たちまちに地獄道、餓鬼道、畜生道、人間道、天上道の五道を輪廻転生することになるだろう。もし心が悪を留めるなら、煩悩悪業はともに忘失するだろう。

例えば、一つの珠を以て日光にのぞめば火をとり、月光にのぞめば水をとる。この珠は、火をとっても、水をとってもそのすがたは変わらない。法性の真珠が転変するというのも、それと同じことである。

そういうわけで『華厳経』には「三界唯一心　心外無別法　心仏及衆生　是三無差別」（三界は唯《ただ》一つの心なり。心のほかに別に法なし。心と仏とおよび衆生と、この三つは差別なし）と説かれている。

天台では、「煩悩すなわち菩提」なので、迷いの心の積み重ねを「集」として断たねばならないわけではないし、「生死やがて涅槃」なれば、生、老、病、死の苦しみを「苦」としてなくすべきでもないと講釈されているのである。したがって奈落の底、地獄の猛き炎も成仏する身に備わるものであり、知恵と慈悲の光を照らす大いなる毘盧舎那《びるしゃな》の身も、我らが一念に依るものであり、極楽世界の十万億の仏土は我が胸の内に思うことで存在するのである。兜率天《とそつてん》のびょうびょうたる雲路を訪ねるのも衆生の一念による。それゆえに、『観無量寿経』には、極楽世界を「去此不遠《こしふおん》」（此を去りて遠からず）、すなわち遠い彼方でもあり、すぐそこでもあると説くのである。

三教四時の方便は、声聞《しょうもん》、縁覚《えんがく》、菩薩の三乗が一つになった一乗法華のためにあり、釈尊がこの世に現れ出たのもこの妙法を演説するためである。

『妙法蓮華経』の六万九千余りの文字は、雄々しき漢籍であるといえども要をとれば、ただ我が一念の心性を説いているのである。心のなかをじっくりと見るという、この観念をこそブッダも喜び、菩薩も尊ぶのである。

仏道修行を妨げる悪魔たる天子魔は仏界に存在し、善行を妨げる悪魔たる煩悩魔は変じやすく、成仏へのさまたげとなる。

ただし心の中をじっくりと観念することが難しいと思うなら、ただ念仏を唱えるがよい。念仏には事理《じり》がある。事《じ》の念仏というのは散心である。世を渡り、妻子を持ちながら、ただ一心に南無阿弥陀仏と唱えるのである。この六字の名号《みょうごう》にブッダの生涯をかけた教え、一代聖教が残りなく込められている。南無とは梵語《ぼんご》*4で、これは仏の教えを信じそれに従う帰命《きみょう》のことである。阿弥陀の三字はすなわちすべての存在は空であり、すべての事象は因縁によって存在する仮であり、すべての存在は空でも有でもない中であるという、空仮中《くうけちゅう》である。仏のことを、真理を体得した覚者《かくしゃ》と言う。阿弥陀の三字のなかに弥陀の初発心のときから悟りにいたった仏果円満の今にいたるまで備わっている功徳法門《くどくほうもん》が込められている。弥陀の一身のみならず、十万三世の諸仏の功徳もこの三字のなかに含まれている。それゆえにたとえ散心であっても、不浄であっても、退転することはない。南無阿弥陀仏の名号をとなえれば、前世からもちこされた無始《むし》の罪障もたちまちに滅して、往生することができるのだ。

理の念仏というのは先に述べた観念のことである。一実真如《いちじつしんにょ》の理を観想するのを、理の念仏という。例えば依法《えほう》と正法《しょうほう》とがある。依法を観するというのは、心を八功徳の池に澄ませて、波の苦、空と唱えるのを観し、思いを七重宝樹《しちじゅうほうじゅ》にかけて、風が常楽の安寧を伝えるのを思うことである。正法を観するというのは、阿弥陀如来の六十万億那由他由旬《なゆたゆじゅん》の身には八万四千の相好があるが、仏の烏瑟《うしつ》たる肉髻《にくけい》の頂きより、足裏の輻輪《ふくりん》*5にいたるまでをはっきりと思うことである。この正法の観念は、広く経論に書かれているとおりである。かつ『往生要集』*6三巻に詳しく書かれている。巻をひらいて、学習すべきである。

なによりまず、名利を厭い往生を願うことである。往生の敵は仏道の障り。栄耀栄華の名利に良いことはない。しかるに天台では「若為名聞利養《にやくいみようもんりよう》、則累劫不得《そくるいこうふとく》」（名声と財のためにするのなら、どれだけ長い時間をかけても得られない）と言うのである。

このような理《ことわり》を知らずして明かし暮らしているうちに、今生の悪業の力によって悪道に堕ちるゆえに「冥きより冥き道にぞ入りぬべき」と詠んだのだ。次の七七の句はあなたのおっしゃるとおり。あなたを見ると、衣の色も薄いし、栄耀栄華の名利をも捨てきれずにいるようだ。手をとって睦み戯れようとしたのだから不浄観をも習得させねばなるまいと思う。いずれにしろ我が伴にはふさわしくない。すぐに帰り、栄耀栄華の名利を離れ、教法を習い学

＊4――梵語　古代インドの文語であるサンスクリット。
＊5――輻輪　仏の足の裏に印されているしるし。
＊6――『往生要集』　源信が寛和元（九八五）年に著した仏教書。本作の主人公がいた首楞厳院で書かれた。

びたまえ。教法流布のために生まれてきた宿命だったのではないのか。なぜ真金《しんこん》を持ちながら泥に沈めて無駄にするのだ。

我が申すことは、みなこれ、過去、現在、未来の三世の諸仏の説法である。私《わたくし》にいうことばではないが、人には告げてはならぬ。」

こう言うと、稚児は「眠たくなってしまいましたので、しばらく眠って、暁方にでもお相手いたしましょう」と寝てしまった。

「これはいったどうしたことか。不思議やな」と思いながら、僧もともに伏した。少しまどろんではっと目を覚ますと、そばに寝ていたはずの稚児がいない。もしかしてちょっと出て行っただけかもしれないと思うが姿は見えない。

「不思議だなぁ。夢だったのか、うつつのことだったのか。夢でもないし、うつつでもないような。昔の聖徳太子が再び生まれて、私を教化しにきたのだろうか。はたまた、釈尊が虚空蔵の童子に変化《へんげ》して説法をしにやってきたのだろうか。」

そう思いながら、僧はなんともありがたいことだと喜びの気持ちで満たされ涙する。この瞬間、たちまちのうちに前世の宿命に目覚めて、栄耀栄華の名利を離れ、一心に念仏を唱えることを業として行うようになった。

あなかしこあなかしこ。

私に後生のための勤めをさせたまえ。夢のようにはなかく短かい世である。受け難き人界に生を受けながらぐずぐずと俗世にいらっしゃいますな。悪縁から離れて、名利をお捨てなさいませ。これまでにいただきましたお情け、ご恩を忘れず、浄土にまいりましたら必ずお迎えに参ります。ゆめゆめお疑いなさいますな。

あなかしこあなかしこ。

離山は生年二十二歳、ご不審なきようここに注記する。

六月十二日　　　　僧円厳

横川般若谷大浦君《よかわのはんにゃたにのたゆうのきみ》の御房

ときに暦応三（一三四〇）年庚辰六月十四日、大和国高市郡大窪寺においてこれを書写す。ひとえにこれ、仏法興隆のためなり。おのおの、この書の詞をもって、発心の初めとなして、自他に同じく、菩提をなさんとするや。

執筆永信

主良禅之

相伝

ゆくすえの忘れがたみとなりやせむ難波の浦の葦手なりとも

（行く末の忘れ形見となるだろうか。難波の浦の葦手のような筆跡であっても）

信

菩提寺宝珠院住僧智海　文永三（一二六六）年丙寅十月十九日

相伝幸音

極楽のうちにもこしをかくべきにそとはなにかはくるしかるべき

（極楽の内こそ居るべきところ、他には何をか望もうか）

弁の草紙

さても前仏が世を去って早くも二千余年の春秋を過ぎた。経巻に教えは残るといえども時勢衰え、それを学ぶ人は少ない。後仏はいまだ世に現れず、種々の魔法の者がやって来ては人々を悩ませていた。中有の闇にまどい、夢醒めがたく、あまつさえ乱世となって、法師は袈裟、衣を忘れ、俗人は浄衣直垂で精進潔斎することもない。わずかにも心ある人ならば誰がこれを嘆かずにいられよう。

さて、いつのころであっただろうか、常陸国《ひたちのくに》、行方郡《なめかたのこおり》というところに竹原左近尉《さこんのじょう》平昌保《たいらのまさやす》という人がいた。武芸、人柄にすぐれ、並びなき武運のある人であった。その先祖をたずねれば、桓武天皇より六代の後胤[*1]、平将軍貞盛卿《さだもりきょう》の末孫にあたる。流れ来たりて常陸の大掾《だいじょう》、平貞国卿の次男という方である。学問を好み、夏は閑荘に蛍を集めて夜を明かす灯りとし、秋は槙《まき》の屋根の隙間をこぼれる月あかりを待ち、四季転変の折々に敷島の道たる和歌を嗜《たしな》んだ。

あるとき、いかなる心持ちでいたのか、人間の盛衰を思案しだして、古めかしい譬えではあれど、蜉蝣《かげろう》のあだに短い命も、朝顔が日の出を待つ間も、みなこれ我ら人の命のはかなさに同じだと思い至り、発心の志が深くなった。むかし、鳥羽院の御代に、左藤兵衛憲清《のりきよ》が髻《もとどり》を切って剃髪、染め衣の姿となって西行上人と名乗ったこともうらやましく思えども、父母の気持ち、北の方の嘆きをさすがにおもんばかって虚しく月日を送っていた。子があり、三歳になっていた。また秋の頃から北の方に懐妊の兆しがあり、思い残すことがありすぎた。あるとき、昌保は北の方に向き合ってこう告げた。

「まずは聞いてくだされ。浮世の無常は定めなきものなれど、なかでも弓馬の家すなわち武士と生まれたからは、夕日の落ちるがままに日々を暮らし、この年月、仏道という願う道に入り損ねてきた。が、死してのちの世はどうなることであろう。」

幼い子の髪をかきなでて切々と説く。

「この若君は武士の家に生まれたのだから家を継がねばならぬだろう。だが、もし次に生まれてくる子も男ならば、その子を法師となして、我が後世を弔わせ、あなたの後世の救いとしてはくださるまいか。」

まことに縁起でもないことである。こうした悩みが心に積もり積もってか、その冬のころ、国に兵乱が起こると平昌保は討ち死にしてしまった。父、母の嘆き、北の方のそれはいうにおよばず、一門一族、他家の人までもみなその死を惜しまぬ者はなかった。

さて、あらたまの春を迎え新年である。北の方は悲しみも冷めやらぬなか、お産をし、世

＊1――後胤　子孫のこと。

にもきよらな玉のような男の子が生まれた。嘆きのなかの喜びとて、たいそうなかわいがりようであった。この子が七つになったころ、いまだ離れ難い思いはあれど、亡き夫の遺言どおりに下野国日光山の寺の座主のもとへ子を送った。今から成長した姿が楽しみなほどの美しさで座主はたいそうかわいがり、この寺の者たちも大切に世話をした。習字や習い事をはじめる年頃となって、子は西谷の円実坊《えんじつぼう》の昌誉《しょうよ》僧都の元へと移された。学問に聡く賢く、筆をとればたどたどしいところがない。こうして五年ばかり、円実坊に住みこんで立派に大人びていった。

やがて寄る年波のせいか、または病いにおかされたためであろうか、西谷の僧都の命も限りとみえるようになった。僧都はこの稚児の姿をじっと見つめて言った。

「いとおしい。長生きできるなら、ああしてやりたいこうしてやりたいなどと思ってきたが、もはやいまはむなしくも叶いそうにない。私が亡きあとにも心を入れて経を読み、手習いを怠らぬように。まことに後ろ髪をひかれる思いだ。」

西谷の僧都は、いざというときのために東谷の教城坊昌長《きょうじょうぼうしょうちょう》僧都を枕近くに呼び寄せた。

「老僧はこうして死んでいくが、この稚児をかわいがって、出家、学問を遂げさせてやってくれ。この一山の僧となし、亡き父親の後世、我らの後世も弔わせるようにしておくれ。」

こうしたことをくれぐれも言うので、昌長僧都はあまりに気の毒で拒みがたくて引き受けることになった。

昌長僧都は、深い慈悲の心を持ち、たとえ僧侶の着る三衣の袈裟が破れようとも不退の行法を途絶えることなく行い、托鉢行で鉢が空であっても悲観することなく、一心三観に思いをかけ一念三千の心をすまし、世にありがたき方なのであった。かくしてこの稚児は、十二歳となり故昌誉僧都を慕って西谷を離れがたく思うらしい姿はまことに哀れだったが、あれこれとなぐさめて、東谷の昌長僧都のもとにひきとった。名を千代若丸といい、実に優美なのだった。千代若丸が仏教の論談をする声は極楽に棲む鳥、頻伽《びんが》のよう。歌う声はまだ夜明けのころ鶯が寝床としている梢にほのかに鳴く音のようだった。

一山の催しには、誰もがまずこの稚児がやってくるのを心待ちにし、そわそわする。千代若丸は和歌の道にも深い心得があり、あるときなど、明け方近くに、鶯の声が聞こえると、まるで人の声のようだと目を覚まして歌を詠んだ。

梅が香にさそわれけりな鶯のまだ東雲《しののめ》にひと声は鳴く

（梅の香りに誘われたのだな。鶯がまだ夜明け方に人の声のようにして一声鳴く）

梅の香に誘われて鳴くというのは、なるほどそのとおりだなとみなこの歌に感じ入った。

かつて筆をはじめてとらせて手習いを教えた人々は、はじめたばかりで難波津の歌をたどたどしく書いていたころから格段に成長したものだとほめたてている。折節ごとの会席でも、手習いのときのはしり書きでも、和歌ばかりを好むので、人々は父上が武士として討ち死にしたことなどを言い含めいさめたりするけれども、とかく千代若丸の心をしめているのは和歌なのである。どんな憂愁の思いがあるのか、こんな一首を詠んだ。

まつことの花も甲斐なく散りゆけば身のはかなさぞ思ひしらるる

（花の盛りを待った甲斐もなくあっけなく散りゆくのを見ると、わが身のはかなさが思い知られる）

「これはなんとしたことか。若いみそらであまりに忌まわしい歌いぶりではないか」と非難がましく言いたてる人もあった。

さて、昌長僧都の僧房は中禅寺といってなお山深き霊社である。この御嶽こそが世にいわれる黒髪山《くろかみやま》*2である。勝道上人《しょうどうしょうにん》が、かの黒髪山に千年の霊像を彫《きざ》み立て、その霊像を安置する御堂《みどう》を弘法大師が建立なさって補陀落山《ふだらくせん》*3と額を書かれた。まことに補陀落への道と見える地である。昌長僧都が、かの山に三年こもって勤行することになった。千代若丸は寺中に残るよう言われていたのだが、どのような思いからか、閼伽の水を汲み、花をつみ、共に修行したいと願って山籠りに同行した。そこは、背後に高い山が聳《そび》え立ち、前には湖水をたたえている。『源氏物語』「関屋」巻で石山寺詣での道中、すれ違った空蝉に光源氏が送った歌「わくらばに行き逢ふ道を頼みしもなほかひなしや潮《しほ》ならぬ海」（偶然に行き逢った運命によりかかろうにも甲斐がないのですね、近江は潮のない海ですから貝もなくて）と琵琶湖を詠んだのに似た景色とでもいえばよいだろうか。

室町時代の連歌師春陽坊専順《しゅんようぼうせんじゅん》のこんな歌がある。

いとふらむ黒髪山に影うつすうみの鏡の霜と雪とを

（黒髪山の影を映す鏡の湖が霜や雪でくもるのは嫌なことでしょう）

飛簷《ひえん》の柱に今も残っている。同じく室町時代の連歌師十住心院心敬《じゅうじゅうしんいんしんけい》の歌にはこんなのがある。

たのもしな三年《みとせ》こもれる法《のり》の師をさぞな天照神《あまてるかみ》もまぼらむ

＊2――黒髪山　栃木県日光市にある男体山《なんたいさん》の別称。
＊3――補陀落山　インドの南海岸にあり、観音が住むといわれる山。補陀落とは、サンスクリット語で観音浄土のこと。

（頼もしいことだ、三年こもった法師をしっかりと天照神が見守ってくれるだろうから）

心敬は天台宗の僧侶であったから、三年もの籠りをして詠んだのであろうか。また聖護院道興《どうこう》の歌にこんなのがある。

雲霧もおよばで高き山の端にわきて照り添ふ日の光りかな

（雲や霧も届かぬほどの高い山の端にとりわけて照り添う日の光りだな）

あるいは連歌の発句に、折しも秋のなかばというのでこんなのがある。

水海《みずうみ》に錦をあらふ紅葉かな

（湖を錦に染める紅葉だな）

これに付句して

江に影ひたす秋の遠山

（入江にひたされた秋の遠山の影）

とあったとか。その他にも、いにしえ人の歌があったがみな書き漏らしてしまった。といってもう一首。新田刑部大輔、源尚純《みなもとのなおずみ》卿が、歌ケ浜といわれる中禅寺湖の南岸で詠んだこんな歌がある。

越《こし》の海にありといふなるうたの浜あはせてみねどまけじとぞ思ふ

（越の海たる日本海にあるときく歌の浜と比べてみたことがないが、この歌ヶ浜も負けていないと思う）

『万葉集』に入っている名所に、紅葉の浦、八潮の滝、老松、若松、寺が崎、日輪寺、上野嶋がある。岩ふる浜、千手の岡などの景は筆にも写しがたい美しさだ。

さて、年月すぎて、千代若丸は十五歳になった。長く伸ばしていた髪を剃るときがきた。一山の老いも若きもそれを惜しみ、尼のように毛先を削ぐだけにして戒を授け、弁公昌信《べんこうしょうしん》と名をつけた。尼削ぎの髪がさらさらと顔に落ちかかって、美しき眉が見え隠れするさまは、たとえていえば『源氏物語』「野分」巻で夕霧が紫の上を垣間見したときに、霞の間から樺桜が匂いこぼれるようだと紫式部が書いた言葉そのままと見えた。弁公はもう子どもではないのだからと、長い山籠りのあいだのなぐさめとして呼び寄せて仲睦まじく共に過ごしてきた稚児、童たちは、東谷に返された。

さて、庭の池の汀《みぎわ》も枯れ、花園山も荒れ果ててしまったので、岸の岩もたてなおして庭を整えようということになり、法師たちが大勢、召し集められた。そのなかに大輔《たいふ》の君《きみ》という人があった。姿のよい上品な法師であった。あるとき、強い風が吹き破ってできた障子の隙間があったので、大輔の君はふと中をのぞいてみた。すると中にいた弁公昌信と目が合った。ふわりと笑みを見せたその顔ばせは、秋の月が雲間からさっと現れ出たかのよう。見つめていると、なにか心惹かれるものでもあったのか、弁公が言葉をかけてくれた。その嬉しさといったらたとえようもない。大輔の君は宿に帰り着いても思い出してはせつなく胸を焦がしていた。

かくして三年のもの籠りが終わって僧都と弁公は東谷に下っていった。その年は暮れ、明くる春のころ、弁公は父親の十七回忌の供養をした。立派に法座を飾り、位牌をたてて仏前に置き、花をたむけ、焼香する。十六歳にして父親の十七回忌を営むとは、かつてこのような例があっただろうか。生まれる前に亡くなった父を慕って、涙をうかべている弁公を見て、位の高い者も賤しき者も、やはり人の行く末は子で決まるのだなと感涙にむせぶのだった。

さてかの大輔の君は弁公への恋心がつのりにつのって弁公の宿坊の門のあたりをうろついては呻吟している。それを弁公に仕える童がめざとく見つけ、事の次第とそのわけを尋ねた。大輔の君は、障子の隙間から弁公の姿を見て以来、恋に落ち、それからというもの胸を焦がしつづけてきたのだとことこまかに語った。「さもありなんこと。哀れな方」とでも思ったのであろう。

「まあお聞きなさい。これまで花枝につけ、紅葉の枝に添えた結び文を受け取り、人目を忍んでお渡しするようなことはいくらもありました。恋煩いで身の病いに陥るほどの人もありました。けれどもあなたのような純なお気持ち、まことに哀れに思います。文《ふみ》をお渡しするぐらいはいたしましょう。しっかりと書いて私にください。」

そう言い捨てて童は帰っていった。大輔の君はうれしくなって、我が宿に帰ると薄く漉いた紙を重ねたのに「歎きあまりしらせ初めつる言の葉も思ふばかりはいはれざりけり」（嘆きのあまりあなたにはじめて打ち明ける恋心ですが思うようにことばに尽くせない）という源明賢朝臣の恋の歌をしなやかにしたためた。奥にもう一首、和歌を書く。

ほの見つる花のおもかげ身に添ひて消えん命の夕べをぞ待つ

（ほのかに見た花の面影が身に添うて命が消えてしまいそうだと夕べを待っているのです）

童は弁公に召されたときに人目のない隙を見て大輔の君から預かった文を開いて見せた。弁公はめんどうな文など見せてくれるなと顔をそむけたが、童はっと差し寄って事の次第を細かに話した。弁公は「気の毒に。そんなことがあったのに、なぜ今まで教えてくれなかったの」と言って涙ぐんだ。ある物語に、情趣を解さぬはずの夷心《えびすごころ》の無骨な武士が恋心にくずおれたと書いてあったことなどを思い合わせ、なんとも気の毒に思う。
しばらくして弁公は歌を贈った。

風のつて待つまもあらでうつろはば花のとがとやいふべかるらむ

（風のくるのを待ちつづけている間に花が朽ちてしまったなら、それは花の罪でしょうか）

この返歌を童が密かに伝えると、大輔の君は嬉しさでいっぱいになった。こうして密かに隙をうかがいながら、ついに逢瀬を遂げた。凍りついた胸につかえるつらさもとけて、夢のような春の夜の、千夜も一夜に感じられ、あっという間に別れの時がきた。有明の月がおぼろに霞んでいて、『源氏物語』「花宴」巻で朧月夜の君が口ずさんだ「照りもせず曇りもはてぬ春の夜の朧月夜に似るものぞなき」（照りもせず曇りもはてぬ春の夜の朧月夜に似るものはない）といった具合い。弁公は、寝乱れて顔にかかる黒髪のすきまから眉をほのかにのぞかせている。何を思うたか、こうささやいた。

いまよりは思ひおこせよ我もまたわすれじ今朝のきぬぎぬの袖

（今からは思い出しておくれ、私もまた忘れはしないから。衣を重ねあって今朝の別れに涙したことを）

弁公の衣の裾にとりついて返歌する。

永らへてまた見む花とたのまねば風を待つまの露ぞ悲しき

（生きながらえてまたこの花を見られると思わなければ、風を待つ間もなく朝露のように消え去ってしまうかも。悲しくて）

「よし、ならばこの人と別れるまいぞ」と一度起き上がった寝床の上の枕に頭を沈めてまた横になってみるが、さすがに人目の忍ばれることとなれば、ひとすじ、二すじと枕に落ちている弁公の髪を拾ってたとう紙に包んで大輔の君は我が宿に帰っていく。弁公の美しい顔がまぶたの裏にちらつき、後ろ髪引かれる思いの別れを思い出すと苦しくなる。それがくり返しくり返し脳裏をめぐって大輔の君はもはや前後不覚に陥ってしまった。そのまま起きあがることもできぬまま、七日ののちに、ついにむなしく命尽きてしまった。

大輔の君が亡くなったときいて弁公は放ってはおけなかったのだろう。童を召してなにか病気でもあったのかと問うた。

「これまで思い詰めていた恋心が、つかのまの逢瀬で、ますますかきたてられたのでしょう。五、六日は露ほどの水をも口にせず、あれこれ世話する人もいなかったのでそのまま亡くなられました。」

「なんと哀れな。いつの世にも、いつの夕べにもこの悲しみを思わぬときはないだろう。」

そう言うと弁公は衣をひきかぶって人目もはばからず泣き伏し、そのまま伏せってしまった。童がどうにか慰めて、弁公も平気なふりをしていたけれども、やがてちょっとした果物さえも口にしなくなった。

僧都をはじめ僧坊の人々、一山の大衆までもがあわてふためき、物の怪のせいではなかろうかと騒ぎたて、さまざまな修法をさせ、療治を加えてもみるが、ひどい病状というわけではないが日に日に悪くなっていくばかりだった。かわいそうに、においやかに美しかった姿もずいぶんと面瘦せてしまった。

ある時、弁公は人払いをしてかの童を枕近くに召してこう言った。

「おまえは知らぬだろうな。むかし、奈良の都に侍従という童がいて、ある人が語らうようになったのを邪魔だてする人がいて、その人は嘆きのあまりついに虚しく亡くなったのだよ。それを知った侍従は哀れみ、悲しみに耐えかねたのか、和泉川に身を投げて死んでしまったのだって。僧都範玄《はんげん》はその心も知らず、哀れに思ってこんな歌を詠んだ。

なにごとの深き思ひに和泉川そこの玉もとしづみはてけむ

（どのような深い思いがあって和泉川の底の玉藻と沈み果てたのか）

こんな歌だったとか。これは『千載和歌集』に入れられているのだよ。昔はこうして人の恋心を哀れむことがあったのだよ。」

「なんと縁起でもないことをおっしゃいます。まだ生まれる前から後世を弔うようにと頼りにしていた父君の思い、また母上さまのお歎きをどうなさいます。」

「いざと思い立って自分から死んでしまうことなどしないさ。」

そう言ったきり弁公は病みついてしまった。こうして日に日に弱っていき、もはや命尽きるかというほどになった。昌長僧都のまわりの者たちはいうまでもなく、東谷の法門坊綱誉《ごうよ》僧都やそのよしみの者たちがやってきて病床につきそって世話をする。されども老いた者から順に死すとはかぎらない。老少不定は世のならい。故事にも「後れ先立つ花は残らじ」といわれるように、水無月《みなづき》十四日、昌長、綱誉の手をひしとつかんで、眉をよせてつらそうに目を開いて弱々しく「母上が恋しいなぁ」と言ったかと思うと、弁公はほどなく消えいるように死んでしまった。昌長、綱誉はいうにおよばず、一山の大衆らは慌て騒ぎ、さながら五月の暗闇のよう。まるで夢のなかを歩いているかのようであった。

弁公が亡くなったことを伝えると母上は倒れ伏しそのまま起き上がれなくなった。母は、「夫昌保に死に別れてからというもの、もうそれ以上の悲しみなどないと思ってきたがちがった」と言って泣いた。みなその気持ちがわかりすぎるほどわかった。

こうしていつまでも悲しみの床に弁公の身を置いておくわけにはいかないので、清滝寺尊豪法印という尊い聖を頼んで、煙となして葬った。なんともはかないことである。それからさまざまの供養弔いを四十九日に限らず行った。嘆きのあまりであろうか、昌長僧都は伝法灌頂《かんじょう》を行い、弁公に阿闍梨の位を授けた。壇上に位牌を立てて、「過去幽霊平昌信、頓証菩《とんしょうぼ》提《だい》」と回向する。僧都の思いの深さに袖を涙で濡らさぬ人はなかった。

また次の日には綱誉僧都も灌頂執行し、「過去幽霊、一つ蓮花にのぼらせたまいて、我らが終末の行道には観音の手の内の蓮台にのぼらせ、兜率天内院に引き取りたまえ」と法施する。そのこころざしもまたすぐれていて、みなは感じ入った。

弁公に召し仕われていたかの童は髻を切って出家し、弁公の骨を首にかけて出奔、行方知れずとなった。そのほか、召し仕われていた人々は深く思い詰めて引きこもった者あり、谷にまろび落ちてしまった者もあり、さまざまの悲しみがあった。

ここに真鏡坊昌澄《しんきょうぼうしょうちょう》という者がいる。拙《つたな》くはあれど筆をとる者である。弁公はこの法師を召して、天台の四教五時の名目を書くように言ったこともあった。その夏のころ、この山の峯にいたのである。

神護景雲元（七六七）年に勝道《しょうどう》上人がここを開山し、本宮と中禅寺両社を建立した。勝道上人は、智光行者にならって葛城の霊窟に似たところを探してこの山に踏み入ったとか。その後、弘法大師空海が滝尾の霊社を作り、数々の仏像を刻んで安置した。さらに慈覚大師円仁がやってきて新宮を建立し、千手観音、弥陀、馬頭観音の霊像を彫み、満願寺という寺号をつけた。神殿には立派な宝物を納めた。かたわらには文殊菩薩の霊像を作り、当山の宝物の守りとした。こうして桓武、平城、嵯峨の三帝の勅願寺となり、正一位准三宮、日光山大権現の神宮として未来永劫まで人民を守らせたまえと祈願した。

さて、昌澄法師は、そのころの夏に峯の長に任じられ、弁公との約束に応えようとするも断れない行に忙殺されていた。ようやく雑事が終わったので書写を思いたち、五月半ばに峯に入り、山林斗藪《さんりんとそう》＊4の行をたて、樹下の石の上を宿りとして身命惜しまず一心不乱に修行しているときに、弁公が亡くなったことを聞いたのだった。鈴懸＊5の袖を涙で濡らして悲しんだ。されども行はしまいまで終えることとして、文月《ふみづき》十四日に成就してのち、ようやく弁公の墓

＊4——山林斗藪　山などにこもり仏道の修行をすること。
＊5——鈴懸　山伏の着る衣の上衣。

参りをすることができた。果たせなかった約束に悔やんで泣けども甲斐なく、その翌日から弁公に頼まれた写経をして、彼の墓におさめた。拙いものだが漢詩をつくって、それも仏前に供えた。

翰墨約君君別離　無親疎以有親疎
莫嫌紙上班班色　進孝野僧滴涙書
(経を書く約束をしたのにそれを果たさないうちに君と別れた　親しくはなかったけどいまは親しく感じられる
紙がまだら模様になっていますが嫌だと思わないでください　あなたを思う僧の涙が落ちたのです)

その夕べ、昌澄法師が我が宿に帰り、夜どおし嘆き明かしてふとまどろんだ夢に、弁公が現れ、私が写した経を開いて、うれしそうな顔つきで一首の和歌を詠んだ。

筆の跡見るとは知らじ夢の内もかはす言葉のためしなければ
(筆跡を見ることはできるのだと知らなかった、夢の中でことばを交わすことはないというけれど)

その夢はあっけなく明けゆく空のよう。弁公が会いにきたのだ！ と目を開けてあたりを見まわしたが跡形もなく消えてしまっていた。昌澄法師は、こうした悲しみとともに非力ながらも往生院を建てた。蓮台に弘法大師、阿弥陀仏の霊像を造り、妙覚門と額に書きつけた。これはいまに伝わっているものである。ある外典を見るに、「一日安閑とするは値万金」とある。また「大隠《だいいん》は朝市に隠れ、小隠《しょういん》は岩藪《がんそう》に隠れる」（本当の隠者は俗人のように朝市に交わり、たいしたことのない隠者は岩藪に隠れているものだ）という。

しかし『法華経』にある「在於閑処修摂其心」（閑かなる処に在って其の心を修摂せよ）という経文をしみじみと悟り、ただただ弁公のそばに暮らしたいと、方丈なる庵をむすび、朝夕に弁公の菩提を弔って二六時中、法華妙典を読誦して過ごした。

『法華経』にある「寂莫無人声、読誦此経典」（寂莫として人の声のないところで、この経を読誦する）のとおりに、読経する人をおろそかにはしないだろう。ある人の夢に、弁公は鹿島のみかくれの明神が仮にこの世に化現して多くの人々を発心させるためにやってきたのだとたしかに告げたとも聞いている。

またある人の夢でこんな和歌を詠んだという。

恋しくはのぼりても見よべんの石われは権社《ごんしゃ》の神とこそなれ

（恋しくなったら山に登っておいで。野辺の石に神となってそこにいるから）

黒髪山の頂に弁の石という霊石がある。富士の御嶽や望夫石《ぼうふせき》*6の故事を思えば、そうしたことはあるだろうと霊験あらたかに感じられることだ。こうした不思議なことともに人々は口々に弁公について語り、嘆いた。人の唱えるべきものは弥陀の名号、願うべきは安養の浄刹だとはいえ、不惜の阿弥陀仏を前に弁公の物語を聞いて涙しない者はなかったのである。

＊

右の一帖は、日光山中坊舎所に伝わる草子である。先に私が山中にいた時、龍光院堅者法印天祐師に請われ、私がこれを書写した。私の書は拙く、数度請われて数度固辞したが、年を経てなお請われ固辞するに及ばず、これを書きこれを贈るものである。

元禄乙亥（八年、一六九五）春三月六日　秋峯判

*6――望夫石　中国、湖北省武昌の北の山の上にある岩。昔、貞女が戦に行く夫を山上で見送り、岩になったと伝わる。

稚児観音縁起

昔、我が朝日本国は大和国《やまとのくに》の長谷寺のほど近くに、やんごとなき上人がいた。天台の教えの一念三千の『摩訶止観《まかしかん》』を怠りなく修学し、五段階の行によって仏身と一体となる五相成身《ごそうじょうしん》の観行を行い、加持の心得も年来深く身につけ、仏法修行の功を積んできた。その齢、六十あまりである。

これほどの人といえども、現世において、心安く我が身に仕え、仏法の跡を継ぎ、死後には菩提を弔ってくれるような、ただ一人の弟子もいなかった。過去世で積んだ善行が足りなかったのかと前世の縁のつたなさをつらつら嘆いて、長谷寺の観音に三年のあいだ月詣でをしようと考えた。そうして「現世に心安く給仕し、後生には仏法の跡を継がせるしかるべき弟子を一人授けたまえ」と祈った。

あっというまに三年が経ったが満願成就する気配

がまるでない。観音を恨みながら、またあらためて三ヶ月のあいだ寺参りをした。こうして三年三ヶ月が過ぎたがやはりなんの兆しもない。上人は、我が身の負った宿業を恨むしかない。そもそも大聖観自在尊の観音菩薩は、極楽浄土の儲けの君、そして補陀落世界の主である。大悲心をもってすべての人を救おうとする大悲闡提《だいひせんだい》の悲願を深く持つ菩薩である。それなのに平等にあるはずの一子の誓願を我が身一人において不公平にも偏頗《へんぱ》なさりお授けくださらないとは。とはいえ月は万水を選ばずどんな水も照らすが、濁った水には月影は映らない。観音大悲の月輪がいかに晴明といえども衆生の濁れる心、濁った水には影を宿さぬもの。とすればもはや力及ばず、我が身の罪障《ざいしょう》の雲の晴れぬことを悲しむほかはない。

上人は、暁方に長谷寺を出て泣く泣く家路へ向かった。すると尾臥《おふし》の山のふもとを過ぎたあたりで、十三、四歳ばかりの稚児に出会った。月の顔ばせ、花の粧い、まことに端正で、紫の小袖に白練貫《しろねりぬき》をおりかさねて、朽葉染《くちばぞめ》の美しい袴を穿いて、漢竹《からたけ》の横笛をさみしげに吹き鳴らし、身の丈ほどの髪を一つにしばって背に

たらしている。頃は八月十八日の曙方。稚児は露に濡れそぼったように見え、春の柳が風に乱れるよりもなおたおやかである。かの上人はうつつのこととは思えず、魔縁が変じてあらわれたのかと思いながらも近寄って声をかけた。

「もしもし、こんなに夜深い時刻に、このような山野にひとりぼっちでたたずんでいらっしゃるとはただごとではないように思います。どのような方でございますか。」

「わらわは、東大寺あたりの寺で仕えていましたが、このほど師匠を恨んで夜のうちに足に任せて飛び出してきたのです。」

「そもそもあなたはなぜこのようなところにいらっしゃるのです。」

「僧徒というものは情あるものとうかがいます。かわいそうだと思ってお連れくださり、中童子としてでも召し仕えさせてくださいませ。お頼み申します。」

「さだめて仔細があるのであろう。その是非についてはしばらくおいて、すぐに我が宿坊にお連れ申しましょう。」

上人はうれしくて日々を明かし暮らしていたが、いつまでたってもいっこうにかの稚児の行方を尋ねてくる人もいない。それで上人のほうには不満はないのである。稚児はさまざま習いおぼえてきたようで、詩歌にも管絃にもさまざますぐれている。こんなにすばらしい人と出会えたのはひとえに観音の利生だと上人は喜んで年月をおくるうちに三年がたった。

春の暮れ方、俄かにかの稚児が病悩し、次第に衰弱していった。万死一生の死期が近づいたとみえて、上人が稚児を膝枕して、手に手を取り合い顔に顔を押し当てて別れを惜しんでいると、稚児は実にあわれげに遺言する。

「そもそもこの三年のあいだ、お慈悲をいただき共に同じ室の内に日々を暮らし、同じ衾《ふすま》の中で夜を明かし、朝夕に慈しんでいただきましたこと、死んでも忘れません。死を迎えるのは老少の順とは限らないとはいいますが、もし我が身がながらえて、あなたが先立つのならば、生きて後の世のための供養をしたいと思ってきました。いま思い空しく、先立ちますことが悲しいのです。師匠は三世の契りと申しますから、後の世にまたお会いいたしま

しょう。私が息絶え、身から魂が去りましたら、龍門の土には埋めず、野外で荼毘にふす煙ともなさずに、棺の内に収めて持仏堂に置いて五七《ごしち》の三十五日に開けてみてください。」

そう言い果てぬまに稚児は息絶えた。身から魂が去り、空しく北芒《ほくぼう》の露と消えてしまった。そのときの上人の心の内といったらなかった。鳥が死すれば、その鳴き声がやわらかに耳に残る。人と別れれば語ったことばが哀しく思い出されるものだ。いまのことばが遺言だったと思うと悲しくて、来し方行く末の思い出をあれこれと語りかけるのも哀切きわまりないことである。愛別離苦の悲しみは、人によるとはいえ、これほどの嘆きはなかろう。春の朝に花を見る人は、散り別れるのを悲しみ、秋の暮れに月を詠ずる人は、くもりゆく空を恨むもの。すべては三年三ヶ月のあいだの長谷寺参詣の効験だと思うと愛着もひとしおだった。それから三年三ヶ月のあいだ互いになじみ合ってきたのに、にわかに別れることになったのだからこうして嘆くのも当然である。月に似た面影はどの雲に隠され、花のような粧いはどんな風に散らされたのだろう。老少不定とはいえ若きものに先立たれた涙はいつになれば乾くのか。師弟離別のつらさは、いつに

なったら癒えるのだろう。

哀れなるかな、年老いたほうがこの世に留まり、幼きが去るとは。青花が散り、紅葉がいつまでも木にとどまっているかのよう。もとの雫は末の露によく似ているものだ。

いつまでもこうしておくわけにはいかないので、泣く泣く入棺する。遺言どおりに持仏堂に置いて仏事を念入りに行った。

それから、近くの里、遠くの山から大衆を集めて、みなで『法華経』を一斉に書写して全巻を一日で書き上げ、それを供養してかの菩提に捧げた。供養の説法が終わったころ、上人は思いあって棺の蓋を開いて見てしまう。すると栴檀沈香《せんだんちんこう》のふくいくたる香りがあまねく室内に満ちた。そこに昔の稚児姿の装いを変じ、金色の十一面観音が現れた。青蓮《しょうれん》の御目あざやかに丹菓《たんか》の唇をおごそかにむすんで微笑んでいる。そして迦陵の声音で上人に告げてこう言った。

「我は、人間にはあらず。補陀落世界の主、大聖観自在尊というのは我が身のことである。しばらく縁ある衆生を教え導くために初瀬山の尾上の麓に住んでいたのだ。汝《なんじ》の多年の参詣の願いの切なるを感じて、我は三十三の変化《へんげ》の中から童男《わらわおのこ》の姿で現れ、二世の契りを結んだのだ。今から七年ののちの秋、八月十五日には必ず汝を迎えに来よう。再会は極楽の九品《くほん》の蓮台[*1]で叶えよう。」

言い終えると、光を放って電光のごとく虚空にのぼり紫雲のなかに消えてしまった。

今、奈良にある菩提院の稚児観音とは、これである。この観音を信心して、参詣し功を積む人のご利益として、まさしく童子の身となってこの世に姿を現すのである。しかるに近くの里、遠くの山の大衆を集めて『法華経』を書写したことにより内なる悟りすなわち内証の功徳を得たゆえに、たちまちに生身《しょうじん》の躰《からだ》で姿を見せたのである。過去、現在、未来の三世にわたって存在する三世の諸仏がこの世にあらわれる目的は、この大聖観自在尊の悟りを得させんがためである。

＊1――蓮台　愛し合う二人は極楽浄土に往生すると同じ蓮の花の上に生まれると信じられていた。

稚児之草紙

第一段

仁和寺《にんなじ》の開田《かいでん》のあたりに、世に名高く評判の貴僧がいた。歳を重ねるにつれて、三密の行法を身につけて、徳高き並びなき験者となっていたが、なおもこの方面のことばかりは捨てきれずにいるのだった。仕えている多くの稚児のなかでも、ことに睦まじく添い寝にくる者が一人いた。

貴き者も賤しき者も盛りをすぎた体になると、そちらの方面も思い通りにいかぬようになるもので、心ははやれど、土塀に矢尻のない矢を放つよう。的をはずしてその裏に張った布をなでこするようなありさまで、射るなどという勢いはないのである。それをこの稚児は気の毒に思って、夜な夜な受け入れの支度にはげんだのである。まずは中太という乳母子の男を呼んで、モノを入れさせ、のちには大きな張形というものを持たせて突かせ、丁子油《ちょうじあぶら》などをすり込んで尻の中へ入れさせた。忠太は心をこめてこの宮仕えをしたので、マラ立ち耐えがたく千摺《せんず》りをかくほかなかった。火を起こし、尻をあぶってあたためてから稚児は僧のもとを訪ねた。

老いの眠りはもとより浅く、早く目覚めてしまうので、老僧は退屈まぎれに毎夜のごとくこの稚児に身をまかせていた。稚児が入念に支度してからいくので、少しもひっかかりなく

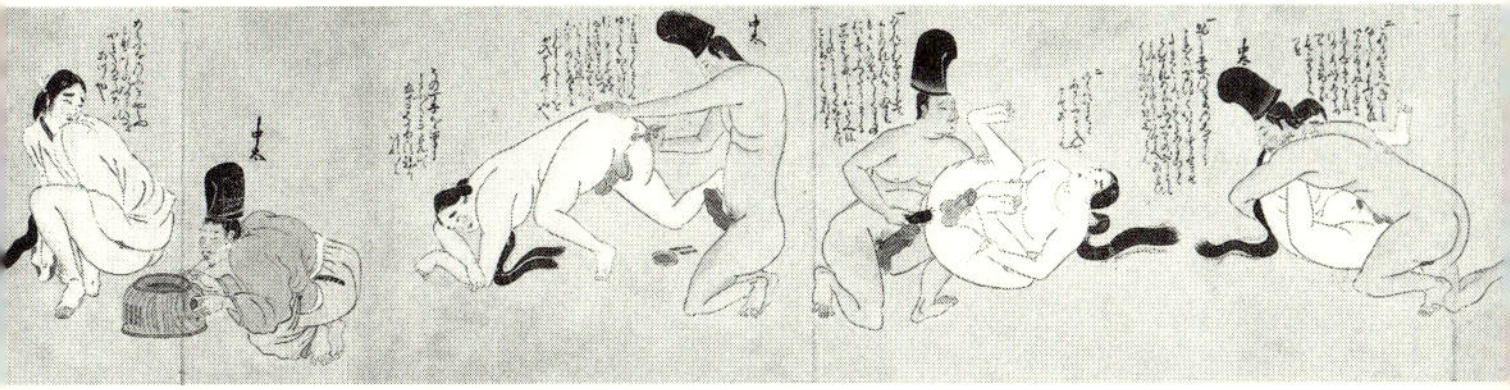

するりと入るのだった。このように心をこめてする稚児というのはありがたいことである。

［画中詞］

二、稚児　こうした用向きは夜が更けてからというものでしょうに、夜にならぬ前から呼びだされていますよ。いまはまだ暮れ六つどき[*1]でしょう。なんと気の短いお方でしょう。さてさて手突きで突いてくだされ。

一、忠太　こうして毎晩ご奉公しているのですから、ときどきは思う存分させていただければ、これからもお尽くししようというものです。あまりに思いやりのないことで尽くしがいがございません。今回ばかりは思い切りいたしましょう。

二、稚児　ならば、いま少し深く突いてみてごらん。

一、忠太　ああ、やっていられませんな。こういうのではないご奉

＊1——暮れ六つどき　現在の午後六時ごろ。

公もありましょうものが。やたらとマラの立ってきますのが耐えがたく、千摺りを夜ごとにかいておりますから、マラのコシがか弱くなりまして保ちにくくなりまして。いまや支えられません。ゆゆしくも香ばしくいらっしゃいますな。主人ながらなんとややこしいお尻だな。ひどいご恩をこうむるものです。六さし目でうまくいきましたらマラを入れさせてくださいまし。

稚児　その丁子油を筆にたっぷたぷに含んで五寸ばかりひねり入れよ。

稚児　あれ思いやりのない吹きようだな。ちょっと焼けてしまうじゃないか。ああ、熱っ。

第二段

はじめは恋心を隠していたのである。源融《みなもとのとおる》の歌「陸奥《みちのく》のしのぶもぢずり誰《たれ》ゆゑに乱れむと思ふ我ならなくに」（陸奥の信夫のしのぶもじずりのように誰のせいでか心乱れて我を忘れています）ではないが忍びに忍んで、輔仁《すけひと》親王の歌「いかにせむ思ひを人にそめながら色に出でじと忍ぶ心を」（どうしょう。人に思いを寄せながら表に出さぬよう忍ぶ心を）ではないが、思いをさとられぬようにしてきたのに、新かまの里はあながちそうともいえず、想う気持ちが深くなりすぎて隠しきれずに涙がち。源有房の歌「もらさばや忍びはつべき涙かは袖のしがらみかくとばかりも」（もらしたい。しのびつづけて涙の川が袖のしがらみを決壊するようにして）ではないが、涙が袖のしがらみをかくとばかりに忍ぶ心をもらしてしまったのである。

恋心をあかされた稚児は意外なことだと思いつつ「思い通りにできぬ身の上なので、どうにもできません。あきらめてください」とたびたび言うのだけれど、なんども「なんとかならぬものでしょうか」などと口説きつづける。このことが仕える主人に知られたらここにはいられなくなるにもかかわらず、あきらめきれずにせまる。そうまで言われては断りようもなく稚児は「夜深くふけたころ、この庭の草むらのなかにいてください」と申し合わせたのだった。

長月のころとて、僧はすすき、刈萱《かるかや》などの葎《むぐら》のなかに潜んでいた。稚児は、弟の稚児を呼んできて「もしお召しがあったらここで呼んでおくれ。どこにもいかずにいてくれよ」と言って縁側に弟の稚児を座らせて、かの僧の隠れているすすきの中に入って、直垂を着たまま尻をからげてさし寄った。月の光のもとに尻を見たとたん、僧は我を忘れてすすきの中からマラをさし出し突っ込んだ。夜露で湿った草むらなれば尻のあたりにもマラにも露の雫がかかって濡れているうえに、草むらに手をかけて喜ぶうちにますます濡れそぼる。

そうしておのおの帰っていったが、それからというもの互いに深く想い合う仲となり、夜

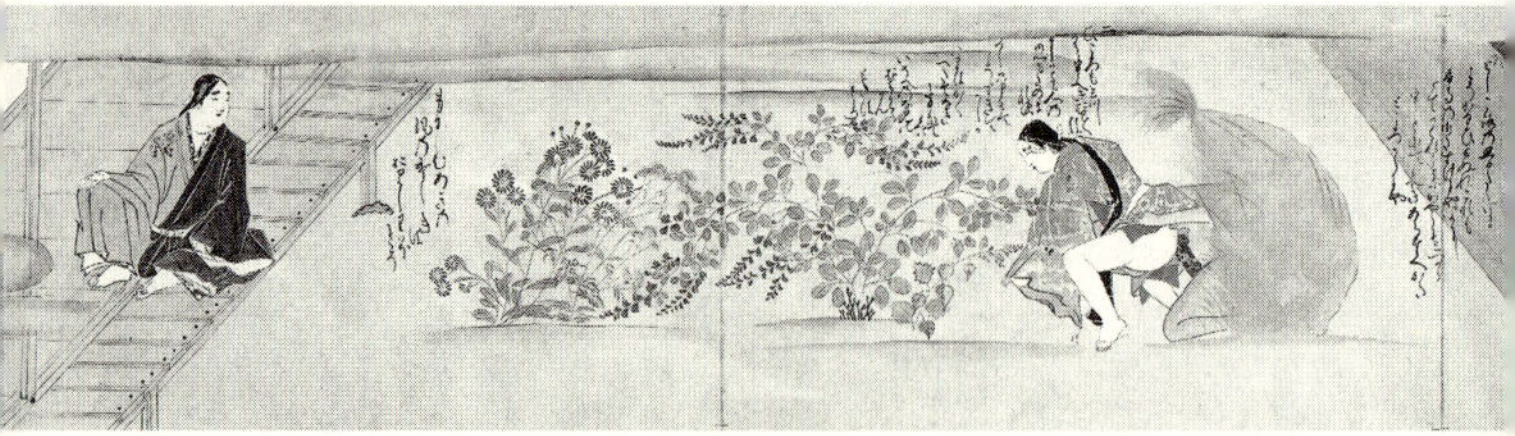

な夜な事に及ぶが、それを知る人はなかった。このような情け深い稚児は少ないが、出家したあとまでその方面の気持ちがある口なら、確かにそういう人もありましょう。

［画中詞］

一、僧　年来の私の想いが、いまこそ叶いました。これもご本尊のお助けであろうか。どうすれば隠れるたびにこのようにあなたにことばをかけることができるでしょう。ああ、もう我慢ができない。この場所がらのせいでしょうか。

二、稚児　これまでも私の方から声を掛けたいと思うことは折々にありましたけれど、仕える主のあることで裏切るわけにはいきませんから、何も言わずにきたのです。いまはもう二人は通じ合っているのですから、源頼光の歌「かくなむと海士の漁火《いさりび》ほのめかせ磯辺の波の折も良からば」ではないですが、折よきときにはいつでも会いましょう。しみじみとした秋の風情もそそられますね。

第三段

嵯峨の辺りに時々通ってくる立派な僧がいた。槐門《かいもん》の家たる大臣の家柄でありながら無為の道たる仏道に入り、三史九経の漢籍の学びを捨てて、天台六十局の奥義を習い、煩悩即菩提の天台の観門にあって、善悪というのは二つのものではなく一つなのだという善悪不二《ぜんあくふに》の理《ことわり》を解し、生死いずれも別々のものではなく同体であるという生死即涅槃《しょうじそくねはん》の同体諸法《どうたいしょほう》、みな空であるとする悟りを得て、心にまかせて稚児とともにあった。なかでも常にそば近くにはべらせている稚児がいる。

この僧房には別にこの方面に執心の僧がいた。どうにかしてこの稚児と睦みたいという思いが深くて、やたらととり入ろうとしていたのを稚児のほうもまんざらでもなく思うのだが、仕えている僧が厳しい人なので、バレたら我が身の安穏《あんのん》がおぼつかない。知らんふりをしていたところ、この僧が策を弄して気持ちを打ち明けてきた。年来ずっと想いを寄せてきたことなどを語るのを聞いているうちに、稚児のほうもその気になってきて、湯に入るときにその僧を呼び出して共に湯に入った。まず足でもって僧のマラを探る。それから上へ引き上げて湯舟を枕にして前のほうから摺りつめさせた。これだけではすまなかった。それからとい

うもの慕わしい人になって、稚児が主人と共寝をする房の隣室にはべらせて、我が身は主人と寝ながら、マラをさし出させて身をまかせた。こうした例はなかなかないものである。

[画中詞]

一、稚児　これはいったいどうしたことか。うつつのことではないみたい。こういうおかしなことは、いままで身におぼえがないことです。このごろのお気持ちの強さが、ますますうらめしくなってきました。ああ、なんと水がたくさんあふれて。

二、僧　本当に日ごろあなたとやりとりしたことが身の罪。思いもよらぬことでしたので、申し上げることもなくて。いまはただお忘れにならずにいてくださったことをうれしく思います。ぐうぐう。

一、僧　人には魂をすっかりとられてしまうという恐ろしいことがあります。こうして突き貫きながら死にたい。これが法師というもの。

あまりにはげしく声をあげて、人が目を覚ましてしまいますよ。かえすがえすもおそろしいことです。近くに寄っていらっしゃい。かわいがってあげる。

第四段

法勝寺の辺りに貴人が可愛がっている稚児がいた。武芸を好み、昼間は花街を、夜には尊勝寺の狭間などに立ち寄って悪さばかりをしている稚児であった。見目かたちも麗しく、一目見た僧はみな惚れてしまうのだった。

そんななかに中間法師《ちゅうげんほうし》という青年の僧がいた。「どうしたらいいだろう」と年来、この稚児と近づきになりたいと思い続けていた。このことを人に知られれば追い出されてしまうことは疑いない。それでも恋する想いを伝えずにいたら死んでしまいそうで、そっと気持ちを打ち明けた。

この稚児はかなり気性が荒かったけれども、その方面のことをあきらめきれないでいい大人が痩せ衰えていくのを見るのも、あまりに無惨で、隙を見てこの法師を部屋へ呼んだ。足を洗わせながら、うっかりといった具合に尻を出して見せた。それを見た法師はあまりにたえがたくそそられて、濡れた手でぎゅっとにぎった。稚児は少しも動じず知らぬ顔でいるの

で、するりと尻に入れるととどこおりなく吸い込まれるようにして拳のきわまで入った。たえかねてやがて身を寄せさしこんだ。稚児のほうでも、さすがにこれほどに想いの深い人を捨てはしなかった。その上他の者たち、この房の人たちなどにも情けをかけつづけたというありがたい例である。

［画中詞］

一、稚児　足を洗わないで、どこをまさぐっているの。ああ、もうばかみたい。なにをするというの。

二、法師　年をとって、暗いところで目が見えないものですから、心のままに肩に足をあげてくださいな。なにつらくはありません。あわれみくださいませ。日頃、心の内に秘めてきた想いをお示ししないわけにはいきません。

二、法師　年月がたてば心を許していただけるのではないかと思ってきましたが、行く水の流れるように心が通ったかと、おそるおそるやってまいりました。これはどうしたこと。死んでしまいそうでございます。

一、稚児　こらこら足を洗わんと、何をしている。日頃、深く想っていてくれたこと、かえすがえすもいじらしい。

第五段

北山なるところに、一念に三千世界を観想する天台の一念三千の観を心にかけ、密教の五つの行を修してブッダと一体となる五相成身《ごそうじょうじん》を旨とする僧がいた。人のならいというもので、深く心に想う稚児をもっていた。稚児は人柄がおだやかで、詩歌管絃の遊びにも座興をさまさぬ才をもっていたので、同宿の人々も想いを寄せていた。

貴人の愛童《あいどう》に手をかけるべきではないことは言わずもがな。いわんやこの貴僧はたいそう気性の荒いたちで世間でも困惑するようなことがある人なので、近寄る人はかぎられていて立ち寄る門弟もいなかった。

そんななかで、いまだ若々しい僧が、この稚児に想いをかけていた。近づきになれる折をさぐって、気持ちをほのめかそうと心の中に思い続けていたけれども、そのような都合の良いことはない。この稚児は、住んでいる所の塗籠《ぬりごめ》*2の中でいつも寝ていたので、若僧は先回りして中に入って隠れていた。稚児は何も知らずに中に入ったところ、妙な様子の人がいる気配がしたので、嘆き焦がれていたのかなとおかしく思って、見なかったふりで塗籠の垂れ布の薄い布ごしに寝ころんでそこで幼い冠者がでてくる物語を読んでいた。男たちが添い寝している絵を見ているうちに、若僧は我を忘れて稚児の腰に抱きついた。それなのに稚児は少しも動じないので、こんどは尻を引き上げてモノを差し当てたが、それでも驚く様子がない。もとよりその方面の手練の人で、とどこおりなくするりと毛際まで入った。この稚児は、さらに物語を読みつづけながら、さりげないふうをしている。それからというもの、塗籠に切り板でしきりをつくっていつもこの若僧を連れ込んだ。

［画中詞］

稚児　もう少しここにいらっしゃいませ。思いの外のお急ぎぶり。

僧一　まことに。

僧二　不可解ですな。一人だけでとどめおくとは妬ましい。

僧三　つまらん。さあ帰ろう。

一、稚児　いまは、さあ、前からやろう。

二、僧　いや、少しこのままでこうしてもてあそんでから、あとで寝返して突き突き。

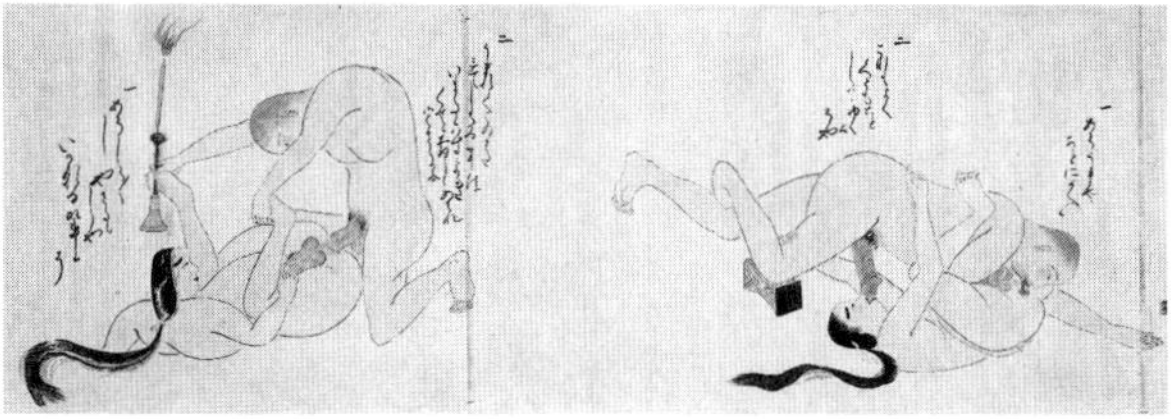

人に見られるのはまずい。
一、稚児　見られたらどうしよう。死ぬしかない。えぇんえん。
二、僧　これほどおいしいものを、どうして舐めずにいられましょう。口にひまがなくてあれこれ話せません。
一、稚児　ああ、やだ。なにしてらっしゃるの。
一、僧　ああ、おいしいな。ちょっと苦いですけど。
二、稚児　これもいいですけれども、ちょっとしょっぱいです。
二、僧　生まれてこの方見ながらしたことがありませんでした。いい感じだと思います。ああ行きそうだな。
一、稚児　ああ、そうなの。そうだったのですか。で、どうです。

元亨元（一三二一）年　六十八、書き終わる。

＊2——塗籠　寝殿造りの建物内で、土などで周囲を厚く壁で囲った部屋。寝所または納戸として用いた。

解説

男色の文学史

本書は一言でいえば中世の男色物語集である。男色というのは男性同性愛をさす。同性愛といっても中世において、そのあり方は現在とはまったく違って、「セクシュアルマイノリティ」というわけではなかった。プラトニックにしろ性愛をともなうにしろ、マジョリティの男性たちのたしなみであった。したがって男色は自らをゲイであるか同性愛者であるかを決める性的指向というよりは、より一般的な性的経験であったのである。

江戸時代前期の国文学者北村季吟《きたむらきぎん》（一六二五～一七〇五）は、延宝四（一六七六）年に『岩つつじ』という歌集を編んだ。有史以来の男色を詠んだ歌を集めた男色歌集である。北村季吟といえば、『源氏物語』の注釈書をまとめた『源氏物語湖月抄《こげつしよう》』（一六七三）を出していることで知られている。明治二三から二四年にかけて『湖月抄』の活字版が刊行され、与謝野晶子の現代語訳や、イギリスのアーサー・ウェイリーの英語訳の基礎となった本である。また北村季吟は俳諧人でもあり、門弟に松尾芭蕉がいた。このように後世に多大な影響をおよぼす大学者の北村季吟が同性愛が詠まれた歌をひたすら集めてまわっていたというのはいかにもおもしろい。

『岩つつじ』が最も古い男色和歌として冒頭に挙げているのが『古今和歌集』四九五番歌である。

思ひ出づる常盤《ときは》の山の岩つつじいはねばこそあれ恋しきものを

（あの人を思い出すときは常盤の山の岩つつじ。岩のようにかたくなに恋心を言わないからこそ恋しさがつのる）

男色歌集のタイトル「岩つつじ」はこの歌からとられているわけである。この歌は読み人知らずとされていて作者は不詳。もともと男色和歌として読まれていたものではなかった。ところが鎌倉時代後期になると、北畠親房《きたばたけちかふさ》（一二九三〜一三五四）が『古今和歌集』を注釈した『古今抄』のなかで「真雅僧正の業平におくりけるとぞ」と解説しており、『岩つつじ』ではこの説を引用しているのである。ただし北畠親房も「とぞ」と言い伝えとして記録していることから、どうやらいつしか空海の弟である真雅僧都による在原業平への恋心を詠んだ歌と解されて人口に膾炙するに至ったらしい。

たとえば本書にも収めた「秋の夜の長物語」は物語の最後に瞻西上人の『新古今和歌集』所収の歌を引用している。

昔見し月の光をしるべにて今宵や君が西へゆくらん

（昔共に眺めた月の光をしるべにして、今宵君は西方浄土へゆくのだろう）

『新古今和歌集』には「人の身まかりけるのち、結縁経供養しけるに、即往安楽世界の心をよめる」と詞書があって、たしかに身近なおそらくは男性が死して西方浄土への往生を願う歌である。物語中で、この歌は梅若君が身投げする前に残した次の歌に呼応するように読めるように配されている。

我が身さて沈みも果てば深き瀬の底まで照らせ山の端の月

（我が身が深い瀬に沈んでしまっても底まで照らせ、山の端に登る月よ）

ところがことの順序としては瞻西上人の歌が先なのであり、瞻西上人がこんなふうに追悼した相手はいったい誰なのだろうという想像から「秋の夜の長物語」が出来上がったのかもしれない。他にもたとえば「弁の草紙」には、『千載和歌集』所収の僧都範玄が和泉川に身投げした稚児の死を悼んで詠んだ歌「なにごとの深き思ひに和泉川そこの玉もとしづみはてけむ（どのような深い思いがあって和泉川の底の玉藻と沈み果てたのか）」を引用した語りがある。このように僧侶の詠んだ悲しい歌が僧と稚児の悲恋物語への想像力を駆動させていたようである。『岩つつじ』には、歌の紹介を中心として「秋の夜の長物語」「松帆浦物語」のあらすじが収録されている。こうした物語が出来てくる背景には、そもそもは男色和歌として読まれていなかったかもしれない和歌に男同士の恋物語を読み込んでいくような文化があったのだろう。

世に男女の恋愛として親しまれてきた作品に同性愛の欲望を読み込んで捉え直す読みの方法をクィア・リーディングというが、ある意味で『岩つつじ』はクィアな読みの実践を行った最初のクィア・リーディングの実践といえるかもしれない。

江戸時代に版本として流布した『岩つつじ』は、明治十九（一八八六）年に『未刊珍本集成』第一輯に収められて世に知られるものとなった。[*1] 編集人の増田繁蔵は「おそらく男色に

＊1――底本としているのは蜀山人こと大田南畝（一七四九～一八二三）が珍本をあつめた『三十輻』第一二に収められた「岩津々志」だとある。なお『三十輻』は昭和一四（一九三九）年に大東出版社から再刊されている。

関する文献中最古のもの」だとしており、資料的価値があったとはいえ、なにしろ「珍本」であるからして、やはり知る人ぞ知る文献としてその道の人たちに熱く支持されたものとみえる。

森鷗外が男性の性の遍歴をつづり、男子寮における男色を描いた『ヰタ・セクスアリス』は、明治四二（一九〇九）年に文芸誌『スバル』に発表されるが、これによって『スバル』は発禁処分を受けている。森鷗外『ヰタ・セクスアリス』を読んだ河岡潮風《かわおかちょうふう》はすぐさま「男色反対論」を書き、雑誌『冒険世界』（一九〇九年八月号）に「学生の暗面に蟠《わだかま》る男色の一大悪風」を載せている。やがて明治二七（一八九四）年に『色情狂編』として出版されるも発禁となったクラフト・エービング『変態性慾心理』が大正二（一九一三）年に再刊されると男色は同性愛と言い換えられ、「変態性欲」と位置付けられるようになっていく。[*2]

性の研究を進めてきた澤田順次郎は大正九（一九二〇）年に「性的叢書」と名付けられた性にまつわるシリーズ本を刊行しはじめ、その第三、四巻として『神秘なる同性愛』上・下巻を出している。ここで「予が幼少時代に於ける同性愛」と題した一節をさき、澤田順次郎はみずからの少年時代の同性愛体験をふりかえっている。最初は八、九歳のころに一、二年年長の子が好きになったが話をすることもできなかった。口元に愛嬌があって心を強く引かれたなどと綴られ、最後は二七歳のときに当時一六歳の少年に久しぶりに惹かれることがあったとある。まとめとして「その同性に対する愛情を、感じ初めたのは、八九歳の頃より、一六七歳に至るまでの四少年と十年後に於ける一人の少年とで、都合五人であった」などと述べて、それぞれの容姿を分類する段がつづく。[*3] 明らかに森鷗外『ヰタ・セクスアリス』を意識した書きぶりで、いかにも自然に男性同士の恋愛感情は起こるものだというのが当時の共通認識であったことがわかる。むろんこれは同性愛はよろしくないものとして書かれている書だから「結び」には「同性愛の予防は、目今の急務にして、未だ確実なる良法はないけれども、学校にて男女の合併教育を施すのは、その一法にして、従来固く築かれたる男女の隔壁を撤去することは、たしかに有効である。これと同時に、社会政策としては、青年男女の交際を、自由にすること、（但し風紀の紊乱せざるやう、取り締まることは別問題である）」云々

＊2――木村朗子「クィアの日本文学史――女性同性愛の文学を考える」三成美保編著『同性愛をめぐる歴史と法――尊厳としてのセクシュアリティ』明石書店、二〇一五年、一八四〜二一一頁。

＊3――澤田順次郎『神秘なる同性愛』上巻、天下堂書房、一九二〇年、二五頁。漢字や送り仮名などの表記は適宜変えた。以下も同じ。

と述べている。[*4] しかし同性愛を悪とする世風のなかでそれを説きながら自らの経験をふり返ると、どこか甘美な思い出に彩られ、当人も悪いことだと納得しきれていないように見受けられるのである。

ところで、『神秘なる同性愛』には同性愛の起源をさぐる目的で古今東西の同性愛の例が列挙される箇所があり、ここに「国文学に現はれたる同性愛」として『岩つつじ』に挙げられたのと同様の古典文学が列挙されている。稚児物語については『岩つつじ』が「秋の夜の長物語」と「松帆浦物語」をあげているだけなのに対して、澤田順次郎は「幻夢物語」「鳥辺山物語」「嵯峨物語」を加えている。[*5] これらは明治二六（一八九三）年から明治三一（一八九八）年に刊行された近藤瓶城編『史籍集覧　二一　児物語部類』（玄恵等）にすでに「児《ちご》物語」として紹介されており活字本で読むことができるようになっていた。

さて、北村季吟『岩つつじ』を継ぐ者はその後も続々と現れ、昭和三（一九二八）年には『変態文献叢書』の追加第二巻として、石川巌「軟派珍書往来」の前編「男色編」後編「花街編」が刊行されている。また同年『軟派十二考』第四巻として、花房四郎「男色考」が刊行されている。

それらの集大成であったのが岩田準一『本朝男色考』および『男色文献志』である。岩田準一（一九〇〇～一九四五）は、江戸川乱歩、南方熊楠《みなかたくまぐす》と親交を持ち、もともと江戸川乱歩と男色文献の蒐集を競っていたのだという。雑誌『犯罪科学』などに連載された仕事は、しかし終戦を待たずに岩田準一が亡くなったために戦後しばらくたってから江戸川乱歩の手によって出版された。『本朝男色考』（一九五六）には江戸川乱歩による序文が付され文反故からみつかったという江戸川乱歩と岩田準一が男色をめぐって交わした連歌「衆道歌仙」なるものも付されていて実に興味深い。『男色文献書志』（一九五六）には昭和一八（一九四三）年までの男色文献が網羅されており、本書に現代語訳した稚児物語もすべてここに紹介されている。

このリストをみるとよくわかるが大正から昭和初期には一風変わった雑誌刊行が流行っていた。岩田準一が自身の仕事を発表していた『犯罪科学』（一九三〇～一九三二）の他にも、『変態心理』（一九一七～一九二六）、『変態性欲』（一九二二～一九二五）、『変態資料』（一九二六～一九二八）なる雑誌が続々と刊行され、ここに読者による同性愛経験が投稿されている。

岩田準一の『男色文献書志』にもあがっている綿貫六助は日露戦争に従軍した兵士であり

＊4――澤田順次郎『神秘なる同性愛』下巻、天下堂書房、一九二〇年、一九七～一九八頁。
＊5――澤田順次郎『神秘なる同性愛』上巻、六九～七〇頁。

『兵事雑誌』などに短歌を発表したりしていたが、のちに作家に転じ男色文学を発表した。『戦争』を出版した大正十三(一九二四)年、綿貫六助は『変態心理』誌上に「私の変態心理」を発表し発禁処分を受けている。「変態」という自らを貶めるようなことばづかいがむしろ秘密めいた隠微なイメージを醸成していた。こうした男色、衆道、少年愛などの男性同性愛の世界は文学的ネットワークを形成し、男性作家たちのあいだで男性同性愛のクィアな欲望が共有されてきたのである。岩田準一の文献リストの最後尾に出てくる稲垣足穂は江戸川乱歩と交流があり、岩田とも知己を得ていた。

谷崎潤一郎は、稚児物語に着想を得て大正七(一九一八)年に『二人の稚児』を出している。また谷崎潤一郎は戦後になって刊行された今東光《こんとうこう》『稚児』(一九四七)に序文を寄せ、『二人の稚児』は「こういう世界に手をつけてみたい」と思って書いたものだと告白している。谷崎潤一郎はマゾヒスティックな同性愛の欲望を描いた「少年」(一九一一)をはじめとして岩田準一『男色文献書志』にも「嘆きの門」「赤い屋根」が名を連ね、堂々男色作家の仲間入りを果たしている。

稲垣足穂も稚児物語に惹かれ、本書所収の「秋の夜の長物語」「松帆浦物語」「稚児之草紙」について書いている。のちに六十年代にいたって稲垣足穂は『少年愛の美学』(一九六八）を刊行するが、この出版を助けたのが三島由紀夫である。

一九四一年に「花ざかりの森」を発表し、一六歳で文壇に躍り出た早熟の天才三島由紀夫が作家として本格的に認識されるのは二作目の『仮面の告白』（一九四九）によってであった。『仮面の告白』は明治初期の寄宿学校での男性同性愛の模様を描いた森鷗外『ヰタ・セクスアリス』（一九〇九）の昭和版とでもいえるもので、子ども時代からの男性同性愛の欲望がつづられている。このとき文壇にすでに作家として地歩を築いていた川端康成もまた『少年』（一九四八）を書いている。男性の男性に対する欲望は、結婚して子を持つ異性愛関係の裏面を彩る一種の粋であった。

三島由紀夫は一九五三年に前期の集大成として『禁色』をあらわし男性同性愛の集いやゲイバーを描いた。このモデルとなったゲイバーには江戸川乱歩も出入りしていたと言われている。『禁色』には主人公が書庫で稚児の秘儀を記した「弘児聖教秘伝」をみせる場面があるが、岩田準一『男色文献書志』には今東光が昭和一一（一九三六）年『稚児』のなかで一部を紹介したとある。今東光は出家し今春聴と名のる天台宗の僧でもある。三島由紀夫の死後、昭和四八（一九七三）年に『今東光代表作選集』第五巻に『稚児』が収められるにあたって今東光は、三島由紀夫が『禁色』に引用した「弘児聖教秘伝」の出所は自分の本だがその記載がないことをわざわざ明記している。

一方で今東光が紹介した本とは別に岩田準一の書写による「弘児聖教秘伝」が存在し江戸川乱歩の手に渡っている。[*6] したがって三島由紀夫は江戸川乱歩経由でこの本に触れた可能性が高く、同様に『禁色』で醍醐寺三宝院に「稚児之草紙」を見に行くのも稲垣足穂、江戸川乱歩らに教えられたものではないかと思われる。

戦後になると解放感からか『伊勢物語』『源氏物語』『更級日記』などを翻案した「艶筆文庫」(一九五六〜一九五七)なるシリーズ本が出るなど珍奇な本がさまざま出ている。そのうち『日本艶本大集成』(一九五三)には、「稚児の草子」「松帆浦物語」「鳥部山物語」「秋の夜長物語」が紹介されている。三島由紀夫が『禁色』を出した一九五三年にはこうした文学的ムードがあった。

また三島由紀夫は稀代のマゾヒズム小説を書いた沼正三を見出し、『家畜人ヤプー』の出版に尽力したことでも知られる。一九五六年から五八年の『奇譚クラブ』(一九四七〜一九七五)で連載されていた『家畜人ヤプー』が単行本として刊行されたのは一九七〇年である。また三島由紀夫は澁澤龍彥が一九六八年に創刊した雑誌『血と薔薇』に参加し、聖セバスチャンに扮した同性愛のムードたっぷりの写真を撮らせもしている。

澁澤龍彦はフランス文学の翻訳を手がけ、一九六〇年にマルキ・ド・サド『悪徳の栄え』の翻訳出版に際して、「わいせつ文書」として出版差し止めの憂き目に遭っている。これに対して澁澤龍彦側が裁判を起こし、三島由紀夫もこれに協力していた。澁澤龍彦のまわりには土方巽、寺山修司、唐十郎などがいて六〇年代の文学、演劇、美術にはある種の退廃が燻《くすぶ》っていた。

一九七〇年に三島由紀夫が自死し、一九八三年に寺山修司が病没、一九八七年に澁澤龍彦も没する。稚児物語からつづく同性愛の文学的伝統はおよそ澁澤龍彦を最後に表向き終着し、入れ替わりにエイズパニックを経て、同性愛はアイデンティティの問題へと転換しマイノリティの政治的イシューとなっていく。それはそれまでに文学が抱え持ってきた隠匿性とはあきらかに異なるもので、稚児物語をこっそり読み漁るような雰囲気もそこで途絶えたといってよい。古文漢文の読者の減少がそれに拍車をかけ、いつしか稚児物語は忘れられた物語となっていった。まとまったかたちで現代語で読めるようになればまたあらたな読者によるあたらしい読み方が拓かれていくものと期待する。

＊6——辻晶子「『弘児聖教秘伝私』再考」『中世文学』五八号、二〇一三年。

以下に、本書が扱った物語について順に解説していく。

「秋の夜の長物語」

「秋の夜の長物語」は稚児物語のなかでももっともよく読まれている作品で、絵巻に仕立てられ写本も多く伝存する。本書が底本としている『室町時代物語大成』にも「秋の夜の長物語」はもっとも多くの版が収録されている。最古の本は「永和丁巳仲春七日」に書写を終えたとする奥書のある永和本（高乗勲氏蔵）で、これは漢字カタカナ交じりで書かれている。本書の現代語訳はこの永和本に拠る。

絵巻に仕立てられたもののなかで永和本と本文の近いものが古絵巻本（幸節静彦氏旧蔵）で、現在はニューヨーク、メトロポリタン美術館の所蔵である。[*7] 本書の絵はこのメトロポリタン美術館本から引いている。

「秋の夜の長物語」の現代語訳は早くに永井龍男が手がけ、一九六一年刊行の『古典日本文学全集』第一八巻（宇治拾遺物語・お伽草子）として出版された。また稚児物語に関心が高かった稲垣足穂は、雑誌『作家』一九六六年八月号に「秋夜長物語」の永和本をもとにした翻刻を載せている。また一九八〇年にマーガレット・H・チャイルズによる英語訳が出ている。[*8] 稚児物語のなかでもっとも注目されている作品だといえる。

作者は不詳だが『太平記』第一八「一宮御息所《いちのみやみやすどころ》の事」と似た詞章が出てくること、合戦表現に『太平記』の影響があることなどから南北朝時代の影響下に成る物語だといえる。遅くとも永和本が書写された年永和三（一三七七）年より前ということになる。また比叡山と園城寺三井寺の山門寺門の争いについての記録『山門三井確執起』[*9]という書物には保安二（一一二一）年閏五月二日条に桂海律師が三井寺の稚児に恋をしたことから発展して三井寺が焼亡した、これは「秋夜長物語」に書かれているとおりであると記してある。山門寺門の抗争のさなかに起こった悲恋譚として流布した伝であったらしい。

＊7——メトロポリタン美術館に入ったのは二〇〇二年のことでそれ以前には出光美術館の所蔵であった。こうした所蔵の経緯については以下を参照のこと。藤田紗樹「メトロポリタン美術館所蔵「秋夜長物語絵巻」の基礎的考察」『千葉大学大学院人文公共学府研究プロジェクト報告書』第三三三集、二〇一八年、五二～六四頁。

＊8——Margaret Helen Childs, "Chigo Monogatari: Love Stories or Buddhist Sermons?" *Monumenta Nipponoica* Vol.35. No.2 (Summer 1980):PP.127-51.

＊9——角田文衛、五来重編『史籍集覧　第二五冊 新訂増補』臨川書店、一九六七年所収。

僧侶というのは出家者であるが、僧兵として戦にも出かけるし、なにしろ比叡山延暦寺と三井寺園城寺とは戒壇院の有無をめぐって常に争っていたわけだから実際に焼き討ちなどが行われもし、文字通り戦闘していたのである。したがって出家者といっても修行三昧でいるわけではなく、かなり荒々しい。それゆえにほんとうの発心というのがテーマとなってくる。出家をしただけでは仏の道に入ったとはいえないのである。心の底から本気で仏道に邁進する機縁が必要なのだ。ここでは稚児との恋愛が悲劇に終わることで発心の機縁となっている。稚児は僧侶を本当の発心へと向かわせるためにこの世に現れた観音の化身だというわけである。

稚児の君が都に戻ってみたら里の家はもとより三井寺がすべて焼失しているのを目の当りにする場面は、幾多の乱で壊滅的な被害を受けた京都の人々にとって身に迫る光景であったかもしれない。三条西実隆《さんじようにしさねたか》（一四五五〜一五三七）の残した『実隆公記』文明七（一四七五）年一一月一〇日条の記事によれば、後土御門《ごつちみかど》天皇の御前で「秋夜永物語」を読んで聞かせたとある。[*10] もちろん『源氏物語』や『宇治拾遺物語』などさまざまな物語が読まれているわけだが、「秋の夜の長物語」のような僧侶と稚児の物語も宮中に流布していたことには注目したい。

「秋の夜の長物語」は、なかなか寝付けない老僧が秋の夜長に物語を語ってきかせるという趣向である。物語は実在の瞻西上人の若いころの話ということになっているが実際のところは『新古今和歌集』に収められた瞻西上人の歌をもとにしたフィクションである。主人公は比叡山の桂海律師。ほんとうの発心をしたいとそれを授けてくれるよう石山寺に籠ったが、そこでみた夢に美しい稚児が現れて桂海律師は恋におちてしまうのだった。それからというもの恋に恋して熱に浮かされたようになり、もはや発心どころではなくなってしまう。

ここで夢見る舞台が石山寺であるのも重要だ。石山寺は夢によるお告げを授けてくれる寺として信仰を集め、人々はそこへ夢を授かるために眠りに行ったのである。夢で出会った人に一目惚れする物語は、男女の関係だが『転寝草紙《うたたねのそうし》』がある。これも石山寺を舞台としている。[*11]

ある日、桂海律師は現実の世で夢に見た稚児と出会う。稚児は梅若君といって三井寺にい

＊10――『実隆公記』巻一ノ上、続群書類従完成会、一九三一年、二七頁。
＊11――金有珍「『秋夜長物語』論――石山観音信仰圏の物語として」『国文学研究資料館紀要　文学研究篇』四七号、二〇二一年、一四七〜一七一頁。

るのだった。桂海律師は比叡山の僧。三井寺の稚児とは敵対関係にあり、山門と寺門の合戦へと発展する。合戦のさまは『平家物語』『太平記』に描かれた表現によく似ている。またこの本文自体、『太平記』が書写された紙の裏紙に書かれていたという。合戦のさなか稚児は天狗にかどわかされて囚われの身となってしまう。その後、解放されて都に戻ってみると実家も三井寺も焼き払われていた。深く絶望した梅若君は川に身投げして死んでしまう。この死の悲しみから桂海律師はほんとうの発心をして仏道に邁進するようになるのである。その後、桂海は瞻西上人となって雲居寺を建てて人々を教え導いたというのが語り収めである。最後に、焼き払われた三井寺園城寺に唯一残された新羅大明神が山門寺門の争いについて説教する場面が付いている。新羅大明神は奇妙な姿をした明神さまだが新羅とあるとおり異国の神であり、三井寺の智証大師が新羅から船で戻ってきたときに連れ帰ったという伝説がある。いずれにしろ寺が建つよりも前にその地を治めていた地母神的な存在で守り神である。明治時代に寺と神社を執拗に分けて廃仏毀釈《はいぶつきしやく》をする前までは、古来、寺は神社とともにあり、神は仏教世界を守護する者として祀られていた。新羅大明神などはその典型例だといえる。

「秋の夜の長物語」の読みどころはなんといっても梅若君の死の美しさだろう。[*12] 絵巻にも描かれたとおり、赤い衣を着ていたので流れ着いた先の川面が紅葉が流れ寄せられているかのように真っ赤にみえたとありなんとも優艶である。冷たくなった遺体を肌に抱いて一夜を過ごす場面には濃密なエロティシズムが漂う。恋が悲劇に終わり死に姿の美しさを愛でるのはその後も稚児物語にくり返される男色物語のファンタジーを形成する。

あしびき

この物語は小松茂美による『続日本絵巻大成』第二〇巻（一九八三）、そしてその廉価版『続日本の絵巻』第二五巻（一九九三）で「芦引絵」として刊行され、よく知られている絵巻である。

古くは伏見宮貞成親王《ふしみのみやさだふさ》による『看聞日記』永享八（一四三六）年六月二五日条に粟田口隆光の手による「足引絵」が届けられ、第四巻の詞書が気に入らないのであらためて書くよう依頼を受けたことが記されており、この時には成立していたものとみられる。『看聞日記』

＊12――稚児の死を根幹においた論文に以下のものがある。濱中修「「秋夜長物語」論：稚児と観音をめぐって」『沖縄国際大学文学部紀要　国文学篇』第二十号、一九九一年、四三〜六七頁。

によると、その後貞成親王の実子にあたる後花園天皇の手によって書写されたことまでが辿られる。[*13] 宮中でも流布したなかなかの人気作であったと思われるが、現存するのは逸翁美術館蔵本の一本である。本書の現代語訳に用いた『室町時代物語大成』もこの逸翁美術館蔵の絵巻に拠っている。

物語冒頭、漢学を学ぶ儒学者が、実は仏道に心惹かれているという説明からはじまる。儒学も仏教もいずれも漢籍を読む素養が必要で、道は違えど同じ学問の領域にあった。主人公となるのはこの人の息子で父の仏道の思いを託されて比叡山の寺に修学に出されるのだった。世にも美しい子は稚児として愛でられるが、あっけなく出家してしまい侍従の君と名付けられて大人になる。物語は、この侍従の君が見出した稚児との恋愛譚である。要するにとびりの美男と美少年の恋愛譚ということになる。

稚児は奈良の民部卿得業の息子で東大寺東南院の僧都に仕えていた。というわけでまたしても山門の侍従の君と寺門の稚児の禁断の恋である。結ばれるもすれ違いで読者をやきもきさせた上に、継子いじめの物語が入ってくる。稚児の君は実家に戻って寝ていたところ継母に美しかった髪を切られてしまい、失踪。山伏に助けられ弟子入りする。稚児の君に会えなくなって絶望した侍従の君は病気になり、その治療のために呼ばれた山伏が連れていたのが稚児の君で再会。失踪したままでは父親の得業が気の毒だと実家に戻ろうとするといちはやく聞きつけた継母が娘婿の悪僧、鬼駿河来鑒《おにするがのらいかん》をたきつけ合戦へと発展。侍従の君と稚児の君方が戦に勝ち、継母も家から追い払って一件落着かと思いきや、年老いた父得業が後継ぎとして稚児の君を奈良に置いていってほしいと言い出す。二人は再び山門、寺門の別の門徒として別れていく。しかし晩年、この二人は偶然に再会するのである。そして互いに互いを見つめながら最晩年を過ごし、侍従の君は稚児の君に看取られて長寿をまっとうする。

およそ男色物語というのは悲恋悲劇で終わるものと相場が決まっている。しかし「あしびき」はちがうのである。たとえ山門寺門と敵対する門徒であろうとも、別れて暮らそうとも生涯互いを想いつづけ、晩年を静かに共に過ごす。こんな物語があったのである。

＊13――藤田紗樹「『言国卿記』文亀元年五月一七日の記事を読む――「あしびき絵」、「職人歌合絵巻」をめぐって」『千葉大学大学院人文社会科学研究科研究プロジェクト報告書』第三〇五集、二〇一六年、八二～九三頁。藤田紗樹「「芦引絵」の基礎的分析――錯簡の訂正を中心に」『千葉大学大学院人文社会科学研究科研究プロジェクト報告書』第三二一集、二〇一七年、七一～八三頁。

松帆浦物語《まつほのうらものがたり》

稚児物語としては「秋の夜の長物語」とともに必ず名が挙がる作品で、大正一四、一五（一九二五、二六）年刊行の『日本文学大系　校註』第一九巻には「秋の夜の長物語」「鳥部山物語」とともに「松帆浦物語」として紹介されており、よく知られた物語である。かの稲垣足穂も雑誌『作家』一九六七年一〇月号に「松帆浦物語」の本文を紹介している。

先に述べたように北村季吟『岩つつじ』にも紹介があるが、ここでは「松帆物語」となっている。現代語訳のもととした『室町時代物語大成』でも「松帆物語」としているが、本書では「松帆浦物語」のタイトルを採用した。

「松帆浦物語」は稚児物語に分類されているが、実は寺院の稚児の物語ではない。主人公の若君は貴族の息子で十歳になったときに横川の禅師にあずけられ、学問を学び和歌を習った。美しく聡明な若君を禅師はこのまま寺においておきたいと願うが、親に取り戻され、京都で元服して藤侍従と呼ばれて貴族社会へ参入する。侍従の君が十四歳の春、花見で桜のもとにいたところを宰相の君と呼ばれる法師に一目惚れされ、やがて想い合う仲となる。その後、侍従の君は都で左大将の恋人となっていた。侍従の君が宰相の君が忘れられずにいることを知った左大将は嫉妬のあまり宰相法師を淡路国へ追いやってしまう。侍従の君は想いを断ち切れず都を出奔し淡路国まで訪ねていくが宰相法師はすでに死んでしまっていた。『百人一首』にもとられている藤原定家の「来ぬ人をまつほの浦の夕なぎに焼くや藻塩の身もこがれつつ」の歌は、この淡路国の松帆の浦で訪ねてはくれぬ恋人を想って泣いているという歌。この歌が物語の想像力の基層にある。『源氏物語』の須磨流離、『平家物語』の俊寛が鬼界嶋に一人残される悲しさなど、文学的な引用を効かせて叙情豊かに描かれた悲恋物語。これが稚児とではなく元服し髪を髻に結い上げた大人姿の若者との恋であることも見逃せない。

花みつ月みつ

この物語では恋愛の要素は薄く、男同士の関係は当然あるものとして遠景化している。むしろ話としては双子のようによく似た兄弟の入れ替わりを妙味とする。その他の御伽草子同様に奈良絵本として絵付きで流布していたせいか、一九六〇年に刊行された『日本少年少女童話全集』二（創元社）には、「うらしま太郎」「かぐや姫」などとともに「花みつと月みつ」が井本農一による現代語翻案小説として載る。ここでの物語の筋は本書に現代語訳したものとはだいぶちがって仇討ちものである。父親の仇が月みつの首を狙っているので花みつが身代わりになったという筋立ての兄弟愛の物語である。

「花みつ月みつ」にはいくつかの伝本があり、それぞれがかなり異なっている。[*14] 本書の現代語訳は『室町時代物語大成』に収められた三本のうち、武田祐吉氏旧蔵本の奈良絵本に拠った。武田祐吉氏旧蔵本のタイトルは「花みつ」だが、本書では「花みつ月みつ」のタイトルを採用した。

物語は岡部という播磨国の家臣が子がないことを嘆いて申し子祈願をするところからはじまる。夢のお告げどおり妻が美しい男の子を産んだ。この子を満開の桜の花を渡された夢にちなんで花みつと名づけて大切に養っていた。やがて岡部は主君に代わって都に単身赴任することになった。妻は置いていくが、やはり現地にも身の回りを世話する女がいたほうがいいと言われて家にいれた女といい仲になり子が生まれた。その子を月みつと名づけた。やがて岡部は播磨国へ戻った。隠し子について正妻に打ち明けるとひきとって花みつとともに育てたいという。花みつと月みつはほんとうの兄弟のように仲良く育ち、花みつ十歳のとき学問のために寺に入れるときには月みつも共に行きたいといった。子らが寺にいるあいだに正妻は死んでしまう。正妻は今際の際に自分が死んだら月みつの母親を妻とするように遺言した。岡部はそのとおりにするのだが、月みつの母親というのが正妻とは大違いの強欲な女なのだった。我が子月みつをひいきして花みつには物も送ってやらない。その上花みつの悪いうわさをたきつけ父親にそっぽを向かせようとする。母に死に別れ父の愛情も失った花みつは絶望する。そしていつもともにいる法師に月みつを殺してくれるように頼むのだった。ところが法師たちが殺したのは月みつのふりをした花みつだった。こんな因果があって、父親の岡部、花みつを殺した法師たち、月みつがみな花みつの菩提を弔うために真の仏道修行に励んだという結末である。月みつの母親はとんでもない悪人だが月みつは清らかな心根の美しい弟である。花みつと法師たちとのあいだに熱い情愛関係があるにしろ、読みどころは美しい二人の兄弟愛にあると思う。御伽草子の一話として女性読者たちも愛読したにちがいない。

鳥部山物語

「鳥部山物語」にはいくつかの伝本があるが本文に大きな違いがないとのこと。本書は

＊14――以下の論文に全六本の詳細な比較研究がある。大地美紀子「御伽草子『花みつ月みつ』の諸本について」『早稲田大学大学院教育学研究科紀要　別冊』第二〇号、二〇一三年、一〜一四頁。

『室町時代物語集成』所収の内閣文庫蔵本に拠る。おもしろいことにこの伝本は松帆物語とともに一冊にまとめられているという。両者に同じ読者層があったことがよくわかる。

主人公は武蔵国の民部卿という男。学問ができて、とある和尚にかわいがられていた。宮中で行われる御修法に和尚がよばれ、民部卿もともに京の都へとのぼった。春の盛りに北山に花見にでかけ、そこで運命の人、藤の弁という美しい稚児に出逢ってしまうのである。歳の頃は一六歳。一目で恋におちた民部卿はそれからというもの病いの床についてしまう。いわゆる恋わずらいである。見るにみかねた下男が稚児のことを調べ上げてくれてさまざまな助けを得て逢瀬が叶えられた。しかし民部卿は関東の人間なのである。時がきて武蔵国に帰還していった。民部卿がいなくなると今度は稚児の君が病いにふせる。そこで子どものころからそばにいる傅《めのと》がひとっぱしり武蔵国まで行って民部卿を呼び寄せるといって出て行く。やがて傅は民部卿を帯同して帰還するが、すでに稚児の君は事切れていた。民部卿は刀をぬいて自らも命をたとうとするが稚児の君の父親にとめられ、出家し、稚児の君の菩提を弔い修行に励んだ。その後の行方はだれもしらないと結ばれている。山門寺門のわりなき仲は物語の常套であったが、この物語は京の都と関東の遠距離恋愛である。稚児物語では日光などの関東までもが視野に入ってくるのも中世らしい特徴である。

幻夢物語

現代語訳は『室町時代物語大成』に収められた内閣文庫蔵本に拠る。物語のあとの奥書の部分に書写した人の書いた感想やら和歌やらがついているのが面白いのでこの部分も残した。

「幻夢物語」はもともと絵を伴った絵巻であった。ただし本書が底本とする内閣文庫蔵本には絵は付随していない。最後に「文明十八丙午歳四月二日」とあるが、『実隆公記』によるとその前年の文明十七年に三条西実隆が書写した絵巻が別に存在したようである。『実隆公記』文明十七（一四八五）年正月十七日条に、後土御門天皇から「幻夢物語」の詞書を清書するよう依頼されたことが記されている。ここには「源夢発心絵、夜嵐と号す」とある。[*15]

物語の最後に「この草子、はじめて拝見。哀れさ、涙をもよおすなかだちなり」とあって、歌が三首添えられている。そのうちの一首めに「夜嵐は明日見ぬ花の別れぞと涙を残すことのはの末」がある。物語中たびたび、花を散らす「嵐」ということばがでてきているが可憐な稚児の死を予感させることばである。

＊15――『実隆公記』巻一ノ下、続群書類従完成会、一九五九年、五四八頁。

『実隆公記』文明十七年一月二十三日条には、雨雪霰の降る日に日がな一日「絵詞」の清書をしていたとある。完成をみたのは同年同月二十五日で、同年同月二十六日条に、昨日書き終えた「源夢絵詞」を「禁裏」に「進上」したとある。とすると、本書が参照した内閣文庫本は、実隆が見たのと同じ絵巻だったのかもしれない。実隆が書写の日付を入れる前のものから書写されたのだとすれば文明十七年の日付がないのも納得がいく。ともあれ実隆が書写の日付を入れたかどうかは実隆自筆本が伝存していないので確認できない。いずれにせよ、最後に熱い読者の感想が書写のたびに付加されているのはおもしろいことである。

物語は、出家者ながら本気で仏道に打ち込めない比叡山の僧幻夢が稚児と出会い発心するというもの。三井寺との争いのもとになっているのは、戒を授ける戒壇院が比叡山に独占されているためなのだが、ここへは全国から受戒の僧がやってくるらしい。幻夢は雨宿りに屋根をかりた四王院で花松という美しい稚児と出会った。一目見て恋におちた幻夢は、稚児の連れた法師二人とともにつれづれに連歌を行った。すっかり意気投合したのできいてみると稚児たちは日光山からやってきたのだという。すぐに帰るというのを引き留め明日も会おうと約束していったんは別れたが、翌日行ってみると稚児たちは予定を変えて旅立っていた。あとには幻夢に宛てた稚児の手紙が残されていて、もし関東へ来ることがあれば日光山の竹林坊を訪ねてほしいと書かれていた。それからというもの、幻夢は何をしても上の空で、とうとう日光へ会いに行くのである。着いたのは夜。よそ者をおいそれと泊めてくれる宿はない。お堂で夜を明かして翌日来るよう言われるままにお堂に入ると、そこへ笛を吹きながら誰かがやってくる。それは花松だった。再会を果たし連歌をし一夜をともにしたあと、花松は幻夢に笛をわたしふっと出て行った。後に残された幻夢は老僧に無断であがりこんでいることを見咎められ、花松に会いにきたこと、昨晩ともに連歌したことを語り、連歌を書いた紙と笛を見せた。老僧はその話を聞いて涙にくれ、実は花松は死んでいると告げた。幻夢が夜を共にしたのは幽霊だったのだ。花松はひそかに殺された父親の仇討ちをこころざしており、見事、仇を討ったのだが、その討った相手の息子に見つけられすぐさま殺されてしまったのだった。幻夢は花松との出会いはまことの発心のためだったのだと理解してそれからは仏道に邁進するようになった。その後、二十歳ほどの若い僧に出会った。話を聞くと、なんとその若僧は花松を殺した張本人だったのである。父の仇と殺したはよいものの見れば十六ばかりの稚児であり、そのいたわしさゆえに発心出家したのだという。二人はともに仏道に励み、幻夢は七十七歳、花松を殺した下野の入道は六十歳で極楽往生したと結ばれている。

恋した相手の幽霊と夜を過ごす筋立ては、のちの三遊亭圓朝『怪談牡丹灯籠』などにもつながるロマンティックな怪奇譚でもあり新鮮である。「幻夢物語」の文体はなかなかに凝っていて、謡曲つまりお能の台本のようなリズムのあることばづかいがなされている。また主人公たちが和歌ではなく連歌を交わすところにも特徴がある。三条西実隆も日記『実隆公記』にたびたび連歌を書きつけているのだが、近い時代の作なのだろう。なお「幻夢物語」は一九九一年にマーガレット・H・チャイルズによる英語訳が出ている。*16

嵯峨物語

物語に先立って序文がつく。男色の歴史をひもとき、『今昔物語』の構成に似せてまずは漢代（中国）の男色の例が並べられ、次に「本朝日本」の例がつづく。本朝のまず筆頭に挙げられているのが、空海の弟子である真雅阿闍梨が在原業平を愛でておくった「思ひ出づるときはの山の岩つつじいはねばこそあれ恋しきものを」の歌である。これは先にも述べたように、北村季吟の男色歌集『岩つつじ』の表題歌となったものである。北村季吟は、北畠親房の『古今抄』の説を引いていたわけだが、一三五四年没の北畠説は「嵯峨物語」が書かれる頃にはすでによく知られるものとなっていたらしい。また物語中に、本書に収めた「秋の夜の長物語」「松帆浦物語」が引かれていることにも注目したい。この二作は男色物語としてすでに受容されていたことがわかる。

「嵯峨物語」には、この序文の部分を抜いた略本と序文を含めたものと二系統の本文が伝存していて、本書の現代語訳は『室町時代物語大成』に収められた序文を含んだ内閣文庫蔵本に拠る。

「幻夢物語」が連歌の物語だとすれば、「嵯峨物語」は漢詩の物語である。作中に登場人物たちの詠んだ漢詩が多く披露されている。物語は、いわゆる稚児物語ではない。稚児にあたる美しい主人公は貴族であり、物語冒頭、中将安則として出てくる。この安則は元服前には松寿と呼ばれていたいそう美しかった。けれどもどういうわけか松寿君は仏道へ傾倒し、立派な律師のもとで修行することにする。そのときに出会ったのが、一条郎という僧である。一条郎は世を捨て仏道に励んでいたのだが松寿君を一目見たなり恋におちる。松寿君をあずかる律師の仲介で二人がようやく逢瀬をかなえようというとき、松寿君は里から父危篤の報を受け寺を去る。父が亡くなるとそのまま元服し、中将安則と名乗り父の代わりに宮中に勤め

＊16——Margaret Helen Childs, *Rethinking Sorrow: Revelatory Tales of Late Medieval Japan*, Ann Arbor: The University of Michigan, 1991.

ることになった。美しい中将安則は帝に見初められ共寝するようになる。三年たったころ、一条郎の歌をもってきた人がいて二人は再会を果たす。それからというもの二人は恋人同士として長くつきあった。貴族と僧という別々の道を歩みながらも互いを尊敬し恋人同士として寄り添う物語は発心譚でも悲恋譚でもない現実の男同士の関係を描いたものだろう。はじめに長々と男色というのは古今東西存在するのであると書いていた意味はここにある。日常にある同性愛を描いた作品として貴重だ。「幻夢物語」にあったように物語の最後に読者の感想が和歌にたくして添えられているところにも注目したい。

上野君消息

「消息」とあるとおり書簡体のめずらしい趣向の物語である。消息の前に序文がつくが、「嵯峨物語」のそれとは異なって、ここでは手紙（消息）を得るにいたった経緯が物語風につづられている。

比叡山延暦寺横川中堂の大浦阿闍梨のもとに美しい稚児がいた。仏道への想いの強い稚児は十六歳で出家し、二十一歳を迎えたころ寺を出て修行の旅に出たいと言い出す。阿闍梨は別れを惜しむが、のちに旅立った僧から手紙が届く。ここまでが序文である。手紙には日記風につづられた発心のきっかけとなった経験が付随する。

序文を読んでいるうちは主人公はずいぶんと信心深く一途に仏道に邁進するかのように見えたものの、寺を出てすぐにこの僧は、美しい稚児と出会いあっというまに心惹かれてしまうのである。その稚児が夜伽をしよう、つきましては私の疑問を解いてくださいと言ってくるともうめろめろになってしまって、なんとかこの稚児といい仲になろうとばかり考える。稚児は、和泉式部の有名な和歌「くらきよりくらき道にぞ入りぬべきはるかに照らせ山の端の月」という「歌の心」はなんでしょうと問う。ここでいう歌の「心」というのは、謎かけで「なになにとかけてかにかにととく、その心は?」とやる、その「心」とだいたい同じ意味で、和泉式部の和歌の解釈を聞いたわけである。僧は稚児と一夜を過ごせるかもしれないというので浮き足だっているのだが、結局はその態度を浅はかだと叱られ、稚児の口調がなにかに取り憑かれたかのように変容して厳粛な説教が延々と続く。僧が、この体験から自分は真の発心をしたのだと世話になった阿闍梨に書き送ってきたというわけである。最後の署名でこの僧が円厳という名だとわかる。「上野君消息」にも書写した読者による感想の和歌がついている。「暦応三(一三四〇)年庚辰六月十四日」と書写年があるのでかなり古く、鎌倉時代の物語と考えられている。稚児物語の原型のような物語である。

弁の草紙

「弁の草紙」の現代語訳は『室町時代物語大成』に収められた内閣文庫蔵本に拠る。同文の写しが別にあるだけで伝本は少ない。日光山の寺に伝わる実話からつくられた物語である。明治四一（一九〇八）年に平出《ひらで》鏗二郎《こうじろう》が校訂した『室町時代小説集』に「あしひき」とともに「弁の草紙」の本文が活字本として刊行されており、大正一〇（一九二一）年には平泉澄「弁草紙考」によって日光山の史料とつきあわせた弁公昌信の存在が確認されている。[*17]

物語の主人公は七歳のときから日光山の寺にあずけられた稚児、千代若丸。十五歳で弁公昌信と名づけられ授戒するが、あまりに美しく頭を剃ってしまうのは惜しいと尼削ぎといって少し短くするにとどめ稚児として愛でられた。あるとき外からやってきた大輔の君が弁公昌信を一目みて恋に落ちた。弁公に仕える童を仲立ちとして思いを遂げるも、恋わずらいで病みつき、あっというまに死んでしまった。それを聞いた弁公昌信も嘆きのあまり病みつき死んでしまったのだった。わずか十六歳であった。

平泉澄によると、弁公昌信の死は日光山の古記録で確認することができ、天正十（一五八二）年六月十四日のことであったという。実話を物語仕立てにしたのは、この物語の最後にでてくる昌澄法師とみられている。名文とは言い難いものの、ふんだんに和歌が織り込まれ、『源氏物語』の引用があるなど知的かつ文学的にまとめあげられている。また和歌をたしなんでいた僧侶たちが連歌師となっていく、その歴史的モメントがここにあるようにもみえる。亡くなる前に弁公昌信が童に語ってきかせた侍従の死の話は別の稚児物語「秋の夜の長物語」の筋であり、すでに稚児物語の悲恋譚の型があるなかでかたちづくられた伝承だろう。

稚児観音縁起

「稚児観音縁起」は絵巻として伝わっている一本である。鎌倉時代の作とみられ、『室町時代物語大成』では補遺2に収められている。

「上野君消息」と趣きを同じくし、長谷寺の観音の利生によって稚児を得て発心するという筋立てである。長谷寺近くの僧侶で六十歳を過ぎても弟子がないことを嘆く上人がいた。

＊17——平泉澄「弁草紙考」『我が歴史観』(至文堂、一九二六年、一四一〜一五三頁）に拠る。初出は『歴史地理』(三七巻第一号、一九二一年一月号)。なお脱稿の日付として「大正九(一九二〇）年十一月十七日夕」とある。

長谷寺に弟子を授けてくれるよう祈願した。三年たっても満願成就とならずさらに三ヶ月通い詰めたある晩、上人は夜道で美しい稚児に出会う。東大寺にいたのだが仕えていた僧と仲違いして飛び出してきたのだという。これこそ観音さまのおかげだと連れ帰ったが、三年が過ぎた頃、稚児は病いにふせってしまう。やがて稚児は自分が死んだら火葬はせずに、お棺に納めて三十五日後にあけてみてくれと言い残して死んでしまう。稚児の死後、上人が棺をあけると、金色の十一面観音が現れて、上人が死すときにはかならず迎えにくると約束して虚空へと飛び去った。稚児は観音がこの世に現れた姿だったのである。

一般に阿弥陀如来が死の直前に現世にやってきて極楽へと迎えとってくれる極楽往生のシンボルだとすれば、観音菩薩はいま願いを叶えてくれる現世利益《りやく》の象徴である。この物語では長谷寺の観音が弟子がほしいという現世の望みを叶えてくれた上に、上人の死に際して極楽へ迎えとってくれると約束してくれたわけである。『源氏物語』でも登場人物が「初瀬参り」といって長谷寺参詣をしているように、平安貴族たちもしばしば京都から奈良にある長谷寺へと赴いており、長谷寺の観音への信仰はあつかった。「稚児観音縁起」も物語として楽しまれたというよりは実話に近いかたちの霊験譚として知られていたようであり、『興福寺濫觴記』『鹿野園縁起』『長谷寺霊験記』下巻第二十二「朝欣上人奉遇生身観音則《ちょうごんしょうにんしょうじんのかんのんにあひたてまつりすなはち》発心事《ほっしんすること》」などにも同話が伝えられている。[*18]『長谷寺霊験記』によれば、この上人は興福寺の別院菩提院に住む朝欣上人で、稚児と出会ったのは寛弘四（一〇〇七）年十二月晦日のことだった。六年をともにした稚児の亡くなるのは長和二（一〇一三）年三月十八日だと書かれている。『長谷寺霊験記』のほうでは稚児は遺言に棺に納めて鹿野園の松の上に置き七日待つようにと言ったことになっている。また上人は七日めの前夜に長谷寺に参詣し夢をみている。棺から観音が飛び出してこちらへ飛んできた夢であった。その夢を長谷寺の僧に話すと、今不思議なことがあって、六年失せていた観音が戻ってきたのだと聞かされる。翌日の七日めに約束どおり棺をあけてみると金色の十一面観音が現れた。朝欣上人はそれを菩提院に安置し、それがいまも菩提院にある稚児観音だという縁起となっている。『長谷寺霊験記』においてこの物語は、稚児は観音の化身であるというだけでなく、稚児観音と呼ばれる実在の観音像のいわれを伝えるものであったことがわかる。

現在の長谷寺の本尊は、室町時代、天文七（一五三八）年に造立されたものである。像高が一〇メートルを超える巨大な十一面観音立像で、「稚児観音縁起絵巻」に描かれたような

＊18――渡辺一「稚児観音縁起」『美術研究』第三九号、一九三五年三月、一三〜一五頁。

棺からひょっこりと現れ出るような小さいものではない。「稚児観音縁起絵巻」では、『長谷寺霊験記』が平安時代の寛弘四年、長和二年の朝欣上人の物語と確定的に述べたところをあえてあいまいにしてある。「稚児観音縁起絵巻」の最後では稚児観音は虚空へと飛び去ってしまう。するとなんらかのかたちで失われた長谷寺の十一面観音のご利益を宣伝し、現本尊を造立するための寄進を促すのにこの絵巻が使われたのかもしれない。

稚児之草紙

鎌倉時代の肉筆春画「稚児之草紙」「小柴垣草紙」「袋法師絵詞」のうちの一本で、醍醐寺三宝院に秘蔵されているものとして知られている。肉筆春画だけに、版本とは異なって目にすることができる人は少なく、よほどの伝手があって醍醐寺の供覧する会にでも招かれなければ読むことがかなわない秘密めいた稚児物語の最たるものである。岩田準一『男色文献書志』によれば醍醐寺理性院（旧三宝院塔頭）所蔵の「稚児之草紙」は「元亨元年（一三二一）六月十八日書写訖」とあるというから、鎌倉末期にはすでに成立していた古い絵巻である。

現在では、白描ながら、福田和彦編著『艶色浮世絵全集　第一巻　肉筆絵巻撰［壱］』（河出書房新社、一九九五年）で絵入りで見ることができる。本書の現代語訳は、同書所収の詞書に拠る。これと同じ内容で彩色の施された絵巻が大英博物館に所蔵されており、すべてがデジタルデータで公開されている。大英博物館は春画研究の最先端である。二〇一三年一〇月三日から二〇一四年一月五日に春画展 Shunga: Sex and Pleasure in Japanese Art（春画：日本美術における性と快楽）を行っており「稚児之草紙」を含む肉筆春画も出展された。この展覧会は二〇一五年九月一九日から一二月二三日に東京の永青文庫、二〇一六年二月六日から四月一〇日には京都の細見美術館へ巡回して話題を呼んだ。イギリスで話題となった春画展を日本で開催するのに国立の大きな美術館はのきなみ忌避感を示し、私設の美術館で展示されたといういわくつきの展覧会で、その実、観客数は前代未聞の規模で連日入館のための行列ができたほどだった。出品作の多くがデンマークのコレクターの所蔵であり、浮世絵を含めて春画の美術品としての注目は海外のほうが先んじている感がある。

「稚児之草紙」は五話の独立した小話で構成されており、それぞれに異なる稚児が登場する。春画だけに、ふつうの稚児物語が描かない性愛場面を微に入り細に入り描き尽くしており、そこに絵がつくのだから艶本の極みである。詞書とは別に絵の部分に画中詞といって人物のセリフが漫画のように入っている。本書ではその部分も合わせて現代語訳してある。

第一段は老いてなお稚児との性愛をあきらめきれない老僧のために稚児が挿入しやすいよ

うに準備を怠らないという逸話である。ただ手伝うだけで性欲が解消されないままに捨て置かれる忠太という男が描かれるのがおもしろいところ。三島由紀夫の『禁色』には、この忠太について考えをめぐらせる場面がある。主人公の六十六歳の檜俊輔は、美貌のゲイ南悠一と出会い、かつて酷い目に遭わされた女たちに復讐するために、南悠一に惚れさせ翻弄することを企てる。それが同時に南悠一にとっては社会的には異性愛者とみせかけながらゲイバーに出入りしゲイとしての性が解放されていく道筋となる。檜俊輔は自らを「稚児之草紙」の忠太になぞらえ南悠一の性のために奉仕していると考えるようになるのである。

「稚児之草紙」第二段、第三段は叶わぬ恋に身をこがす稚児物語の典型のような設定だが、それを性愛場面に焦点化するとこうなるという見本のような話である。

第四段はちょっと気性の荒いかわいげのない稚児がでてくるのがおもしろいところ。それでも相手をしてくれるだけの情けはあるのである。

第五段はこの春画を読んでいる人たちを描いた入れ子型のパロディ風。稚児物語を読んでその気になって稚児の腰にすがりつく僧の話。

いずれにしろここにあるのは恋愛ではなく即物的な性愛である。性愛を描く春画とは恋愛のある側面を拡大してみせてくれるものである。あるいは稚児物語では主人公は死ぬほどの恋わずらいをするのだが、恋した相手になにを求めているのかという究極をつきつめると結局即物性に行き着くのではないかという問いかけでもある。この絵巻が稲垣足穂や江戸川乱歩そして三島由紀夫をいかに惑わせたかということはいまとなっては想像しがたい。それは多分に快楽の即物性の上に秘密めいたタブー意識がみせる幻惑だったのかもしれない。

日本古典文学研究では、岩田準一の謝辞にも名があがっている市古貞次が早くに稚児物語を紹介している。九十年代にジェンダー論、レズビアン／ゲイ・スタディーズが現れるとあらためて『とりかへばや物語』などの男女のジェンダーを入れ替えた物語が注目されると同時に稚児物語にも注目が集まった。岩田準一『男色文献書志』にも挙がっている『新蔵人物語』は一般に読めるかたちで出版もされた。[*19] クィア論が定着すると、『源氏物語』を含めあらたなアプローチの読み解きがなされるようになった。[*20] そうしたなかで稚児物語への関心も高まっており、[*21] 稚児物語の研究に取り組んでいるフランス、カナダそしてイタリアの大学院生からは現代語訳を歓迎する声がきかれた。稚児物語の読み方はクィア・リーディングと

＊19――阿部泰郎監修、江口啓子、鹿谷祐子、玉田沙織編『室町時代の少女革命――『新蔵人』絵巻の世界』笠間書院、二〇一四年。

いうあたらしい局面に入っており研究を待つばかりとなっている。読み物としての現代語訳が次世代の研究への橋渡しとなるとを願っている。

*

平凡社ライブラリーから『レズビアン短編小説集』(一九九八、新装版は二〇一五)、『ゲイ短編小説集』(一九九九)、『クィア短編小説集』(二〇一六)などが続々と刊行されるのをみて、ここに日本中世の稚児物語集を加えたいと願ってきた。本書には現在確認できるすべての稚児物語の現代語訳を収めた。海外研修として二〇〇九年、二〇一七年、二〇二四年とパリに滞在する間、パリの研究者グループで行われている『源氏物語』のあたらしいフランス語訳の研究会に参加してきた。[*22] ここで学んだフランス語現代語訳のための読みの深さ、ニュアンスの捉え方をもとに自分でもいつか古典文学の現代語訳に取り組んでみたいと願ってきた。これらの願いが一つになって本書が成る。『百首でよむ「源氏物語」――和歌でたどる五十四帖』(平凡社新書)でお世話になった平井瑛子さんによって実現できたことがうれしい。

またイタリア国立サレント大学のマリア・キアラ・ミリオーレ先生には漢文の現代語訳についてともに確認する機会をもうけていただいた。ミリオーレ先生のもとで稚児物語の研究及び翻訳をしている大学院生のフランチェスコ・ダウチェッリ氏も参加してくださった。『日本霊異記』のイタリア語訳を出し、『万葉集』のイタリア語訳を順次刊行中のミリオーレ先生にみていただけたことはおおいなる心の支えとなった。記してご協力に感謝申し上げたい。

＊20——たとえば『源氏物語』のクィア・リーディングとして次のものがある。Paul Gordon Schalow, *A Poetics of Courtly Male Friendship in Heian Japan*, Hawaii: University of Hawai'i Press, 2007. Reginald Jackson, *A Proximate Remove: Queering Intimacy and Loss in The Tale of Genji*, Los Angles: University of California Press, 2021.

＊21——Sachi Schmidt-Hori, *Tales of Idolized Boys: Male-Male Love in Medieval Japanese Buddhist Narratives*, Hawaii: University of Hawaii Press, 2021.

＊22——研究会について詳しくは以下のインタビュー参照。アンヌ・バヤール＝坂井【インタビュー】「フランスで『源氏物語』を読むこと、訳すこと」『思想』二〇二四年三月号、二二一〜二三三頁。

[編訳者]
木村朗子（きむら・さえこ）
1968年生まれ。津田塾大学学芸学部多文化・国際協力学科教授。東京大学大学院総合文化研究科言語情報科学専攻博士課程修了。専門は、言語態分析、日本古典文学、日本文化研究、女性学。著書に『女たちの平安宮廷――『栄花物語』によむ権力と性』（講談社選書メチエ）、『女子大で『源氏物語』を読む――古典を自由に読む方法』『女子大で和歌をよむ――うたを自由によむ方法』『震災後文学論――あたらしい日本文学のために』『妄想古典教室――欲望で読み解く日本美術』（以上、青土社）、『平安貴族サバイバル』（笠間書院）、『乳房はだれのものか――日本中世物語にみる性と権力』（新曜社）、『百首でよむ「源氏物語」――和歌でたどる五十四帖』（平凡社新書）など。

平凡社ライブラリー 987

現代語訳《げんだいごやく》 中世《ちゅうせい》稚児《ちご》物語集《ものがたりしゅう》

発行日…………2025年4月4日　初版第1刷

編訳者…………木村朗子
発行者…………下中順平
発行所…………株式会社平凡社
〒101-0051　東京都千代田区神田神保町3-29
電話　(03)3230-6573［営業］
ホームページ　https://www.heibonsha.co.jp/

印刷・製本……株式会社東京印書館
ＤＴＰ…………平凡社制作
装幀……………中垣信夫

ISBN978-4-582-76987-6